JN268533

黒い海賊

Komatsuzaki Akira
小松崎 章

郁朋社

目次

装画／重岡　秀満
装丁／スズキデザイン

黒い海賊

第三王女

街は、いまだ活気づいていた。

夜ももう随分と遅いというのに喧騒はやまず、通りのそこかしこから、にぎやかな音が発生している。石畳の上を、さまざまな人々が楽しげに、あるいは思い詰めたように行きかい、料理屋から漏れ出る油煙と人々の口から漂うアルコールの心地好い香りが、空気中に充満していた。

特に、祭りが催されているわけではない。

ここ、ベルターナ王国における第二の商業都市キルリアにとっては、この沸き返るようなにぎやかさも、毎晩繰り返される慣習にほかならない。片側を海に面し、内部を何本もの運河がつらぬいているこの都市にとっては、まことにもってごく普通の夜なのである。

ガシャン！

大いににぎわっている都市のほぼ中央、とくに喧騒激しい、とある通り。

その、不衛生な居酒屋や、いんちきな宿屋などが多く立ち並んでいる一角で、他の騒しさとは少し違う声があがった。木片の砕ける音と、ガラスビンの割れる音が聞こえてくる。

「ムムム……」

つい先程まで、仲間とともに命の水をあおっていた大男が、瓦礫と化したテーブルの中からムックリとおきあがった。大樽ほどもある男の体が激突したおかげで、テーブルは見る影もない。

「く……この……」

何がおこったのか理解すべく、大男は頭をふりながら周囲を見回した。きげんよく飲んでいた彼の襟首を、突然何者かが引っ掴んだかと思うと、うむを言わさず投げ飛ばしたのである。急に体が軽くなったと思った一瞬後には、彼の体はテーブルを粉々にしてしまっていた。

らんらんと怒りに燃える野獣の目で辺りを見回している彼の回りには、不幸にも彼と同じ店に居合わせてしまった客たちが、手に手に自分の食べ物と飲み物を持ったまま、不思議そうに遠巻きにしているだけだった。彼等も、いったい今なにがおこったのか判断できかねているらしい。

「ガー！」

周囲の沈黙が気に入らなかったのか、それとも自分の不機嫌さを表現するためなのか、大男は獣のような吃哮をあげると、尻餅をついたみじめな体をゆりおこそうとした。

と、その時。

「……恐喝、暴行、誘拐……」

静まり返った酒場の中に、まるで歌声のようにかろやかな美声が流れ出た。周囲の人々の目が、一斉にそちらへと向けられる。

「いんちき、いかさま、嘘、詐欺行為……」

物騒な単語をうたいあげながら、声の主はゆっくりと大男へと近付いていく。

意を飲まれたように、ポカンと凝固してしまった大男の目の前に、ピカピカに磨き上げられた長靴の爪先がとまった。いつのまにか、大男の鼻先に鋭利な光をはなつ剣先がつきつけられている。

「……その他言語につくせぬほど、多くの犯罪をおかした、悪逆無道、横行闊歩、不埒千万な犯罪者、デルコフ・ハラノビッチ、通称、〝丸太〟……間違いないわね？」

声の主はそう言い終わると、ニッコリと大男——〝丸太〟に微笑みかけた。その笑顔に、〝丸太〟が思わず息を飲む。当然だろう。この界隈ではそれなりに名を知られているならず者の彼を、うむを言わさずいきなり投げ飛ばしたのが、羽飾りも艶やかな帽子をかぶり、黒い衣装を身にまとった、男装の麗人だったのである。

「……」

呑気なことに、〝丸太〟は、しばらくのあいだ、その見事としかいいようのないブロンドと、宝石のような瞳に見入ってしまった。彼に向けて意地悪くなげかけられるその微笑みは、極悪人の彼を惚けさせてしまうほどに、愛らしいものだったのだ。女剣士の姿に見入ってしまったのは、彼だけではない。他の人々も、気を呑まれたように、ただ彼女のことをみつめていた。彼女の体からは、人々をそんなふうにさせてしまう、一種の気品のような美しさが発散していたのである。

「！」

女剣士に見とれていた〝丸太〟が、はっと我にかえった。周囲の口さがない人々の存在を思いだしたのである。

「くそ！」

〝丸太〟は、突き付けられた剣先を片手ではらいのけると、すばやく立上がり、腰に差していた大型ナイフへと手をのばした。それを引き抜くなり、戦闘体制で、目の前の女剣士に対峙する。彼の目は、すでに野獣のものへとかわっていた。

「いきなりなにしやがる！」

〝丸太〟の口から、汚らしい唾が飛び散る。

「てめえ何モンだ！」

「私？　私は……」

〝丸太〟の手にする、見るからに凶悪そうなナイフなどまるで目に入らないかのように、女剣士が答える。

「私はただの賞金稼ぎよ」

「なにい！」

〝丸太〟の顔が、いっそう醜悪なものになった。

「賞金稼ぎだと……きさまが？」

「ええ。あなたを捕らえにきたの」

女剣士の言葉はあっけらかんとしている。

「おとなしく縛につきなさい」

「……ふふふ」

〝丸太〟の口から、笑みがこぼれでた。

「女賞金稼ぎだと……こいつはおもしれえ」

冷酷な笑みをうかべながら、ナイフをもてあそぶように軽く振り回す。

「人が楽しく飲んでるところを、いきなり投げ飛ばすから、いったいどんな野郎かと思ったんだが、女賞金稼ぎとはなあ……しかも、よく見りゃたいそうなべっぴんだ」

「あら、ありがとう」

女剣士が、ニッコリと礼を言った。

「……へへへ。お嬢さんよお、いったい、どういうつもりでおいらに手え出したのかは知らねえが、気の毒なことだぜ。よりにもよってこのおいらとはな。坊っちゃん嬢ちゃんにこけにされたとあっちゃあ、おいらの顔がたたねえんだ。今からたっぷりとかわいがってやるから、剣士ゴッコもこれきりにしときな！」

「あら、どういうつもりって、たまたまこの店に入ったらあなたがいただけよ。ただそれだけ」

女剣士が、〝丸太〟の悪口などまるで意に介さず言い返す。

「それに、ゴッコじゃないわ。私、本当に賞金稼ぎなのよ」

「減らず口はそれくらいにしときな！」

突然、〝丸太〟の体が、はねるように女剣士へとおどりかかった。ナイフが、疾風のような早さで、うなりをあげて空を切る。

が。

「……やっぱり、あなたのような人種というのは、往生際が悪いわねえ」

いつの間に飛び避けたのか、〝丸太〟の突進したところには、すでに誰もおらず、かわりに、まるであさっての方向で、女剣士が剣を手にしたまま肩をすくめていた。

「こういう場合の往生際のよさ、ていうのも、極悪人の器が知れるバロメーターだと思うのだけど……」

「うるせえ！」

第一撃を簡単によけられてしまった〝丸太〟は、がなり声をあげると逆上したように女剣士へとナイフを繰り出した。周囲の人々の酔いが一瞬で覚めるかのような、おそろしげな風鳴りが辺りに響く。

しかし。

「いけないわね。振りが大きいわ。それじゃあ、動きの予測が簡単ですよ」

〝丸太〟の奮撃を、女剣士は眉をひそめながらいとも簡単によけていた。あきれることに、敵である〝丸太〟に、ナイフ術の講釈をはじめている。

「そういう種類の道具だと、そんな動きは無駄なだけですよ。もっと肩の力を抜いて、動きを簡単になさい。体力を無駄に消耗するだけだわ」

「う、うるせえ！」

女剣士のふざけた物言いに、〝丸太〟の頭に血が逆流する。が、女剣士の言う通り、はたから見ても、彼の息は上がってきていた。

それを察した女剣士は剣を構えようともしないまま、またも眉をひそめた。

「ほら……もう、あなたがナイフをふるってるんじゃなくて、あなたが振り回されているわよ。そんな攻撃じゃ、子供でもよけられるわ」

「やかましい！」

「だってそうでしょ？　そんな重いだけのナイフをそんなふうに振り回すなんて、非効率的だわ。突いたほうが確実だし、体力の消耗だってずっと少ないのに……」

「何を！」

逆上して顔を真っ赤にしている〝丸太〟が、会心の一撃のつもりでナイフを上段から振り下ろした。が、いとも簡単によけられ、勢い余った彼の体が見物人たちの中へと飛び込んでいく。先程のテーブルの二の舞になるまいと、あわてて人々が散った。

「だから言ったでしょう？」

テーブルに突き立ててしまったナイフを引き抜こうとしている〝丸太〟の背後で、女剣士がしたり顔で腕を組んだ。

「わからないの？　あなたの動きには無駄が多いの」

「うるせえ！」

〝丸太〟はナイフを引き抜くと、ふたたび女剣士へと襲いかかった。が、先程までとちがい、今度は攻撃法を刺突《しとつ》にかえている。

「いいわ！　そのほうが、かなりましよ！」

〝丸太〟が自分の指導通りにしはじめたのを見て、女剣士はニッコリと笑みを浮かべた。

「ほら、さっきより、ずっと私を捕らえられそうになってきたでしょ！」

事実、今までとはうってかわって、女剣士の動きが慌ただしくなってきていた。〝丸太〟の繰り出すナイフを、必死になってよけているように見える。

ことがうまくいき始めたせいか、〝丸太〟の顔に笑みが浮かんできた。

「……でもね」

〝丸太〟が、自分の勝利を確信しながら、勢いをつけて幾段にもナイフを突き出していたそのとき、ふいに、女剣士の顔にそれまでとはうってかわったような、冷たい笑みが浮かんだ。

「あなたは私に勝てないの」

その言葉が〝丸太〟の耳に入るか入らないかの刹那、突然、女剣士の体が消えてしまった——そう、姿を消したとしか表現できない。すくなくとも、〝丸太〟本人にとってはそうであった。気合一擲ナイフを突き出したとたん、相手の姿が、かき消えたのだ。

「?」

相手を見失ってしまった〝丸太〟が目を丸くするのと、周囲の人々が驚愕の声をあげるのとはほとんど同時だった。〝丸太〟は、いまだ理解できていなかったが、周囲の人々は愕然としている。無理もない。かたずをのんで果たし合いを見物していたかれらの目前で、驚いたことに、まるで空中にすいこまれるかのように、女剣士の体が軽々と〝丸太〟の頭上をとびこえたのである。

女剣士の爪先が、音もたてずに床の上におりたった。

「ぬ!」

ようやく事態を察した〝丸太〟が、あわてて背後の女剣士に向き直ろうとした。飛びずさるようにナイフを構え直す。

が、一瞬だけおそかった。

「あ!」

ふたたび突き出された〝丸太〟の反撃を、女剣士はゆるさなかった。彼女の剣先が、電光石火で〝丸太〟の手の甲を切り裂く。

鋭い痛みとともに、〝丸太〟のアルコールまじりの鮮血が、床の上に飛び散った。

ドン!

〝丸太〟の手を離れたナイフが、床板に音をたてて突き立った。

「く……！」

武器をうしなった〝丸太〟が、傷付いた右手首をにぎりながら、ゆっくりとその場に膝をつく。痛みのせいなのか、彼の額には、おびただしい脂汗がにじみでていた。

「……残念だけど、私の講義はここまで。あなた、なかなかいい生徒でしたけどね」

女剣士が、戦意をうしなったならず者に、おだやかに微笑みかけた。足元に落ちていたテーブルクロスで剣先の血を拭い取ると、パチン、と音をたてて鞘にもどす。

「もっとも、よい生徒と、才能ある生徒は、かならずしも同一ではありませんけれど」

周囲の酔っ払いたちが言葉もなくとりまくなか、女剣士は落ち着いた様子のまま、うずくまる大男のわきを通り抜けた。床の上に突き立っている、主を失った大型ナイフをとりあげる。

「……まったく、どうしてならず者というのはこうなのかしら……あのお方とは、随分ちがうわ」

女剣士が、ナイフを検分しながら溜め息をついた。

そのとき。

ズバアン！

静まり返っていた酒場内に、突然銃声が轟き渡った。すさまじい音響に人々が一斉に身をかがめる。たちまち、周囲に硝煙の匂いが充満した。

「！」

突然の銃声に思わず肩をすくめてしまった女剣士が、何が起きたかと急いでまわりに目を向ける。

「！」

銃弾が命中したのだろう。見れば、彼女の

背後で、一人のこすっからそうな男が、床の上でもがいていた。血塗れとなった自分の肩を、さも痛そうにおさえている。

　肩を打ち抜かれたほうの手から、小振りな投げナイフが、こぼれるように床に落ちた。

「……こういう場所では、いったん抜いた剣を簡単におさめてはいけません。いつ、後ろから襲われるかわかりませんからね」

　哀れな小男の呻き声のみが聞こえる酒場内に、まだうす煙りをあげているピストルを手にした隻眼の女剣士が入ってきた。先の女剣士同様、黒衣に身をつつみ、羽飾りの見事な帽子をかぶっていたが、鈍い光を放つ螺鈿《らでん》の眼帯を右目にはめたその顔はもう一人にくらべてはるかに精悍で、まるで、一匹の女豹のようである。

「お教えしたはずですよ、姫様」

　隻眼の女剣士は、手にしたピストルをベルトに差し込みながら、先の女剣士にニッコリと微笑んだ。

「う、うっかりしていただけです！」

　たしなめられたことを恥じ入ったのか、女剣士がすこしムッとしたように隻眼に言々かえした。そして、気恥ずかしさを振り払うように、彼女に後ろからナイフをお見舞いしようとしていた哀れな卑怯者に、ツカツカと近寄っていく。

　男の肩からは、おびただしい血が流れ出ていた。

「……この者は？」

　女剣士が、その愛くるしい顔を、隻眼の女剣士に傾けた。わずかな血を見ただけですぐに卒倒してしまうような、貴婦人《プレシューズ》華やかりしこの時代であるというのに、この娘ときたら男の傷口から流れ出ている血液など、まるで意に介していない。

女剣士の冷静な質問に、隻眼のほうも、

「さあ。たぶん、あの〝丸太〟の仲間なんでしょうけど、手配書にはありませんでしたね。たぶん、賞金もかからないような小者でしょう」

と、随分冷淡である。

「そう……でも、あのお方について、何か情報をもっているかもしれない」

女剣士が、何かを期待するように、男をながめた。

「ひょっとしたら、かなり有力な……」

彼女の物言いに、隻眼はしかたない、と溜め息をつき、肩をすくめた。

「わかりました。この男も、〝丸太〟ともどもひったてることにいたしましょう！」

と、男の襟首を掴んだかと思うと、男が痛さにもがくのにもかまわず、ズルズルと〝丸太〟のそばへとひきずっていった。

「ど、とうしようってんで？」

〝丸太〟の口から、ワナワナと不安におののく声が、やっとの思いでしぼり出された。先程までの、あの威勢のよさは見る影もない。

「あっしらをいったい……」

「どうということはない。おとなしくしていればね」

こびるような目つきの〝丸太〟に、隻眼が冷たく言いはなった。

「どのみち、これ以上騒いでも無駄なのは、分かっているんだろう？」

「け、警察だけはかんべんしてくれ！」

〝丸太〟は、祈願するように両の手をあわせた。

「捕まったら、おいらただじゃすまねえ……く、くびり殺されちまう！」

「それだけのことをしてきたんだろう？」

隻眼の言葉はやはり冷淡である。悪党にか

ける情けなどないらしい。

「しかたないさ」

「た、助けてくれ！　ま、まだ死にたかねえ！」

周囲の見物人の視線にもかまわず、〝丸太〟の顔が情けなくゆがんだ。その脳裏には、彼が幼いころに見た、山賊たちの公開処刑が思い起こされていた。

「おやめなさい」

〝丸太〟のことをいたぶる隻眼を、女剣士がとがめるように言った。

「からかったりして……それより」

「わかっております、姫様」

隻眼は、いたずらっぽく口元をゆるませると、ふたたびことさら冷酷な表情を浮かべて〝丸太〟に向き直った。

「さて……場合によっては、警察沙汰になどせんですむ方法がある」

その言葉に、悪人たちの顔に喜びが浮かびあがった。

「……もちろん、お前たちが、我々に協力するなら、だ」

「し、します、します、なんでもします！」

そう声をあげながら、〝丸太〟は修道士が司教に礼をとるように、隻眼のブーツに口付けする。

「なんでもいたします、なんでも！」

「フン！」

〝丸太〟の情けない行いに、隻眼は軽蔑するように鼻をならすと、威圧するように前かがみにすごんだ。

「……我々は、ある情報を欲している。あらゆる国家機関、どんな種類の組織に問うても、手に入れぬことのできぬ情報だ……それは、お前たちのような、暗黒街に住まう者にしか分からないであろう情報なのだ」

隻眼の言葉に、二人の悪党はキョトンとしたように聞き入っている。

　隻眼の声が、神妙なものへとかわった。

「お前達……黒い海賊という言葉に、なにか聞き覚えはないか？」

　そのときふいに、店の外がにわかに騒がしくなった。悪党を圧倒している絶世の美女二人組の姿を一目見んとする、物見高い野次馬たちで、外の往来はいつしかごったがえしていたのだが、そのおびただしい人込みの向こうから、それらをかきわけるように酒場へと近付いてくる一団があった。

　せっかくよい見物をしている所を邪魔されて、多くの人々がその一団に罵声をあびせようとした。が、その一群の姿を一目見るなり、あわてて出しかけた言葉を胃中に飲み込む。中には、彼らのことを目にするなり、人込みにまぎれてその場から立ち去ろうとする者もいた。

「どけどけい！」

　荒々しく群衆をかきわけながら姿をあらわしたのは、この街をとりしまる、キルリア市警察の武装隊であった。中年の隊長に率いられ統一されたお仕着せを身にまとっている二十人ほどの衛士たちの手には、三メートルほどの矛がにぎられている。人込みのなかをかきわけていくさまは、まるで、林が風に揺れ動いているようであった。

「ええい、いったい何の騒ぎか！」

　ようやく酒場にたどりついた隊長が、一声あげるなり腰の剣を引き抜いた。

「かような往来で太刀まわりを演じ、あろうことか銃火をまじえるとは言語道断！　身に覚えのある者は名乗りでい！」

　店内に彼の声が響き渡るが、誰も答えない。が、口を開かないかわりに、人々の視線が一斉に、同じ地点へとそそがれる。

　そこには、言うまでもなく二人のご令嬢がたたずんでいた。

「……お主らか」

　あらかさまに警戒しながら、隊長が二人の女剣士ににじりよる。

「お主たちが、この騒ぎの張本人なのか？」

「まあ、そういうことになりますわね」

　隻眼が、しらじらしい微笑みを浮かべる。その後ろで、もう一人の女剣士も、隊長に向かってニッコリとした。

「私としては、別に、このような騒ぎをおこすつもりはなかったのですけれど……この人がねえ……」

　と、隻眼が、床にうずくまる〝丸太〟の上にいたずらっぽく腰掛けた。

「……聞き分けてくださらないものですから」

　彼女は、自分の帽子を頭から取ると、そのはば広のつばで、〝丸太〟の頭をかるくなでた。とたんに〝丸太〟の体が、さも恐ろしげに震えはじめた。最も恐れていた警察を目の前にしているのだから無理もない。自分の上でふざけている隻眼の女が、自分のことをいつ突き出すか、いつ突き出すかと、気が気ではないのだ。

　肩を打ちぬかれた男などは、腰が抜けたようになりながらも、這うようにその場から逃れようとしている。

「いけないわ。逃げたりしちゃ」

　店の酒を勝手に手にしていたもう一人の女剣士が、いじわるくその行く手をはばんだ。

「じっとしてなさい」

　と、杯の中身を一口すする。

「ううぬ……その男のていたらくといい、もう一人のほうの傷といい……説明せい！

いったい、なにがあったのだ！」

　二十本の矛を目のまえにして、顔色ひとつ変えようともしない、余裕しゃくしゃくの女剣士たちに、隊長は腹立たしそうにいきまいた。

「見れば、そのほうが腰にさしておるそのピストル、銃口が煤けておるように見える。よもや、お主が銃をはなったのか！」

「ええ、そうですわ」

「……ええそうですわ、ではない！　町中で発砲するなど、傍若無人もいいところだ！説明せよ、いったい何事であるか！」

　女剣士たちの態度に、隊長の顔が見る見る真っ赤になっていく。

が。

「説明しろって言っても……」

　女剣士と隻眼がお互いこまったように顔を向き合わせた。二人同時に、

「ねえ……」

　隊長の頭から湯気がのぼった。

「うだうだしてるんじゃない！」

のらりくらりとする二人に向かって、隊長の口から唾が飛んだ。

「だいたい、その方らのその格好はなんだ？女の身でありながらそのような装束を身にまとうとは……」

「あら、いけません？　このほうが動きやすいものですから」

　隻眼が、わざとらしく自分の体を見回すそぶりをした。

「だって、スカートじゃ、剣はふるえませんもの」

「剣だと？　女が何で剣などふるわねばならん！」

「もちろん、闘うためですわ。ほかに何があるっていうんですの？」

　隻眼の返事はのほほんとしている。

「それとも、あなたの腰の剣は闘うためのものじゃないの？　飾りってことはないでしょう？」

「な、なにを！」

と、隊長が一歩詰め寄ろうとしたとき。

「隊長！　隊長！」

いきまく隊長の背後から、警官の一人が声をかけた。

「何だ！　どうした！」

「あの男、〝丸太〟です！　このていたらくに見間違えていましたが、間違いありません！　指名手配中のお尋ね者です！」

「何だと？」

〝丸太〟を指し示す警官の言葉に、隊長の表情がかわった。同時に〝丸太〟のほうも、隻眼の下でビクリと反応する。

「〝丸太〟といえば、巷を騒がす悪事の常習犯だぞ。まさかこのようなところに……」

「本当よ！」

いぶかしげな隊長に、隻眼が声をあげた。

「恐喝と暴行の常習犯、いかさまといんちきの連続犯で、有名かつ指名手配中の男〝丸太〟本人よ。私たちが捕らえましたの……もっとも、いまじゃ〝丸太〟っていうより〝腰掛け〟に改名したほうがよろしそうですけど……」

そう言いながら、手にした帽子でビクビクとおののいている〝丸太〟の頭をたのしげにはたく。

後方で、他人顔のまま杯をすすっていた女剣士がクスリと笑った。

「〝丸太〟だと？　まさか……」

それまで、敵意あらかさまだった隊長の顔が、〝丸太〟をのぞきこんだとたん、わずかばかり変化した。

「しかし、何ゆえお主たちがこの者を……」

「なぜって……よろしいですか姫様?」

隊長の問いかけに答えかねたのか、隻眼が後方の女剣士に承諾をもとめた。杯を手に、女剣士が会釈で了承する。

「では……」

隻眼が、あらたまったように、隊長に向き直った。

「私たち……こう見えても、実は賞金稼ぎですの」

「賞金稼ぎ?」

隻眼の言葉に、隊長が問い返す。

「すると、賞金稼ぎのそなたたちが、賞金首のこの男を捕らえたと?」

いぶかる隊長に、隻眼が会釈で答える。後方の女剣士も、同調するように杯をかかげた。

「……女のそなたたちが?」

「ええ」

「たった二人で?」

「ええ」

すまし顔で答える隻眼に、隊長はあっけにとられたように目を丸くした。沈黙がながれる。

しばらくして。

「馬鹿な!」

隊長の口から、女剣士たちをあざけるような声があがった。

「女二人でふだつきの悪党を捕らえただと? 大嘘もいい加減にせい! だいたい、女の身で賞金稼ぎとはあきれたこと言う。わしも、随分と長くこの仕事をしてきて、賞金稼ぎを名乗るならず者どもとも大勢知り合ったものだが、言うに事欠いて、女賞金稼ぎとは恐れ入った! まったく、あきれかえってものも言えんわ!」

隊長の剣が、ブルブルとふるえている〝丸太〟をしめす。

「だいたい、この男の通り名の意味を知っているのか？　ひとかかえもある丸太を、へし折ってしまうほどの怪力の持ち主であるからこそついた仇名だぞ！　それを、女二人で捕らえたなど、ホラを言うのもたいがいにせい！　それ、者ども！」

　隊長が、控える部下たちに激をとばした。隊長の号令一下、衛士たちの持つ矛が一斉に構えられる。強固な槍襖がたちまち形成された。

「何をたくらんどるのか知らんが、市中を騒がしたうえ、官憲である我らを愚弄するとは不埒千万！　おとなしく縛につけい！」

　隊長の怒声と同時に、衛士たちが一斉に一歩つめよる。

「お待ちなさい」

　戦闘集団を前にして、顔色一つかえない隻眼が、片手で衛士たちを制した。

「おとなしくしろ、というのなら、言う通りにいたしますけれど、それでは、後であなたがお困りになりますわよ」

「何！」

「……あなた、コインをお持ち？」

　突然の問いかけに、隊長がいぶかしげな表情を浮かべる。

　隊長の返事も聞かぬ間に、隻眼は懐に手をやると、一枚の銀貨をとりだし、隊長へとほおった。

「表をごらんなさい。何が描いてあります？」

　隻眼の言葉に、隊長は反射的にうけとったそれへ目をおとした。

「……ベルターナ造幣局。１６５８年」

「それは裏です」

　隻眼があきれたように溜め息をついた。

「裏返して」

　間抜けなミスを指摘され、隊長は一瞬赤面しながらも、気分悪そうに裏を返した。

「?」

「……レリーフがあるでしょう?」

隻眼の言う通り、銀貨の表面には、巻き毛も豊かな、美しい女性の横顔が浮き彫りになっていた。

「これがどうした?」

不機嫌そうに睨み返す隊長に、隻眼はふたたびあきれ顔になった。

「まだお分かりになりませんの?」

と、〝丸太〟の体から腰をあげる。

「そのレリーフ、誰だかご存じ?」

「もちろん……わが王国の第三王女、アンノワール様だ」

「その通り!」

隻眼の女剣士が、突然、もったいぶったように手にした帽子を天にかかげた。

「ここにおわすこのお方こそ、栄えあるベルターナ王家の第三の姫君にしてそのレリーフのモデルであらせられる、アンノワール殿下その人なのです!」

と、かたわらで杯をすすっている女剣士に向かって、うやうやしく一礼した。隻眼の高らかな宣言に、アンノワールと呼ばれた女剣士が、ワインから口をはなさずに片手で軽く答礼する。

その様子に、周囲の人々は意を飲まれたようになった。

「……アンノワール殿下だと?」

「そう。そしてこの私が、姫君の忠臣であり、護衛者でもある、クローゼ・バーニッシュ!」

絞り出すように問い返す隊長に、隻眼――クローゼ嬢が、誇らしげに名乗りをあげた。

突拍子もない女剣士の言葉に、しばらくのあいだ、酒場の中に唖然としたような沈黙がたちこめる。

やがて。

「ふざけるな！　言うに事欠いて、アンノワール様だと！」

激情する隊長のこめかみに、たちまち血管が浮かび上がってきた。

「このような騒動をおこしただけでも勘弁ならんのに、こともあろうに王族の一人だと！　もう勘弁ならん！　者ども、ひっくくれ！」

隊長の号令に、ふたたび衛士たちが矛をつがえて前進をはじめた。

「……」

せまりくる兵団を前に、女剣士たちは互いに顔を見合わせると、しかたなさそうに肩をすくめた。

宝石のような輝きをはなつ地中海を、突然わきあがる爆煙が黒墨のようにきたなく染めた。紅蓮の炎が吹き上がり、彼女の乗るガリオン船に次々と砲弾が命中、その船材が粉になって飛び散っていく。ほどなく、帆走能力を失った豪華船に、小鬼のような海賊たちが、つぎつぎと乗り込んできはじめた。

恐怖におののく彼女の周囲を、従卒たちが、防壁のようにとりかこんでいた。人垣により、いまわしい喧騒と、おぞましい阿鼻叫喚から彼女を守ろうとしているのだ。が、それでも、彼女の耳には、殺される声と銃火の音が充分すぎるほどとどいていたし、従卒たちの体の隙間から、悪鬼のような海賊たちの姿が、チラリチラリとかいまみえた。献身的な防御陣も、彼女の恐怖心をなだめることはできなかった。

突然、彼女たちの頭上で恐ろしげな音が響きはじめる。戦火が、船のマストやロープに燃え移り、あっというまにそれらを火柱にしてしまったのである。彼女の頭に、火の粉が雨のように降りかかってくる。

恐怖にかられ、思わず彼女が顔をふせたとき、突然、そばに立っていた従卒の一人が、声もなくその場にたおれた。偶然のものか、それとも故意のものなのか、見れば、彼のかぶっている軍帽に、弾丸が貫通した穴があいており、そこから、まるで噴水のようにおびただしい血液が吹き出していた。

はじめてまのあたりにする「死」というものへの恐怖に、彼女は我を忘れそうになった。周囲を見回せば、海賊にたいし剣をふるっている者は、もういくらも残っていない。それどころか、彼女を守るべき従卒や衛兵たちも、彼女の目の前でつぎつぎとたおれていく。その、まるで崩れ落ちていく砦のような護衛の向こうから、醜悪な面をした海賊たちが、幾人も彼女に向かってせまりくるのが見えた。

彼女のガラスの心が、やがて自分にも降りかかるであろうおぞましき災厄に、恐慌に陥ろうとした。

そのとき。

「！」

突然、一条の光が彼女と海賊との、ちょうど中間地点に降ってきたかと思うと、しきつめられた甲板が、吹きあがるように砕け散った。接近していた海賊たちが、あおりをくらって一斉になぎたおされる。

突然の着弾に、襲撃者たちと数少ない生き残りたちの間に動揺がはしった。海賊たちは口々に何かを叫び、生き残りたちは何が起こったのかわからずにただ呆然としている。もちろん、彼女自身もふくめて。

ふたたび、爆発音があたりを席巻した。今度はひとつではなく、一斉射のように、つぎつぎと弾着していく。何者かがはなつ砲弾が、彼女の船とそのそばに接舷している海賊船を、無差別に破壊していった。

　つぎつぎと轟く砲声におののきながら、彼女の目が、立ちのぼっている黒煙の向こうに釘付けとなった。いつあらわれたのか、もう一隻の帆船が舷側をこちらに向け、さかんに発砲していたのだ。しだいに距離をつめてくるその船体は、タールを塗りたくったようにすべて黒く、マストの上には、骸骨と百合の花をかたどった海賊旗が、たけだけしくはためいている。

　第二の海賊の登場に、彼女の意識がふたたび遠のこうとする。絶望にうちひしがれ、彼女はやがて訪れる自分の運命に観念した。

　だが、海賊たちの反応は違った。自分たちの船にまで砲撃を加えるその船に対し、かれらは口々に呪詛の言葉をはきちらし、果敢にも反撃を加えはじめたのだ。それまで、自分たちが餌食としていた人々のことなどまるで無視して。

　やがて、黒い海賊船が、接舷している彼女の船と海賊たちの船とのあいだに、艤装が砕けるのもかまわず割って入るように強襲した。船体に巨大な衝撃がはしり、呆然と声もでないままに闘いを見守っていた彼女の体が、投げ出されるように甲板の上にたおれこんだ。彼女の喉から、せきこむような息がもれでる。

　したたかに体をうちつけた彼女が顔を上げてみると、黒い海賊船から、もう一つの海賊船へと、戦士たちがのりこもうとしているところだった。かれらは、すべからく自分たちの船と同じ色をした衣装を身にまとっており、声も高らかに、まるでよく統制された軍隊よろしく突撃していく。海賊船の上が、たちまち混乱きわまる戦場へとかわっていった。

しばらくして、呆然としたままその場にへたり込んでいた彼女が、ハッと我にかえったとき、周囲には、いつのまにか一人の海賊ものこっていなかった。ただ、折り重なる不幸な骸たちのなかに、幾人かの海賊の体がよこたわっている。

どういうことなのか、事態を理解できない彼女が一人けげんな顔を浮かべたとき、突然、すこしはなれたところから、おびただしい銃声が響いた。見ると、煙りをあげながら去っていく海賊船めがけて、黒衣の海賊たちが、銃列を組んで射撃をくわえている。驚いたことに、かれらは自分たちの船だけでなく、彼女の船の上にも、隊列をつくっていた。

「……！」

敗走する海賊船を見ていた彼女の上に、ふいにひとつの影がおちた。予想外の接近者に、彼女の肩がビクンとこわばる。

「……」

恐怖に震える彼女は、影をおとす人物のほうを、おそるおそるうかがうように見上げた。そこには、凌辱と暴力を恐れる彼女の予想に反して、他の海賊たちとはあきらかに一線をひく、豪華な黒衣に身を包んだアイマスクの男が静かに立っていた。男の頭に、指揮官をしめす、刺繍だらけの帽子がのっかっている。

「……もう、大丈夫ですよ」

アイマスクの中の瞳が、彼女に向かってやさしく微笑んだ。

「お怪我はありませんか……殿下？」

黒い海賊の慈愛に満ちた言葉に、彼女――アンノワールは、自分の頬がたちまちあたたかく紅潮していくのを感じた……。

「殿下……殿下！」

肩をしきりに揺り動かすクローゼの声に、アンノワールはようやく目覚めた。瞬時に、夢の情景が遠のいていく。

「お迎えでございますよ、殿下」

小さな格子窓から差し込んでくる朝の光に目をしょぼつかせながら、アンノワールは横たわる上体を揺り起こした。そばにひかえるクローゼの指すほうを見てみると、重厚な鉄格子の向こうに、恐れおののき顔を真っ青にしている警察署長と、口をへの字にまげている王宮の憲兵隊長が立っていた。

「……おはようございます、殿下」

二人の有様に、憲兵隊長がため息をつきながら敬礼した。


ベルターナ王国の首都ベルターナ市。

その、巨大な都市の中央に築かれた、華麗なベルターナ宮殿。その中にある大規模で、見るものに溜め息をつかせるほど手の入れられた庭園を、すでに午前中の執務を終えた官僚や貴族、それに各国の大使たちが、うららかな午後を楽しむように、のんびりと散歩していた。日々の過酷な執務にどうしても殺伐としてしまう彼等の心が、庭園の空気を吸うことにより癒されるのである。庭園がつくられたのは、もう先々代の国王のときであるのだが、こうした午後の散歩は、その時以来からのよき習慣となっており、人々は、ここを歩くたびに、時の王に感謝した。

そういった、おだやかで代わりばえのしない日常をおくる大宮殿に、突如、この国の最高権力者の声がすべてを席巻するかのように轟きわたった。

「いったい、何を考えておるんだ！」

清涼殿のほうから、国王陛下その人の怒声が壁をつきぬけて庭園の辺りにまで響いてくる。あまりの音量に、庭木にとまってさえずっていた小鳥の群れが、一斉に飛び立ってしまった。

「王族の身でありながら、夜のキルリアなどを徘徊し、あまつさえ、賞金稼ぎなどというならず者どものまねごとをするとは……」

王家の居間で、声の主ベルターナ王と、その三番目の娘になるアンノワールが対峙していた。王のすぐかたわらでは、アンノワールの生母である王妃が、ちまちまと刺繍仕事をしている。

「……まったく、いくら言ってもまるで聞こうとせん！　少しは女らしくふるまったらどうなんだ？　なにが楽しくて、賞金稼ぎなんぞのまねごとをするのか……だいたい、お前には王女としての自覚があるのか！」

「ございます」

憤激したような王とは対称的に、アンノワールの返事にちっとも悪びれる様子はない。

「私は、当王国の第三王女です」

「自覚しとるだと？　嘘をつけ！　この、あきれた軽挙盲動が、今回で何回目になると思っとるんだ！」

年をへて、若い頃よりいくらか赤ら顔になっていた王の顔が、よりいっそう赤くなる。

「夜な夜な外を出回っては街を徘徊し、そのたんびに大層な問題をおこしおって……だいたい、女の分際で剣を振り回すだけでも、おてんばがすぎるというものだ！」

昨夜とおなじく男装姿のままのアンノワールをこきおろす王の言葉に、刺繍をしていた王妃の手元が一瞬ピクリとした。が、王もアンノワールもまったく気付かない。

「……しかも、こともあろうに悪漢相手に大太刀ぶるまい。そのうえ、それを止めにはいった警官隊をも、こてんぱんにしたそうではないか！」

そういいながら、王はどこにぶつけてよいかわからない怒りの度合いをしめすように、憤然として拳をふりまわした。が、アンノワールはあいかわらずのほほんとしたままである。

王が言っている通り、アンノワールとクローゼは、おとなしく縛についたわけではなかった。もちろん、彼女たちにしてみればことは穏便にすませたかったのだが、あの隊長、いささか血の気が多かったのである。隊長が指揮する密集重歩兵にたいし、二人は火の粉を払うつもりで、剣をひきぬいたのである。

「いったい、王国の官吏をなんと思っとるんだ！　国家の機構を支える、国の要だぞ！　そうでなくとも、ただでさえ警官のなり手がすくないというのに！」

「……ですから、あの方たちはちゃんと丁重にお送りいたしましたわ」

「そしてそのまま監獄に一晩とまってきたのではないか！」

言い訳しようとするアンノワールをどなりつけながら、王はかたわらのテーブルへ手をのばした。おいてある数枚の書類をとりあげ、サッと目をとおす。

「……報告によれば、警官隊側に、打撲による職務不能者が十六人も発生しておる！　全員が負った細かい切り傷、差し傷、ミミズ腫れについては、あまりの量にこの書式には書き切れておらん！　その他、舞台となった酒場の被害状況、破損した警官隊の装備、仕事を妨害されたという民間人の苦情など、いちいちとりあげることもできんほどだ！　おまけに、そなたたちがおもしろ半分にも捕らえた指名手配犯を、騒ぎのために取り逃がしたというではないか！」

いまいましげに、王が書類を引き裂きはじめる。

「キルリア署長が朝登庁したとき、一ヶ分隊をお釈迦にした狼藉者が捕らえられているはずの檻の中に、あろうことかそなたがいたので腰を抜かしたそうだ！」

アンノワールの脳裏に、憲兵隊長の横でおののきまくっていた署長の姿が思い浮かんだ。クスリ、と、思わず笑みがもれる。

「なにがおかしい！」

アンノワールのぶしつけな笑みに、王がどなりつけた。

「まったく……幼い頃はもっとおしとやかでかわいらしかったのに……いったい、いつからこんなやんちゃ姫になってしまったのか……」

あいもかわらずあっけらかんとしている愛娘に、王はあきらめるように溜め息をついた。

「まあいい……もうじき、こんなことで心を痛めんでもすむようになるんだからな」

「？」

王のつぶやきに、アンノワールがけげんそうに首をかしげた……いったい何のこと？

「ふう……」

王は、しばらく何か考えるように口をとざしていたが、やがて、それまでとはうってかわって落ち着いた口調でふたたび口を開いた。

「王女よ、そなたリベンダ王国を知っておるな」

脈絡のない突然の王の問いに、アンノワールは様子をうかがうように答えた。

「確か……〝板挟み六国〟のひとつかと……」

〝板挟み六国〟。

主人公たちと同じこの時代に生きねば、まず聞かれぬ言葉である。

アンノワールの父、ネイ国王が治めているのが、十七世紀ヨーロッパでも列強に数えられるベルターナ王国である。

このベルターナ王国から、わずかにはなれた地域に、やはり強大な国家、ウィンザーナ王国がある。古来よりこの二ヶ国、とかく仲がわるく、幾度も戦争を繰り返してきた。そもそもの発端から「蜂蜜戦争」（ウィンザーナ側は「砂糖動乱」と呼んでいる）とよばれるこの闘争は実に五百年にもおよび、現在は今の王妃、つまりアンノワールの母がウィンザーナより嫁いだことにより平和を維持することに成功しているが、その闘争は一時激烈をきわめ、過去に何度も実施された十字軍も、両国を通ることは避けたほどである。

ところが、それほどのいさかいを過去におこしていたというのに、以外なことに二つの国は国境を接していない。両国の間には、ヨーロッパに付き物の森と湖が点在していたのだが、もちろん空き地ではなかった。ちゃんと国が存在している。

二大国間の争いが起こるたびに、ときにはベルターナ、ときにはウィンザーナと、担ぐ御輿を鞍替えし、なんとか生き延びてきた弱小国が全部で六つ。

「蜂蜜」のたびに、関係のない戦火に巻き込まれてしまうこれら哀れな国々を総じて、人々はその地理的意味合いから〝板挟み六国〟と称しているのである。

「……うむ。そのとおりだ」

アンノワールの答えにうなずくと、王は壁

にかけてあるヨーロッパの地図を指し示した。

「……ここだ。これが、リベンダ王国」

みれば、ベルターナとウィンザーナにはさまれて、小さく「リベンダ」と書かれてあった。ベルターナ、ウィンザーナ、そして六国のひとつであるペインティングに三方を挟まれ、わずかに地中海に面している小さな国であった。

「そのリベンダが、私とどう関係がありますの？」

アンノワールが、首をひねる。

「そんな国、私行ったこともありませんのに」

「そうせくな。まあはなしを聞け……今、ヨーロッパが風雲急を告げとるのは、そなたも知っておろう」

王の言葉使いが、急にかしこまったものになる。

「三十年にもおよんだドイツでの戦争が終って久しいとはいえ、いまだ各国の対立ははげしい。イギリスはオランダをうかがい、フランスはネーデルランドに侵攻した。スペインは独立心たかいポルトガルのことを、いまだに認めようとはせんし、トルコ帝国も我々にとっては驚異だ。まさに、暗雲がたちこめておる」

王が喉を鳴らした。

「……そのような状況下、リベンダのようにちいさな国は、その生き残りのために奔走せねばならん。冷静に情勢を読み、確実な国益を考えてな……わかるか？」

「……はい」

「うむ。で、リベンダが、その国運をゆだねるために選び出したのが、わがベルターナなのだ。かの国は、わが国を友邦として選んだのだ」

　そう言葉を続ける王の態度が、なんだかそわそわしはじめた。何かを隠しているような感じである。その上、いぶかしげに王の言葉を聞き入っているアンノワールから、何となしに目をそらしている。

「……で、だ。実は先般、リベンダから使いがきてな。わが国との友好関係を、これまでよりいっそう強いものにするために……」

　一瞬、口元がとぎれる。

「……強いものにするために……だ。ここはひとつ、ベルターナから姫を一人賜われないかと言うのだ」

「な！」

　王が何を言わんとしているかをようやく察して、アンノワールの目が栗の実のように丸くなった。

　が、王はかまわず言葉をつづける。

「……でな、わしとしても、特に断る理由もない。友邦がふえるのはよいことじゃからな」

「承知したのですか！」

　抗議の声をあげるアンノワールに、王はいささか気押され気味になったが、負けじとことさらに威厳を強調した。

「よろこべ！　先方は、そなたを指名してきたのだ」

　あまりにも藪から棒の王の言葉に、アンノワールはしばらく呆気にとられたように口を開けたままポカンとしていたが、やがて、

「い、いくら国王陛下とはいえあんまりです！　勝手にそんなこと決めないでください！」

　と、華奢な両肩をいからせた。

「どうりで、ここのところ見たことのない使節が出入りしていると思ったら、私に内緒で

そんなことを決めていたのですか！　ひどすぎます！　あんまりです！」

が、王は知らん顔。

「……もう決まったことなのだ」

「もう決まった、って……知りません！　だいたい、風雲急を告げるって、ヨーロッパじゃここ千年間いつものことじゃないですか！　それに、リベンダ王国はもともとわが国の属国です！　それをいまさら……そうだ、ドルニアがいいわ……ドルニアがいるじゃないですか！　あの子なら、ちょうどいいと思いますわ！」

第四王女のことである。

「ドルニアを嫁がせましょう！　それが一番だわ」

「先方はそなたを是非に、と言っておる……それに、ドルニアはまだ七つだぞ。結婚にはいくらなんでも早すぎる」

「あら、七つなら立派ですわ。他の国では、もっと早い輿入れも例にあります」

「何を言う。そんなことがまかりとおったのは、いまから何百年も前のことだぞ。よく考えろ！」

「よく考えてほしいのは国王陛下です！」

アンノワールがヒステリックに叫んだ。

「私に黙って結婚なんか決めて、あまりに勝手すぎます！」

「どっちが勝手だ！」

王の癇癪玉がふたたび爆発した。

「だまって聞いておれば好き勝手ほうだいのことを言いおって……国王の立場を考えたことがあるのか！」

「だって」

「だってもへちまも無い！　もう決まったことなのだ！」

反論をこころみる娘を、父はゆるさない。

「わしのときも、父から言われた政略結婚だったが、今のそなたのようにわがままなんぞ言わなんだぞ！　そなたも王族であるなら、いいかげんに国王の言葉をききわけろ！」

王の剣幕に、アンノワールは返す言葉につまった。父親の理不尽に唇がかすかにふるえている。

しばらくの沈黙ののち。

「……もう知りません！」

アンノワールはそう言い放ち、クルリと向きを変えた。そしてそのまま、王が引き止める間もなく、憤慨したように居間を出ていこうとする。

が、ドアのノブに手をかけたとき、ふと立ち止まり、ふたたび王のほうへと体を向けた。

「……国王万歳！」

アンノワールは国王に向けて、仰々しい臣下の礼をわざとらしくとった。挑戦的な娘に王がどなりつけるべく目を剥いたときには、すでにアンノワールの体はドアの向こうへと飛び出していた。

「……まったく……なんて利かん坊だ」

アンノワールが姿を消すと、王は大きな溜め息をつき、王妃の真向いにある腰掛けに腰を下ろした。頭が痛そうに、指先で眉間をもむ。

「……まったく、誰に似たんだか」

そうつぶやきながら、王はチラリと王妃を盗み見た。

「あら、私はもっとおしとやかだったつもりですけど」

王の視線に気付いたのか、王妃は刺繍の手をやすめようともせずに言った。

「おしとやかねえ……」

あきれるようにつぶやく王に、王妃がさら

に、

「あなたのお父様似なんじゃなくって」

と言う王妃の態度は、アンノワール同様のほほんとしたものである。

「……ふむ。父上か」

王妃の言葉に王はそうつぶやくと、壁にかけられている今は亡き前王の肖像画に目をむけた。

「父上ねえ……」

肖像画の中から、胸甲に身をかためた荒々しい様相の前王が、王の眼を睨みかえしている。

それを見て、王は掌を組むと、昔を懐かしむように、しずかに目を閉じた。


「少々やりすぎだ」

陸軍大臣の執務室で、憲兵隊長が眼光も鋭く、そばに立つクローゼに言いはなった。窓際では、陸軍大臣その人が、背を向けて外を眺めている。

「お前に命じたのは姫君の御目付であって、悪事を働くための相棒ではない」

「申し訳ございません」

とクローゼは言うが、その顔は少しも悪びれていない。どころか、手持ちぶたさそうに顔の眼帯をとりはずし、螺鈿の埋め込まれた表面に息をはきかけ、袖口で磨きだす始末である。

そんなクローゼに、憲兵隊長はあきれたように溜め息をついた。

「まったく……キルリア署長のやつ、間違いとは言え、王族をつないだというので恐れ入っておったぞ。かわいそうに……」

「でも処分されないのでしょう?」

「あたりまえだ!」

クローゼの軽率な物言いに、憲兵隊長は声

を荒げた。

「奴と奴の部下は、職務遂行の義務を立派に果たしたんだ。巷で暴れ狂っていたならず者が、たまたま王族だったというのは、奴にとってはたんなる不幸にすぎん」

「暴れ狂ったならず者……姫君がですか？」

「そなたもだ！」

少しも反省の色を見せないクローゼに、憲兵隊長はふたたび溜め息をついた。

「まったく……聞けばビア樽のような大男を、素手で投げ飛ばしたというではないか。いったい、その華奢な体のどこにそんな怪力があるのか……」

「あら、投げたのは姫様ですのよ」

クローゼが、憲兵隊長の言葉を訂正する。

「私はピストルを放っただけ……」

「父上直伝の組手を姫君に伝授したのはお前だろうが！　それに、そなたたちが縛につくときの報告も、ちゃんと届いておる！」

手に持っていた書類を指し示す。

クローゼが、つきつけられる書類から、自然さをよそおい目をそらした。

「まったく」

憲兵隊長は、書類を執務卓の上にほうりなげた。

「いったいぜんたい、なんでまた賞金稼ぎなんだ？　なにゆえ、姫君はそのようなものに固執されておる？」

「それは……」

射抜くような鋭い詮議の視線に、クローゼは口ごもりながら目をそらした。その様子に、またも溜め息がもれる。

「……これでは、とても御目付という仕事を理解しとるとはいえんな」

憲兵隊長の言葉に、クローゼはきまり悪そうに下を向いた。

「……まあいい。この質問も、これで四度目だ。今更、そう簡単に教えてもらえるとは思っておらん」

「……申し訳ございません」

そう詫びるクローゼの口調は、先程のようなのほほんとしたものではなかった。

言えない……誰にも言えないのだ……姫様が、そう願ったから……。

「なあ、クローゼ」

憲兵隊長の口調が、それまでの職務的なものから、うってかわったようにやさしいものになった。

「我々はこの世でたった二人の兄妹だ。その私に言えんというのだから、私もこれ以上は聞かん。だがな」

と、窓際の陸軍大臣をしめし、

「我々二人は、父上の子供でもあるんだ。父上は、先王の時代から王室に仕えてきた。それこそ、命をけずるようにしてな。われわれ兄妹も、父の仕事をついで、王と王国のために働かねばならん。わかるな？」

「はい、お兄さま」

「だったら、お前ももっと自覚をもって、王と王国のために、姫君にお仕えしろ」

「……はい」

「まあよいではないか」

それまで無言のまま二人の会話を耳にしていた陸軍大臣が、はじめて口を開いた。ゆっくりとふり向くと、静かに兄妹のそばへと歩みよる。

「クローゼもよくわかっているよ。そうだろう？」

娘同様隻眼の大臣の目が、やさしげに二人にそそがれる。

「それに、わしが王にお仕えしてきたのは、流浪して行き場のなかったわしを拾ってくれた先王に報いるためであり、それはわし個人の問題だ。お前たち子孫にまで、わしの信条を押し付けようとは思っとらん」

「しかし父上」

憲兵隊長が口を開こうとするのを、大臣は片手でなだめる。

「……わしが、長い時間かけて遥か東方からこの国にたどりついたばかりのころだが……」

陸軍大臣の目が、遠い記憶の彼方へと向けられる。

「ある商家の娘に恋をした男がおってな。その男、自分の身分のことなど少しも考えずに、よう出歩いてはその娘のために大騒動をおこしおった。奴にはほとほと手を焼いた」

憲兵隊長とクローゼの目が、思わず壁にかけられた、若かりし頃の先王の肖像画へとむけられる。

「また、その男の息子というのが、その男以上にトラブルメーカーでな。花嫁を迎えるおり、やっぱりひと悶着おこしおった。あのときは、あやうく戦争が起きるところだったぞ」

「……あの国王陛下ならうなずけますわ」

クローゼが楽しげにニッコリと微笑む。

「……まあ、そんなこともあったんだが、お二人とも立派に成人なされて、無事王位にお付きになられた。今では、わが国もキリスト圏随一の強国だ。もし、お二人のいずれかが、王宮に引きこもってばかりいる青瓢箪《あおびょうたん》だったら、今という時代はなかったかもしれん」

「しかし、姫君は婦女子です。そのことを考えれば、今の姫君の素行には問題が多すぎます」

憲兵隊長が異議をとなえる。

「だいたい、男装するなどとはとんでもないことです。そんなお転婆は、〝オルレアンの乙女《ジャンヌ・ダルク》〟と、クローゼだけで充分です」

憲兵隊長の言葉に、クローゼの顔がカチンと強張る。

その様子に、陸軍大臣の口から笑みがこぼれた。

「フフフ。確かにそうかもしれん。だが、お妃様も、かつては男装の女剣士を演じたことがあるのだぞ」

「しかし、それは……」

「わかっておる。あれは先王のいたずらだった。少々やりすぎだったがな……とにかく、たとえ直接の王位継承者ではなくとも、姫君もベルターナの未来のうちの一つだということにかわりはない。もっとも、それはそなたたちにも言えることだがな」

そういいながら、陸軍大臣は愛しそうに二人の頭をなでた。子供達が、ごく自然に片膝をつく。

「……確かに、姫君も王族であるからには、その御身は大切であろう。あまりにすぎる乱暴も関心せんが、王族であるからこそ、若いうちに外に出て、世界をその目で見るということは大切なことだと思う」

「はい」

「……それにな」

神妙に聞き入る子供達に、陸軍大臣の口もとがいたずらっぽくゆるんだ。

「血筋なんだよ……厄介ごとを招き込むのは、ベルターナ一族の家系なんだ」


「あんまりだわ！」

やり場のない憤りに頭をカッカさせながら、アンノワールは荒々しく廊下を歩いていた。ブーツの踵が、磨き込まれた床の上を削るようにはじいていく。侍女や文官たちが、足速な姫君にむかって次々におじぎするが、アンノワールは目もくれない。ただ、片手でわずらわしそうに答礼するたげである。機嫌の悪そうな王族の様子に侍女たちが顔を見合わせ、ふたたびアンノワールを目で追ったときには、すでに彼女の姿は遥か彼方となっていた。

そんなぐあいの彼女が、「陸軍大臣」と書かれた部屋の前を通りかかったとき、部屋から出てきたクローゼとバッタリ行きあった。

「あら姫様」

お座なりの敬礼をしながら、クローゼはアンノワールの様子に含み笑いをもらした。

「今回はまた、随分とお叱りをうけたご様子で」

「そんなこと、どうでもよいことです！」

半分からかうようなクローゼの言葉だったが、アンノワールの語調は激しい。

「おこられるなんて、今にはじまったことではありません……それより、大変なことになったの！」

「何ごとです？」

「実は……」

アンノワールは首をかしげるクローゼの腕を取ると、みちびくように外へ向かった。

「え、結婚！」

しばらくして、大庭園の人気のないブロックで、ベンチに腰かけたクローゼの口からすっとんきょうな声があがった。

その甲高い声に、立哨《りっしょう》していた衛兵が、何ごとかと周囲を見回す。

「結婚、て……あの結婚ですか？」

「そうよ……ほかに何があるの？」

アンノワールは、いまだ膨れっ面のまま、

腹立たしそうに腕をくんだ。

「しかも、この私を名指しだなんて……リベンダの人たちって、いったい何を考えているんだか……」

「へえ……」

アンノワールの言葉に、クローゼは感心するように笑みをもらす。

「姫様みたいな男勝りを名指しで……世の中には物好きな殿方もおられますね」

「何です！」

クローゼのからかうような物言いに、アンノワールは食い付くように言い返した。

「あなただって、私と似たようなものじゃない！　その格好、私よりさまになってるわ！」

「あら、こんな私でも、好いてくれるお方はおりますわ」

「どうせ、あの中年の銃士隊長のことでしょう」

「あら、チューブ様はとってもいいかたですわ」

アンノワールの嫌味にも、クローゼは平然としている。

「で、先方の……何ていいましたっけ？」

「リベンダ」

「そうそう、そのリベンダ王国。よく姫君のことをご存じでしたわね。ひょっとして、どこぞの宮殿で見初められたとか……」

「知らないわ、そんなこと……」

アンノワール、やはりぶっきらぼう。

「まったく……私にしてみれば、いい迷惑だわ！　リベンダなんて田舎に嫁ぐ気なんてさらさらないのに。それに、どこの馬の骨ともわからない男に嫁ぐなんてまっぴら！　私には、あのお方しかいないのよ！」

その言葉に、クローゼの顔付きが急にあら

たまった。

「……黒い……海賊ですか」

黒い海賊。

以前、アンノワール殿下が、まだ御年九つになられたばかりのころ、ローマに赴くため、一度だけ地中海に出たことがあった。

そのおり、彼女の乗った船は嵐にみまわれ、護衛艦隊とはぐれてしまったのである。そして、その孤立してしまったふいをつくように、一隻だけで帆走している豪華船に獲物をさだめた海賊船が襲撃をかけてきたのだ。

王家が誇る軍艦とはいえ、その船はローマ行きということもあり、乗組員のほとんどが文官であった。いつもなら生え抜きの兵士たちが乗り込んでいるのだが、そのときはたまたま、お召し艦としてしつらえていたのである。そのうえ、海賊の攻撃は巧みであった。とてもただの海賊とはおもえない鮮やかさでフリゲート艦をあやつり、巧みに攻撃をかけてくる。お召し艦はたちまち窮地に陥った。

と、海賊の魔の手が、まさにアンノワールへとのびようとしたそのとき、突然、正体不明の黒い軍艦が、彼女たちを救助したのだ。その軍艦の攻撃をうけ、海賊たちはまたたくまに退散していった。

もっとも、助けられた、というのはアンノワールの記憶である。公式には、お召し艦に襲撃をかけてきた第二の海賊として記録され、海賊を撃退したのも、その軍艦ではなく、死んだお召し艦の艦長ということになっている。また、黒い軍艦のマストに、見間違えようはずもない海賊旗がひるがえっていた事実は、アンノワールの記憶のなかにも確かである。だが、そんなことは問題ではない。

クローゼにとって一番の問題は、その船体や乗組員たちが一様に黒ずくめだったことにちなんで、姫君が「黒い海賊」と通称している軍艦の艦長らしき人物に、アンノワール自身が、激しく恋心を燃やしていることなのだ。

　こまったものである。しかもそれは、クローゼの目から見ても、暇潰しがてらの宮廷愛のように単純なものではなかった。

　もちろん、このことは二人だけの秘密にしてある。こんなことが他人に知れれば、王室は大変な騒ぎとなってしまうことは明白だからである。特に、あの国王は黙っていないだろう。もし、知れたときは一大事である。

「ですが……」

　クローゼがつぶやく。

「……本当にいるのでしょうか？」

　その言葉に、アンノワールの顔色がかわった。

「あなた、今になって私の言葉を疑うの？」

「いえ、決してそういうわけではありませんが……」

　クローゼの眉間に、疑念のしわがよる。

「……姫様も私も、もう随分と探していますのに、いまだにとんと分かりません。海軍記録局で調べましても、そのような海賊の資料はございませんでした。唯一、記録されているものといえば、姫様が襲われた……失礼、救助された、あの時の物のみで……」

「だから、情報を入手するために、わざわざこんな賞金稼ぎなんかに身をやつしているんじゃない！」

　アンノワールの声がたかぶる。

「海賊はかならず、散財のために港に寄港するわ。だから、港々の犯罪者たちと接触していれば、いずれ必ず……」

「それなんですけれど……」

　クローゼが、まるで内緒話しでもするよう

に、アンノワールに膝をよせた。

「港で得られた情報や、海軍軍令部の見解から、私考えたんですけれど……」

「何？」

「私たち、やり方がまずいのでは」

「やり方って？」

「ありていに言えば、捜索している地域です」

クローゼの言葉に、アンノワールが首をかしげる。

「……確かに、姫様のおっしゃる通り、海賊という生き物は散財を好みますから、巷をあるけば、いずれ海賊と出会えるでしょう……でも、それは運がよければです」

「……というと？」

「姫様が探しておられるのは海賊でございましょう？　ならば、海賊のいる場所をさがさねば」

「それならやっぱり……」

と、言い返すアンノワールを、クローゼの手が押し止める。

「わかっております。私が申したいのは、海賊が活動している場所のことです……姫様は、地中海で黒い海賊とお会いになったんでしたね？」

「ええ……ですから」

「わかっております。が、しかし、姫様が海賊と出会った頃と現在とでは、地中海の情勢が違ってきているのです」

クローゼはここでいったん言葉をとめ、かぶっていた帽子をかたわらにおいた。そして、あらためて話し始める。

「……いいですか。我々がいままで情報集めのためにおもむいたのは、いずれもわが国内です。これは、地中海全体から見れば実にわずかな範囲にすぎませんし、はっきり言って、わが国で出会える犯罪者どもにしてもたかがしれてます。あの〝丸太〟なんて、よその国、たとえばジェノア辺りに行けば、はいて捨てるほどの小者でしょう。なんといっても、わが国は治安がいいですからね」

　クローゼの言葉に、アンノワールは自分が褒められたようにニッコリと笑みを浮かべた。

「……それに、海運事情もかわってきています。大昔には、地中海にも海賊行為をなりわいとするような、とんでもない島国が数多くあったようですけれど、今は、各国が自国の利権を守るため、あるいは軍の移動のため、さかんに艦隊を出動させるせいで、地中海では海賊はなりをひそめています……これは、なにも今にはじまったことではなく、私たちが生まれる何十年も前からみられた傾向らしいです」

「じゃああの方は……」

　アンノワールの問いに、クローゼはさらに続ける。

「そこです。姫様をお助けした黒い海賊にしても、襲っていた海賊にしても、地中海の海賊であるというには、理屈に無理があるんです……もし、本当にいたのなら、とっくに海の藻屑になってるか、それとも刑場の露に……」

「やめて！」

　アンノワールが、クローゼの不吉な言葉を激しく打ち消した。まさかあの方がそんなことになってるはずがないわ……。

「失礼しました」

　アンノワールの悲痛な怒声に、クローゼが自分の不用意な言葉を詫びる。

「……ですが、姫様に分かっていただきたいのです。もう、地中海というのは、海賊がいられるような場所ではないのです。彼等にとって、この海は、艦隊が行き交う危険きわまりない地域なのです」

「では、あの方は……」

アンノワールの顔が、沈痛にうつむく。

「先程も申しました通り、ここ近年、海賊の活動や、その処刑、討伐などをしめす記録はございません」

ここでクローゼはとっておき、という具合に咳払いした。

「……ですが、地中海をはなれれば、海賊に関する新しい記録が、今も綴られ続けている所は多うございます」

クローゼの言葉に、沈み込んでいたアンノワールが思わず声をあげた。

「大西洋ね！」

「ご明察です……ですが、大西洋といっても広いでしょう？　かれら海賊たちも休養は必要でしょうし、例の散財もせねばなりません。とすると……」

クローゼが、思案げに顎をつまむ。

「……アフリカ西岸か……もしくは……」

「新世界ね！」

アンノワールが声高に言った。その言葉に、クローゼが満足そうにうなずく。

「……隠れ家となりうる島なんかのことを考えますと、そう考えるのが自然でしょう。かの地では、イギリスのモーガン卿も活躍したということですし……」

「では、あの方もそこに？」

「さあ……そこまでは……」

早々と期待にみちた瞳のアンノワールに、クローゼはこまったような表情を浮かべた。

「……ですが、少なくとも大西洋ならば、地中海よりずっと確率は高いと思います。海賊の働く場も多いでしょうし、海軍の動員数も地中海やヨーロッパ近海に比べれば稀薄です。それに、カリブは海賊のメッカですわ」

「大西洋……」

そうつぶやくアンノワールの目に輝きが満ちてきた。

「新世界……そこに、あの方がおられるのだわ！」

感極まったように、自分の帽子を抱き締める。

「行かなきゃ！　新世界へ！」

「……あの……姫様」

自分の世界に入ろうとしているアンノワールを、クローゼが困った顔でたしなめる。

「……姫様！」

「ん？　何？」

「お忘れで」

「何を？」

「……リベンダ」

クローゼの言葉に、アンノワールから発散されていた光が一瞬でしぼんだ。

「……そうだったわ」

アンノワールの口から、大きな溜め息がもれた。

「まったく……せっかく、あの方に会えるかもしれない、て、目途がたってきたのに……」

悔しげに抱いていた帽子を投げ捨てる。

「ここで結婚なんか承諾したら、すべて水の泡になってしまうわ！」

そのとき。

「おー。おられたおられた」

突然、庭木の向こうから、たくさんの侍女を従えて、王室の侍従長が姿をあらわした。歩く儀礼法典と仇名される、王宮にとりついている年寄りである。

「あー姫様」

しずしずとアンノワールの前までくると、

彼は仇名通りに、取って付けたような礼をした。


「姫様にはご機嫌うるわしゅう……」

「別に機嫌などよくありません！」

と、アンノワールはつっけんどんに言い返したが、その声は少しうわずっていた。と、いうのも、どういうことなのか、侍従長の従えてきた侍女たちが、すまし顔のままアンノワールたちを遠巻きにしはじめたのだ。

「何のようです。早く言いなさい！」

居丈高に言い放つアンノワールに、侍従長は顔色も変えずもう一度かるく会釈した。

「あー。なれば……姫君には、これより衣装部屋までご同行願いたく……」

「衣装部屋？　なぜです？」

侍従長の言葉に、アンノワールはけげんそうな顔をする。

「なんで、私がそんな所にいかねばならないのです？」

「あー。なれば、御婚礼衣装の仮縫いでございますれば……」

「婚礼衣装ですって？」

アンノワールがかんだかい声を上げた。

「何を言っているのです！　私になんでそんなものが必要なのです！」

「あー。姫君には、このたびリベンダとのご婚儀がめでたく……」

「およしなさい、そのような話！　あれは父上が勝手に決めたことであって、私はまだ承諾などしておりません！」

憤慨するように侍従長の言葉を打ち消すアンノワールだったが、当の侍従長は、あいもかわらず顔色一つかえようとしない。

「あー。そうは申しましても、国王陛下からの勅命でございますれば……」

「いやです！　私は行きません！」

プイッ、と横を向いてしまうアンノワール。

姫君のその様子に、侍従長はしばらくのあいだ黙していたが、そのポーカーフェイスの下で意を決したのか、

「……あー。さようでございますか。では、いたしかたございません」

ポンポン、と、手を打った。

と、どうだろう。アンノワールとクローゼを無言のままに取り囲んでいた侍女たちが、どこから取り出したのか手に手にシーツのような布をひろげて、まるで重装歩兵のように突進してきたのである。

「あ！　何をするのです！」

と、アンノワールが抵抗する間もなく、たちまち彼女の体が、白いシーツに押し包まれてしまう。

間を入れず、その人垣のなかから、ポン、とクローゼだけが、まるで邪魔者のように排泄された。

「……ひ、姫様！」

よろけるように吐き出されたクローゼがふりかえってみると、すでに、侍女の群体がアンノワールを押し包んだまま殿舎のほうへと引っ立てて行こうとしていた。

「何をするのです！　無礼ですよ！　私を誰と思って……」

と、その群体の中からアンノワールの声が聞こえるが、

「勅命でございます」

と、侍従長はにべもない。

「クローゼ！　クローゼ！　そこにいるんでしょう？　助けてください！」

アンノワールの言葉に、クローゼが足を踏み出そうとしたが、たちまち、儀礼法典がその前に立ちはだかった。

「勅命にございます」

その言葉は、誠にがんとしたものである。

「ああ、姫様……」

なすすべもないクローゼの前で、アンノワールは哀れにもそのまま引っ立てられて行ってしまった。


殿舎内の廊下を歩いていた一人の高級女官が、ふと、足をとめた。何やら妙な異音を察知したのである。耳をすましてみると、すぐそばの重々しい扉の向こうから、バタンバタンと大仰な音が聞こえてくる。

何かしら、とその女官が扉に近付こうとしたとき。

バタン！

と、扉の中から一人の侍女が飛び出してきた。出会い頭に、女官とバッタリ顔をあわせる。

「……」

女官が浮かべた疑念の表情を察したのか、侍女は、女官が口を開くより先に、女官の質問に答えた。

「……アンノワール殿下が御召しかえを」

侍女の答えに、女官はなるほどと納得のいったような顔をした。チラリ、と扉の中を覗きこむと、中では、大勢の侍女たちが、何者かと格闘している。

いうまでもなく、アンノワールであった。

「およしなさい！　私はいやです！」

「姫様、往生際が悪いですよ！　ささ、はやく御召しかえを……」

〝お局〟の異名をもつ初老の女官長が、侍女たちを指揮し、次々とアンノワールの装束をはぎとりはじめる。

「おやめなさい！　無礼でありましょう！」

アンノワールが、侍女に剣をとられまいと

抵抗する。

「私を誰とお思いです！　この国の……」

「やんごとなき第三王女様であることは重々承知しております」

女官長の返事はにべもない。

「ですが姫様、これは勅命でございます」

「くっ……」

アンノワールが言葉につまったところに、隣室から先程の侍従長が姿をあらわした。もちろん、やんごとなきご令嬢の着替えなどを、まちがっても見ることのないよう、厳重に目隠しされている。

「姫様」

侍従長は、アンノワールの右手を抱き押さえている侍女に向かい、

「国王陛下からの贈物でございます」

と、やはり同じように目隠しされている小姓二人に持たせた額縁をしめした。赤いベールがかぶされたままである。

「それは何です！」

上着をはぎ取ろうとする手に抵抗しながら、アンノワールが問う。

侍従長は、今度はアンノワールの左腕に取り付いている侍女に向かってニッコリとすると、

「ご先方様の肖像画にございます」

と、赤いベールをはぎとった。

一瞬、喧騒がやみ、すべての目が、肖像画に向けられた。

その肖像画には、三十代前半とおぼしき男性が、アンノワールにむかって微笑みかけていた。

「何です、こんなもの！」

突然、アンノワールのロングブーツが、肖像画の顔面に炸裂した。あおりをくらって、侍従長の体が後方にたおれる。

「姫様！」

たちまち、そのブーツに侍女たちがむらがった。衣装部屋が、ふたたび闘技場へとたちもどる。

「あーあ、蹴り倒しおった！」

衣装部屋で繰り広げられる乱闘を、隣の棟から覗いていた国王の口から溜め息がもれた。

「はぁ……せめて、相手の姿でも見れば、すこしは反応もかわるかと思ったんだが……」

「無理ですよあの娘には……血気盛んですから」

王のかたわらでは、あいかわらず王妃が刺繡をしている。

「そんなに簡単にはいきませんよ」

「そうかな？　わしは、父上からそなたの肖像画を一目見せられたとたん、そなたの他にはおらん！　と思ったもんだが……」

「あら光栄ですこと」

と、王妃は手も休めずわざとらしく言った。

「……そなたはどうであった？」

王が、何かを期待するかのように問いかける。

「やはり、父上はわしの絵を送ったのであろう？」

「ええ……」

と、王妃はしばらく刺繡の手を休めた。そして、ようやく思い出したかのように、

「……そうですわね。まあ、会ってみてもいいかな、て思いましたわ」

と、言うと、ふたたび刺繡に熱中しはじめた。

「な、なん……」

王妃のあまりにそっけない物言いに、王はあきれたように言葉をつまらせると、やがて、不機嫌そうに窓の外へと顔をそむけた。

夜。

ひっそりと寝静まったベルターナ宮に、三日月の光がやさしくそそいでいた。

王都の喧騒も、この時間になると、めだって聞こえなくなる。ただ、まだ店を閉めようとしない盛り場の賑わいだけが、遥か彼方からわずかに耳に届いた。城壁の上で立哨していた衛兵が、その音を聞き取り溜め息をつく。ああ、はやく下番の時間にならないものか。彼の持つ矛先に、月の光が冷たく反射した。

衛兵が、ワインの甘い香りを思い浮かべながら、クルリと体の向きをかえたとき。

宮殿の、清涼殿のあたりから、一つの黒い影が庭園の方へと走り出た。小動物のように芝生の上を滑走し、庭木の影にすばやく走りこむ。もちろん、その姿に先の衛兵は気付いていない。

その影は、衛兵の目にとまっていないことを確認すると、野鼠のように、一気に庭園を横切って行った。

クローゼは、灰色の天井を眺めていた。バロック風に作られた室内の華麗さは、闇のなかでもかわることはない。金細工の目を張るような輝きこそなかったが、それでも、調度の豪華さは匂ってくるようである。

ここは、王家から彼女が賜っている、宮殿内の一室である。アンノワール付となっていらい、彼女は自宅にいるよりも、ここに住む方が長かった。

「ふう……」

床についたまま、彼女の口から溜め息がもれる。ベットに入ってから、もう随分時間がたった。7を指していた柱時計の短針が、いつしか11を指している。

彼女がこんな時間まで寝付けなかったのは、別に体がほてっているとか、コーヒーを飲み過ぎたからというわけではない。考えごとをしていたのである。

……昼間は、まずいことを言ってしまったかも。

海賊の話である。彼女の話を耳にしたとたん、アンノワールはすぐにでも飛び出しそうな勢いを見せた。今にも、カリブ行きの船へ駆け込みそうなくらいに。

まったくもって、アンノワールは無茶なお姫様である。仮にも一国の王女たる人が、新世界へなど行けようはずがないではないか。ヨーロッパの圏内ならいざ知らず、こともあろうに、あの野蛮きわまりない新大陸などに。

でも、姫様って一途だから……。

こうと決めたら決して引き下がらないのが、ベルターナの第三王女であった。そのことは、二人がまだ幼いころ、はじめて引き合わされた時より、身に染みるほどに知り尽くしている。あの姫君は行くと言えばかならず行くだろう。少なくとも、行こうとするだろう。

とにかく……何でまた海賊なんかに……。

これは、アンノワールのことを考えるたびに、必ず思いおこされる疑問……いや、遺憾の思いである。アンノワールが、黒い海賊などという訳の分からぬ輩に心を奪われてさえいなければ、このように夜眠れぬほどに胸を痛めずともすんだのだ。

誰が知ろう！　数年前、姫君に、その心中を打ち明けられたときのクローゼの気持ちを。アンノワールに、すがるような顔をされ、助力を求められた時のクローゼの愕然とした思いを、誰が理解してくれるだろう。

だが、まったくもって、無茶、無理、無謀であることはクローゼにも分かっているのに、彼女はアンノワールのために働かなければならないさだめにあるのだ。国家と王家に忠誠を誓う、バーニッシュ一族の一人であることとは関係なしに、彼女は一人の女としてアンノワールを擁護せねばならなかったのだ。そう、自分自身に箍《たが》をはめたのだ。

ずっと以前、トルコ帝国がヨーロッパに侵入してきたとき、ベルターナ王国の銃士隊の一部が、オーストリアに派遣されたことがあった。その時、派遣部隊の長となったのはチューブという男だったのだが、このとき、この男あろうことか危うく国を裏切るような失態を演じてしまったのだ。今では、このチューブも銃士隊長の一人として精鋭「黒熊中隊」を率いる猛者であるが、この頃は、まだ外国の謀略に簡単に謀略されてしまうような、経験の少ない若者だったのである。

事件そのものは、哀れな若者が老獪な謀略家に陥れられるようなたぐいのもので、これは、チューブの戦友たちや、チューブ自身の手によっておさまったのであるが、このことが露見すれば、チューブは生きてはいられなかった。敬けんなクリスチャンである王と、王に仕える当時の銃士隊司令官、つまり今の陸軍大臣によって、処刑されることは必定であった。しかも、その事件には、当時幼心にチューブのことを慕っていたクローゼ自身も少なからず関係しており、それが父親に知れれば、彼女もまた、生きてはいられなかったのである。

が。

彼女たちは、かろうじて命を救われた。ベルターナ宮に潜入していた敵国のスパイ、チューブを謀略し、国家の安全と、王の命を狙っていた時の外務大臣を、そのときまだ剣もならっていなかったアンノワールが懐剣をもって刺殺したのである。

事を知ったチューブとクローゼが、あわてて宮殿に駆け付けたとき、アンノワールは、体中に返り血を浴び、震えながら、

「よかった。あなた方は無事だったのね……」

と、微笑みかけたのである。

どうして、その事件についてアンノワールが知り得たのかは、今もってわからない。だが、その騒動とは何の関係もない幼い姫君が、震える手で事件を精算してくれたおかげで、チューブは司令官への道を永久に失い、クローゼは片目を失うだけですんだ。事は闇に葬られ、王も陸軍大臣も、事件の存在すら知らない。

血のこびりついた短剣を握り締めたまま、アンノワールがゆっくりと床の上に失神していった時、クローゼの心は決められた。自分と自分の愛する男のために、健気に殺人を犯してくれたこのお方のため、一生をかけてご恩返しをしなければならない……。

が。

そのときは、よもやこの姫君が、海賊に恋しているなどとは思いもしなかった。

こまったわ……。

事は厄介である。アンノワールは海賊を思うあまりにすぐにでも新世界にむかって飛び出してしまいそうな雰囲気だし、王は王で、アンノワールの輿入れを強引に決めてしまった。

クローゼにしてみれば、アンノワールが国を飛び出してしまうのも困りものであったし、かといって、姫君が好きでもない男のもとに嫁ぐのにも賛成できない。できることなら、姫君の言う黒い海賊と添い遂げさせてあ

げたい。

「ふう……」

父や兄にも言えぬ秘密を抱え込んだまま、クローゼが溜め息をついたとき。

コンコン。

ふいに、窓枠をたたく音が聞こえた。一瞬、クローゼの体がビクリとこわばる。

コンコン。

ふたたび音がした。何ごとだろう、と、クローゼが窺い見ると、窓の外に、月明りにさらされた人影がうつっていた。

「何者?」

クローゼは起きあがると、そばにあったガウンをはおり、枕元に置いてあったピストルを手にとった。この時代、恋する人の寝室に、男が忍んで行く、という習慣が確かにあったにはあったが、クローゼ自身には、そんな心当たりがない。一瞬、チューブかな、とも思ったが、彼は今、宿敵トルコ帝国と戦うべく、ハンガリーに出兵している。

コンコン。

と、三たび窓が叩かれたとき、クローゼは静かに窓をあけはなった。と、同時に、ピストルを人影にむかって突き出す。

そんなクローゼに、人影がニッコリと微笑んだ。

「ひ、姫様!」

影の正体を見たとたん、クローゼの手が、危うくピストルを落としそうになった。

「何をしておられます!」

が、クローゼの問いに答えず、アンノワールは息を切らしながら、

「は、早く中に入れて」

と、目を丸くしているクローゼにねだった。

「結構つかれるのよ。こうしてしがみついて

いるのって」

言われてみて、クローゼはハッとした。そういえばここは二階である。アンノワールは、壁をつたう藤の木にしがみついているのだ。

「も、申し訳ございません」

あわてて、アンノワールを招き入れる。アンノワールが中へと入ったあと、彼女の体と一緒に、一抱えもある肩下げが、ドサリ、と床の上に置かれた。

「ふう……」

アンノワールはその上に腰をおろすと、息をととのえながら、クローゼのほうを見てクスリと笑った。

「ふふふ。クローゼのそんな姿を見ると、ようやく思い出すわ。あなたも、やはり私と同じ女だったのですね」

が、当のクローゼはアンノワールの言葉など聞いていない。

「どうしたのです！」

アンノワールのただならぬ様子に、クローゼは目を丸くしたまま声をあげた。

「何ごとなのです？　それにそのかっこう……」

無理もない。見れば、アンノワールは例の男装束に身をつつみ、剣だけでなくマスケット銃まで背負っている。その上、彼女が腰を下ろしている肩下げからは、大型のピストルが銃口をのぞかせているのだ。

「いったい何ごと……」

「いいですか、よく聞きなさい」

アンノワールが、帽子で顔を仰ぎながらクローゼに言いはなった。

「これから旅に出ます」

「旅？」

「ええ、この国を出るのです」

アンノワールの言葉に、さすがのクローゼも唖然となった。

「またどうして急に！」

「わかっているでしょう」

おどろくクローゼに、アンノワールがあきれ顔をする。

「あのお方を探しにいくのよ」

「あのお方、というと……まさか」

先程までクローゼの頭を悩ましていた懸念が、今、目の前で現実のものになろうとしている。

「……黒い海賊」

「さ、早くしたくなさい」

クローゼの心中など意にも介さないアンノワールである。

「もちろん、付いてきてくれるのでしょう？」

「し、しかし……」

クローゼは意を飲まれている。

「何もこんな時間に」

「こんな時間だからいいんでしょう。夜逃げするんですから」

「夜逃げ？　またどうしてです？」

「決まってるでしょう。まごまごしてると、私、リベンダに行かされちゃうのよ」

アンノワールが、くどいわ、と手の平をふる。

「私の操は、あの方のもの、と決めているのです。みすみす、他の男のものになんかなるもんですか！　さあ、わかったら用意なさい。荷物はここにあるのでしょう？」

「あるにはありますが……」

クローゼは、困ったように口元をにごらせた。

「……ですが……姫様、これはあまりに……」

「何です」

「無責任かと……」

クローゼの言葉に、アンノワールがカチンとなった。

「無責任？　私に責任などありませんよ」

「え！」

「だいたい、陛下がいけないのです。勝手に縁談など決めたりして……私は知りませんん！」

アンノワールはそう言い切ると、決断をせまるように、クローゼに面と向かった。

「それで、行くのですか行かないのですか？」

「そ、それは……」

クローゼが言葉に困る。

「それは……」

どうすべきだろう。

クローゼの中で、目付け役としての彼女と、アンノワールの友人としての彼女が交錯した。どうすべきだろう……お引き止めすべきだろうか。しかし、たとえお引き止めしても、このお方は一人ででも行ってしまわれるだろう。そういうお人なのだ。それに、確かに、このままでは姫様は意にそぐわないお方と結婚させられてしまう。同じ女として、それはあまりにおかわいそうだ。だが、かといって姫様の新世界行きを黙認できようはずもない。このお方は、とにもかくにも、栄えあるベルターナの王女様なのだ。いくら剣術と体術の達人になられたとはいえ、アメリカのような流刑地に赴いてよいはずがない……誰が同行しようとだ。

このとき、ふと、クローゼは自分のことをみつめるアンノワールのまなざしに気が付いた。言葉につまったクローゼのことを、アンノワールの透明なまなこが、じっと、心細そうにみつめている。それは、由緒正しいベルターナ王家に属する者が持つ王者特有の瞳ではなく、もっと高貴で、もっと純粋な、何か精神の真理を感じさせるような、嘆願の光を放っていた。

そうだ。

クローゼは思った。

このお方は求めていらっしゃるのだ……愛すべき人と、それを捜し出す術を……。

クローゼの顔が、どこかふっきれたようにあらたまった。

らちもない……私がどうすべきなのか、あのときから決まっていたことではないか。

クローゼは意を決すると、アンノワールに向かってニッコリと笑みをうかべた。

「……少々お待ちください」

そう言いながら、いままでやったこともない、プレシューズ然とした礼をする。

「すぐに準備いたしますわ」

やがて。

ベルターナ宮殿を取り巻く城壁から、二つの影が、飛び出すように空を舞った。言うまでもなく、第三王女とその従者である。

地に降り立った二人の女剣士は、まだ見ぬ冒険へとおもむくべく、ひるむこともなしに夜の大都市へ吸い込まれるように消えていった。


「何だと！」

朝の陽射しがやさしくふりそそいでいるベルターナ宮が、国王の叫び声に震撼した。

「王女がいない？」

「は！」

驚愕する国王の形相に、報告している憲兵隊長がたじたじとなる。

「宮殿内をくまなく探しましたが、姫君はおられません！」

「……またいつもの〝外出〟ではないのですか？」

王のとなりで編み物をしていた王妃がつぶやく。

「陛下が昨日あんなに叱りつけたりするから……」

「だまれ！」

王妃の言葉を、国王が一喝する。

「しかたないではないか！　あのときはああでも言わんと……」

わきから、王とともに憲兵隊長の報告を聞いていた陸軍大臣が声をあげた。

「そこの所はどうなんだ？　外出の可能性は？」

「きわめて少ないとおもわれます」

憲兵隊長が、陸軍大臣に向かう。

「まだ確実な所は申せませんが、もし外出ならば、妹からそのように通達があるまでです」

「クローゼのことか？」

王が苛立つように言った。

「よい！　とにかく、クローゼをつれてまいれ！」

「は！」

ほどなく、憲兵隊長に命じられて、憲兵が一人、広間を駆け出して行く。

「まったく……」

王が溜め息をついた。

「……外出でないなら何なんだ」

「……誘拐でしょうか？」

陸軍大臣が、落ち着き払ったまま言う。

「何せ、今のような時代ですからな。けっして、不自然なことではありません」

その言葉に、王と憲兵隊長の顔に一瞬緊張

が走った。確かに当時は、誘拐、恐喝、暗殺が国家間で横行していた時代である。

「ありうるな」

王が爪を噛んだ。

「特に……フランスなどは、前科もあるしな」

そのとき、先程とは別の憲兵が、慌ただしく広間に駆け込んできた。息を整えながら国王に最敬礼する憲兵に、王のかわりに憲兵隊長が前に進み出た。

「何だ？」

「は！　このような物が……」

と、憲兵が頭を下げながら片手で白い封筒を差し出す。

「なんだ？」

と、憲兵隊長はそれを取ろうとした。が、順序正しい指揮系統にじれったくなったのか、足速に割り込んできた国王が、それをとりあげてしまう。

憲兵と憲兵隊長が意を飲まれたように顔を見合わせている中で、王は荒々しく封を切ると、中を取りだしサッと目を通した。読み進めて行く王の顔が、段々と紅潮していく。

「……いかがいたしました、陛下？」

王の様子を察した陸軍大臣が声をかけた。が、王はそれには答えず、かわりに憲兵に向き直り、

「この手紙はどこに？」

「は！　姫君付の侍女が発見いたしたもので、姫君のベットの隙間に挟んであったそうであります」

憲兵の報告を聞きながら、王の手が、何かをこらえるようにプルプルと小刻みに震えていく。

「あの……陛下？」

何事であろうかと、憲兵隊長がうかがいを

たてたとき。

突然、王が爆発を起こした。

「あの、放蕩者が！」

たちまち、手にもっていた手紙が、細切れに引き裂かれていく。その様子に、憲兵隊長とその部下が、たじろいだ。

「まったく、何を考えとるんだ！」

手紙を細切れにしただけではあきたらないらしく、王は、床の上に散っている紙片をいまいましそうに踏み付けた。

「……いかがいたしました？」

憲兵隊員たちが、じりじりと後退りする中、陸軍大臣だけが、平然と王に問い掛けた。

「いったい、何だったのです？」

「……ちがう」

「は？」

「ちがう……これは誘拐などではない。これは……」

王のこめかみに、はち切れんばかりの血管が浮きあがった。

「家出だ！」

ふたたび、ベルターナ宮が神の怒りにふれたかのように震撼した。窓枠がブルブルと震え、外で巡察していた衛兵が何事かと後ろを振り向く。王の激憤に、全宮殿が戦慄を覚えた。

「くそう！」

王は、いまだおののいている憲兵隊長にむきなおると、

「すぐに警察長官を呼んでまいれ！　国境警備隊長と、入国管理局長もだ！　ただちに全土に布令を出し、あのいまいましい小娘を連れ戻すのだ！」

王の激に、憲兵隊長が踵を鳴らした。ただちに命令を実行すべく、追い立てられるよう

に広間を駆け出して行く。

「バーニッシュ！」

王は、今度は陸軍大臣に向き直り、

「ただちに情報部を招集しろ！　あらゆる情報網を駆使して、姫の行方を捜し出すのだ！」

そのとき。

王の横に腰掛けていた王妃の口元から、かすかに笑い声がもれた。それを聞き取った王が癪に触ったように振り向く。

「何がおかしい！」

「だって……」

王妃、手を休ませようともせず、

「おかしいですわよ……国境警備隊とか、情報部とか……」

ふたたび、クスリ、と笑う。

「大袈裟ですわ」

「一国の姫がいなくなったんだぞ！　しかも家出だ！　これは大変なことだぞ！」

「そうかしら」

「そうかしら、って……何だお前！　そんなに落ち着きはらって縫い物なんぞしおって！」

「縫い物ではなくて編み物ですわ」

王妃が、編み棒と毛糸を王に示す。

「……あなたの靴下なんですよ」

「どっちでも同じだろうが！」

揚げ足をとられて、王が一歩詰め寄る。

「だいたい、お前は娘がいなくなって心配じゃあないのか！」

「ええ」

王妃のそっけない返答に、王はしばし絶句した。

「……ええ、って……そ、それでも親か？」

が、王妃は王の呆れ顔など眼中にないかのように、せわしく手を動かしながら平然と言いかえす。

「親だから安心できるんですよ」

「何？」

「だって、あの子、私と陛下の娘なんですよ。家出の一つや二つ、いままで無かった方が不思議なくらいですわ」

「な！……」

王妃の物言いに、王がふたたび絶句する。

王妃はつづけた。

「……それに、陛下があのくらいの時分には、もっとお遊びの度が激しかったのでは？」

「う……」

「そういえば、わざわざ〝板挟み〟まで、大喧嘩をしにいらっしゃったことも……」

「あ、あれは遊びなどではない！」

どもりながらも王が言い返した。

「だいたい、あの時はそなたを助け出すため……」

「あらうれしいこと」

王妃の顔が、意地悪そうに微笑んだ。

「光栄ですわ……もっとも、あの時はバーニッシュには随分と迷惑かけましたけれど」

と、陸軍大臣に微笑んだ。

「そ、それに……」

言い訳するように、王が続けた。

「私は男だ！　それに、アンノワールに比べて、私は世間のこともよく知っていたし、剣だって使えた」

「あら、そんなに世間様について御精通でしたの？」

王妃が、わざとらしく驚嘆の表情をうかべる。

「いつだったかしら……科学アカデミーの長官から聞いた話では、世俗にはどこにでもあるような、鳥の田舎料理を口にして、旨い旨いと感激しておられたとか」

「何！　コラージュのやつそんなことを……」

声をあげる王を尻目に、王妃はさらにつづける。

「それに、あの子、たとえ世間知らずでも、剣の方はできましてよ」

編み棒で剣をふるう仕種をする。

「……御前試合のときに見ましたけれど、なかなかじゃないかしら？」

「御前試合って、父上が生きていたころの話じゃないか！」

王が呆れ顔をうかべる。

「そんな何年も前の話……それに、姫に剣を教えたのは誰だ？　どうせバーニッシュの娘にでも教わっただけなのだろう？……そういえば、あの紙に、あの娘を人質として連れて行くなどと書かれておった。まったく、いけしゃあしゃあと……」

「あら、クローゼだってなかなかのものですよ。何と言っても、バーニッシュの娘なんですから」

王妃の言葉に、陸軍大臣が会釈した。

「……それに、あの子に剣を教えたのは、何もクローゼだけではありませんよ。私だって……」

「何！　そなたも教えたと言うのか！」

王妃の得意そうな言葉に、王の顔がただならぬものへとかわった。

「いったい、いつ教えていたというのだ？」

「いつでも。お勉強の時間とか、ダンスのレッスンのときとか……」

「な、なんだと！　花嫁修業の時間に、そんなことをやっておったのか！」

王が唖然とした。

「このわしに隠れて、よくもそんなことを

……」

「だって、あなたお仕事でいつもお忙しいでしょ？」

王妃がニコニコしながら言う。

「娘たちの教育は、家庭を預かる私の仕事ですからね」

「娘たちって、アンノワールだけではないのか！」

「ええ。エカテリーナも、エリザベータも、ドルニアも……」

「……なんてこった！」

初めてあきらかにされた事実に、王は驚嘆のあまり首をふった。どうやら、王妃にもなみなみならぬ青春時代があったようである。

「……だから、心配などありません、と申しているのです」

「……」

王妃の言葉を聞きながら、王の顔が神妙になりはじめた。何かを考えこんでいるようだ。

やがて。

「やっぱり安心などできん！」

意を決したように声があがる。

「いや、むしろ妃から剣を習ったなどと知れたからには、一層、アンノワールが何をしでかすかわからなくなった！」

「まあひどい！」

王のあまりにきっぱりとした言いっぷりに、王妃がふくれっつらになる。

「バーニッシュ！」

王が、陸軍大臣に向き直った。

「行け！　行って、早々にすべきことをせよ！」

「は……」

陸軍大臣、一礼すると、さっそく足を出そうとした。が、ふと、立ち止まった。

「陛下」

「何だ？」

「情報部招集といいますと……『黒百合』も、でございますか？」

「う……そうか。あやつらがおったか」

陸軍大臣の問いに、王は一瞬つまった。

「……どういたします？」

「うーむ……」

「私の意見といたしましては、お呼びになられたほうがよろしいかと……」

「しかしのう……姫はもともとあやつらに……」

判断しかねている王に、陸軍大臣はさとすように、

「どのみち、あやつらに隠してはおけますまい」

「……また借りをつくるのか？」

「いたしかたございません。しかし、姫君が無事戻られれば、その借りもチャラになるかと……」

「そう簡単にいくかな？」

なおも思案げな王に、陸軍大臣がさらにさとす。

「ともかく……わが、ベルターナ王宮警察や、陸軍情報部のみでは、探索の範囲がかぎられております。ここは、あやつらの力を……」

「姫が、ヨーロッパから出るというのか？」

「さあ……しかし、失礼ながらお妃様似でいらっしゃいます姫君なら、その可能性も充分に……」

「まあひどい！」

王妃がさらにむくれた。

「バーニッシュまでそのようなことを！」

が、陸軍大臣、ニッコリと一礼を返すのみ。いったい、彼等の若いころに、どんな冒

険があったのだろう。

ともかく。

「……しかたないな」

しばらく考え込んでいた王が、決心したように口を開いた。

「よし。では、そなたの思うようにせよ」

「は」

王の言葉に、陸軍大臣は深々と頭を下げた。


所かわって、フランス王国は花の都。

今日もこの街は、もう数百年来繰り返してきたとおり、大都市としての機能を、滞ることなく活動させていた。市場では、取り引きする商人の声が盛んにあがり、工場では娘たちが無駄話しに花を咲かせながら糸を紡ぎ、通りでは未来永劫かわることなく陽気で明るいパリジャンが、通り掛かるご令嬢に声をかけている。幾度も戦火をくぐりぬけているというのに、パリはあいもかわらず、にぎやかである。

と。

その、花の都のごく一部、ちょうど、あらゆる通りが収束しているセーヌ川のシテ島のあたり。

あきらかに、他の雰囲気とは一線をしいている、冷たく、重々しい様相の建物があった。

それは、パリ特有の背の高い雑居アパートに周囲を囲まれた、四分の一ブロック程もない、ごく小さな古い城館であった。黒々とした建材で造られているせいで、他の建物に囲まれた中で異様なほどにうきあがっている。城館のそばを通る人影もまばらで、まだ日は高いというのに、まるでそこだけ夜のような雰囲気をただよわせていた。

おまけに、その建物の入り口には、悪名高い銃士隊員が二人も立戒《りっかい》しており、辺りに鋭い詮議の眼光を走らせていた。彼等は、なにかといえばすぐにでも剣に物を言わせる連中である。これだけでも、その城館がただの建物ではないことがわかった。バスチーユ要塞や、英国のロンドン塔など、ここに比べればもっと和やかに見えることだろう。

だが、この城館は、そのような政治犯御用達の監獄などではなかった。実はその建物こそ、後世その存在が疑問視されているとはいえ、フランス絶対王朝時代にあり、ヨーロッパの影の世界に暗躍してきたと言われる、あの、フランス情報局そのものなのだ。

「……」

銃士たちが警備しているその城門を、今、一人の男が平然とした顔でくぐろうとしていた。はじめ、男にたいし、露骨に詮議の顔をうかべていた銃士たちだったが、身なりよく将校の制服を着ているその男の顔を見たとたん、あわてるように敬礼した。男が、警備中の銃士たちを労うように答礼するが、銃士たちの顔には、凍り付くような緊張がはしったままだ。この荒くれ男達が、目の前にいる男のことを、まるで恐れるかのように、まんじりとも敬礼の姿勢をくずさない。

日頃パリの街を、肩で風を切って歩いているこの荒くれたちが、これほどまでにこの男にたいし畏敬の態度を見せるのは、何もこの男の顔にある、ゾッとするような傷跡だけが理由ではなかった。確かに、丹精で、ある意味では美しいとも言える男の横顔には、えぐられたような裂き傷が無残にも刻まれている。その傷は、まるで悪魔にでも引き裂かれたかのように恐ろしげなものであったが、しかし、銃士たちが男を恐れるのは、その傷のせいではない。

彼等が、こんなにも緊張し、恐れているのは、その男の正体と、男が背負っている任務の特殊性に対してなのだ。

「……ウオン少佐、まいりました」

城館の中、最上階の一室に入ると、男は、その部屋の主にむかって敬礼した。

「戦略研究会に出席しておりましたので、少々遅れてしまいました。お許しください」

深々と頭を下げるウオン少佐に、部屋の主――フランス情報局長は、卓上に向かったまま仕事の手を休めようともせずに口を開いた。

「……よい。遅れたといっても、わずかなものだ」

何かの重要書類の上を、大きなペンがサラサラと走る。

「……仮想敵国はどこだ？」

「今回はスペインです」

そう答えながら、ウオン少佐は、かぶっていた軍帽をかたわらの帽子掛けに掛けた。

「……いかに損害少なくピレネーを越えるか、が今回の議題でした」

「ふむ。で、どうだと？」

「は。英国を参戦させれば、軍の損害は、させない場合に比べて十パーセントは少なくできるだろうと……」

そういいながら、ウオン少佐はあざけるように鼻を鳴らした。

「実戦を知らぬ、学者どものたわごとです。ピレネー山脈は、そんなに簡単ではありません」

「そうだな」

ウオン少佐に、局長がうなずきながらペンを置く。

「……それに、英国を参戦させるなど、今の政治情勢ではできん相談だ……仇敵でもあるしな」

局長の言葉に、ウオン少佐の頬がピクンと反応した。局長の目はそれをとらえていたが、彼はあえて言葉を続けた。

「……この前の研究会のときは、仮想敵国はオランダだった。その前は連合国。その前はイタリア……そのたびに連中は、英国の参戦さえあればわが国に勝算あり、などと馬鹿げた答えをだす……陸軍省にも、たいした人物はおらんな」

「……はい」

そう答えるウオン少佐の声は、どこかかくぐもっていた。その様子に、局長が含み笑いをうかべた。

「どうした? やっぱり、英国と聞くと、心おだやかではおられんか?」

しかし、そうからかうような言葉の中にも、どこか同情心が感じられる。

「……無理もないな。君の国は、わがフランス王国が、いま最もその力を必要としている英国によって、ぼろ屑のようにしいたげられているのだからな」

局長のその言葉に、ウオン少佐の目の奥で、激烈な炎が燃え上がった。口元が、苦汁をなめたように引き締められる。

彼は、アイルランド人であった。アイルランドの歴史は、スコットランド同様、英国王室による、理不尽な支配の歴史そのものである。国土は蹂躙され、人々がちょっとでも反抗のそぶりを見せただけで、多くの家々が焼かれた。アイルランド人の人権はまったく無視され、多くの愛国者たちが、自分たちの非力さに涙を流した。幾度か、両国の共存と平和への道が模索されたが、数百年にもわたる勝利者の専横と、虐げられた者たちの屈辱と復讐心は、そう簡単には消せなかった。国家と民族の受けた恥辱を拭うために、何世代にもわたって抵抗組織が構成され、さかんにレジスタンス活動を展開している。

ウオン少佐も、そういった愛国者の一人なのだ。

「……今日、君を呼んだのはほかでもない」

故国と、それを虐げる仇敵を思い浮かべているウオン少佐に、局長が口を開いた。

「君は〝チョコレート作戦〟をおぼえているかね？」

局長の言葉に、ウオン少佐がふたたびピクンと反応した。

「もちろんです！」

少佐が、頬をはしる傷跡にふれながら、瞳の炎をさらに燃え上がらせた。

「この傷を負うはめになった作戦ですから」

ウオン少佐の脳裏に、自分のまえに立ちはだかり、たからかに勝利の笑みを浮かべている黒衣の男の姿が思い起こされた。その手には、たった今ウオンの頬を傷付けたばかりの、血のしたたるサーベルが握られている。

……あのとき、俺は奴に一太刀もあびせられなかった。

ウオン少佐が、苦い記憶に顔をゆがませる。

……それだけではない。奴は、手も足も出せなかった俺に、止めを刺して行かなかったんだ。まるで、敗残兵をあわれむかのように……。

「……そうか。そうだったな」

ウオン少佐の心中を察しているのか、局長の口調は静かである。

「……あの作戦は、完全にわが方の敗北であった。作戦の失敗で、我々は英国とベルターナが同盟するのを結局阻止できなかった。その後の進展は君も知っているな。英国は大西洋での覇権をいっそう強め、我々は大陸制覇への布石を多く失った。せっかく、君達アイルランドの民が、国王陛下のために働いてくれたのにな」

「我々は、ルイ陛下を敬愛しております」

ウオン少佐は、局長の背後にかけられているフランス国王の肖像画に軽く敬礼した。

「我々アイリッシュの境遇をご理解していただけた、ただ一人のお方でございますから……」

「……しかし、国益を思ってのことだ」

局長が冷ややかに言う。

「何も、陛下がアイルランドのために一肌脱ぐというわけではない」

「承知しております。ただ、我々としては、我々の敵である英国に対し、あくまで強気でおられる国王陛下をお慕いもうしているだけです」

ウオン少佐が、ふたたび肖像画に眼を向ける。

「……行くあてのなかった我々のことを、気前よく拾ってくださいましたから」

「……よい答えだ」

局長はそうつぶやくと親しげな笑みをうかべた。

「それでこそ、〝ワイルド・ギース〟の党首といえる……我々も安心して大事を任せられるというものだ」

局長は満足そうにそういうと、デスクの中から書類を一束とりだした。

「話を本題にもどそう……実は、他でもない〝チョコレート〟のさい、我々が拉致するはずだったベルターナの第三王女が、先日行方不明になった」

「行方不明？」

「そうだ。細部はまだ不明だが、少なくとも一昨日の朝には、すでに王宮から姿を消していたそうだ。〝拍車〟からの情報だから、間違いない」

〝拍車〟とは、ベルターナ王宮に潜入している工作員のことであろう。

ウオン少佐が、話に食い入るように両手を組んだ。

「……それで？」

「ベルターナ宮は大騒ぎになったようだ。誘拐ではないかとな。しかし、彼女が残した手紙が発見されて、事件が誘拐などではなく、俗に言う家出であることが判明した」

「……話の筋が見えませんが……」

家出、という脈絡のない言葉に、ウオン少佐が疑念の顔をうかべた。

「いまさら、ベルターナの第三王女が我々となんの関係が……」

「そこだ。実は、君に来てもらったのはそのためなのだ。実は君に、逐電している姫君を捜し出してもらいたいのだ」

「は？」

思わず聞き返すウオン少佐。

局長が、もう一度念を押すように言う。

「アンノワール姫を探しだし、我々の保護下におくのだ」

「……いったい、どういうことです？」

ウオン少佐が納得いかなそうに問い返す。

「よくわかりませんが……」

「これは、別の筋からの情報なんだが……」

と、局長はデスクの引きだしから、もうひとつ別の書類を取り出した。

「……ベルターナの外交活動に、ちょっとした動きが見られはじめた」

「と、いうと？」

「……オランダだ」

「……なるほど」

ようやく合点のいったようにうなずくウオン少佐に、局長はなおも続けた。

「ベルターナは、オランダ共和国となんらかの同盟を結ぶつもりらしい」

「なるほど」

ウオン少佐が、もう一度うなずく。

「〝チョコレート〟と同じですな」

「そうだ。あのときと同じだ。が、今回は失敗できん。ベルターナとオランダが、もし、軍事同盟なんぞを結ぶことになれば、わが国は軍事上きわめて危うい立場となってしまう。ベルターナ王の妃の母国、ウィンザーナも右へならうことは必定だからな」

局長の言葉に、ウオン少佐が同意したようにうなずく。

「わかりました。ならば、アンノワール姫を我らが手中に」

「うむ。だが、気を付けろよ。今回は前回と違い、姫君の逐電という予想外の珍事がおきている上、ベルターナの悪名高い王宮警察も動きをみせておる。それに……」

局長の声が、辺りを窺うように低くなった。

「……前回、君達の行動を妨害した連中にも、一応気を付けておいたほうがいいかもしれん。やつら、ひょっとしたらただの海賊ではないかもしれん」

局長の言葉に、傷跡をひきつらせながらウオン少佐が身をのりだした。

「と、いいますと？」

「……まだ未確認ではあるが、各国の情報組織で、時々ではあるが、黒装束の男の話がでてくる。もちろん、これはあくまで諜報世界での話だ」

「と、すると……」

「うむ。連中は、我々のまだ関知していない、どこぞの国の秘密活動部隊なのかもしれん」

そういいながら、局長は机の上で冷たくなっていた紅茶をすすった。

「……君の船を襲った黒ずくめの海賊……もしかしたら、ベルターナと何か関係が……」

「しかし……まさか……」

「……本当に、そう思うか?」

疑念の声をもらしたウオン少佐に、局長が言った。その問いに、ウオン少佐はしばし言葉につまったように無言だったが、やがて。

「いえ……出てくるかも……いや!」

声がたかぶる。

「あやつには、ぜがひにでも、姿をあらわしてもらいたいですな!」

そう言い放つウオン少佐の顔には、復讐達成への期待に、傷跡もすさまじい残酷な笑みが浮かんでいた。ピンと跳ねた髭の下で、ピンク色の舌先がゆっくりと唇をなぜる。

今、ウオン少佐の頭には故国アイルランドのことも、恩国フランスのことも、ベルターナの第三王女のこともなかった。あるのはただ、誇り高き〝ワイルド・ギース〟を妨害し、自分に対しけっして消える事のない悪魔の裂き傷を残した、あの、黒い海賊の勝ち誇ったような笑い声だけである。

「……よし。では、行ってよい。行ってフランスのために闘うのだ」

「は!」

言い放つ局長に敬礼すると、ウオン少佐はクルリと回れ右をし、扉へと足を向けた。

顔にはまだ、あのぞっとするような残酷な笑みがうかんでいる。

貿易風に乗って

ベルターナ王国のはずれ、どちらかといえば自国の首都へ行くよりも「板挟み」に行くほうが近いあたりにある、とある小さな商業港。

昼間ならそれなりに大層な賑わいをみせるこの港も、今は肌寒い靄が辺り一面にたちこめ、ようやく海のほうが白み始めたばかりのこの時間では、だれ一人として行き交う者もいない。狭い港内に停泊している数隻の帆船が、身を休めるようにその体を波に洗わせているだけである。

が。

そんな、だれもがまだ寝静まっている静寂の中、例外のように、一人パイプをくゆらせている老人がいた。冷たく、そして優しげなさざ波が打ち寄せる埠頭の一つで、小樽に腰掛けながら悠然と釣竿を海にたらしている。

その横顔は、老いてはいたが、しかし人生に疲れたといったふうでもなく、むしろ年を経て熟成したチーズの渋さを感じさせるものであった。

「……釣れますか?」

朝釣りを楽しんでいた老人の背後から、ふいに若い女性の声がかけられた。美しく、屈託のないはつらつとした声である。

「釣れんね」

老人は、声の方に振り向きもせずにパイプをふかした。煙りが、もやの中へと溶け込んでいく。

「釣れないのに、なぜ釣るんですか?」

声がなおも問いかける。

「こんなに朝早く、寒い思いまでして」

声の問いに、老人はやさしく答えた。

「釣りのおもしろさはね、釣れない所にあるんだよ」

「……おもしろいのですか？」

声の問いに、老人は笑声をもらした。

「おもしろいとも。無心になれるしな」

「そんなものですか？」

無邪気な疑問に、老人はまたも笑みをもらす。

「そうじゃよ。悩みなんかがあるときは、釣糸を垂らすにかぎる。その間は、すべてを忘れていられるしな」

「……わかりません。釣りなんかしていると、いろいろ考えてしまうんじゃないんですか？」

「逆だな。むしろ、心が竿先に集中するよ」

老人の答えに、声はしばし無言になった。

理解できないのだろう。釣人の心中など、余人に分かるはずもない。


「……釣れないのに釣るっていうのは」

声がふたたび言った。

「おじいさん、悩みでもあるんですか？」

「悩み？」

「今、釣りをすると悩みを忘れると……」

「ああ……そうだな。あるような、ないような……」

老人はパイプを口からはなすと、しばらくの間遠い目を靄の中へと向けた。二人の間に、沈黙が流れる。

しばらくして、声の女性のさらに背後の方から、新しい気配がこちらに近付いてきた。

「……連れの者が来たようです」

気配を察した声が、名残おしそうに言う。

「……もっと、釣りの話を聞きたかったです……では。釣れるといいですね」

「ありがとう、おじょうさん」

そう言いながら振り返った老人の目が、一

瞬驚きに丸くなった。彼は今まで港の娘と話をしていたのだとばかりおもっていたのだが、そこに立っていたのは、意外にも、ブーツをはき剣を吊した、男装の女剣士だったのだ。

「！」

老人が意外な事実に感嘆の声をもらす間もなく、その女剣士――アンノワールは、彼女を向かえにきたクローゼとともに、靄の中へと溶け込むように去って行った。

「……」

老人は、しばらくの間アンノワールの消えて行った方へ目を向けていたが、やがて、ふたたび海のほうへと向きなおった。

……女というのは、お淑やかなものだと思っとったが……

老人は小さな溜め息をつくと、たらしていた竿をひきよせた。餌をつけかえ、ふたたび海へとたらそうとする。

そのとき。

突然、老人の背後に先程の女剣士のものとはまったく違う、べつの者の気配が忽然とあらわれた。その気配は、女剣士のもののように優しげなものではなく、むしろ、ものものしいほどに殺気だっている。

その気配を察知した途端、いったんは海に向けられようとした老人の竿が、横ばらいに鋭くその気配へとはなたれた。ビュッ！　と空気が音をたてる。

しかし。

「お」

気配の正体を目にしたとたん、老人の顔から鋭い殺気が消えた。竿鳴りが止まると同時に、糸の先が地面にころがる。

「……わしの背後をとるとは」

竿を手にしたまま、老人が呆れたように溜め息をついた。

「……お人が悪いですな。いかにも、あなたらしい」

老人の言葉に、人影の口元がいたずらっぽくニンマリとゆるむ。

来訪者の無頓着な様子に、老人の口からまたも溜め息がもれた。

「……まったく……それより、どうしてあなたがここに？」

老人の問いに、人影は無言のまま、女剣士の消えて行った方へ目をむけた。

人影の視線が意味するところを理解したとたん、老人が驚愕の声をあげた。

「ま、まさか今のが！」

老人の問いに、人影は沈黙のままこたえる。

「なるほどね……」

驚きの事実に、老人はあきれたようにつぶやいた。

「……あなたから、今回連絡を受けた時は、正直な話ことわろうと思っとった。わしが隠居してから、もう随分とたつでしょう。だから、いまさらこんな年よりがしゃしゃりでても、若い者にけむたがれるだけだと思っとったんだが……」

そう言いながら、老人はふたたび釣竿を海へとたらした。

「……いいお嬢さんじゃないですか！　わしも、ぜひ、もうひと働きしたくなった！」

老人の顔に、はつらつとした笑みが浮かんだ。まるで、生きがいを取り戻した老兵のようである。

「あ！」

そのとき、海にたらしたばかりの釣糸に、突然大きなあたりが起こった。老人が、あわてて竿をたぐりはじめる。

魚と戯れ始めた老人に人影は軽く会釈すると、現れたときとおなじように、靄のなかへと消えていった。


「あの船がそうです」

クローゼが、停泊している商船で混雑している埠頭の一つへ指を向けた。碇を下ろしている幾槽もの船のなかにあって、ひときわくたびれた大型船が目に入る。

港は、すでに目を覚ましていた。活気と喧騒があふれかえる中を、アンノワールとクローゼは人込みをかきわけるようにして進んでいた。

「あらすてき、あれに乗って行くというわけね」

船を確認したアンノワールが、にこやかに言う。

「ただ、少しだけ言わせていただければ、少々古びているようですけれど……」

「建造三十年だそうです。船長が言うには」

クローゼが、引っ立てられて行く奴隷の群れをよけながらばつが悪そうに言った。

「申し訳ありません姫様。他にもっとよい船を探したのですが、人目を忍ぶ我々としては、あのような船しかございませんでした」

「いいのよ。私は、新世界へ行ければよいのですから」

アンノワールはそう言ってクローゼの労をねぎらったが、選んだ船がおんぼろであろうがなかろうが、二人は今のままで充分人目をひいていた。何しろ、プレシューズ華やかなる新時代とはいえ、いまだ男尊女卑の精神が根強く生きている時代である。マスケット銃をはおり、剣をつるし、剣士のいでたちそのままの二人の姿は、混雑激しい港の中にあってもひときわ浮あがっていた。

あの夜、ベルターナ宮を抜け出した二人

は、人目を忍んで首都を下洛した。

　この港に来るまで、王の臣下たちに会わなかったといえば嘘になる。内政穏やかで有名なベルターナ王国であったから、当然、道中にはいくつもの関所が構えられていたし、その関所に二人がたどりつくよりも、王の厳命が届くほうが早い場合も多かった。そういった場合、関守たちが二人の前にうやうやしく立ちはだかったのだが、二人は、そんなことには何の躊躇もしなかった。カリブへの渡航を求めているアンノワールにしてみれば、何としても、まず船のある場所に行かねばならなかったのだ。二人の女剣士たちは、がんとしてゆずろうとしない勇敢な関守たちに、まことにぶしつけながら、剣と組み手の威力をおしげもなく発揮したのである。

　だが、そうした二人の行動は、二人を縛ることにもなった。二人に襲われた関所から、他の関所へ次々に連絡が回ったのである。そしてその連絡には、たいてい大仰な尾鰭がついたのだ。いくつめかの関所を目前にしたとき、二人はそこに一ヶ連隊が待ち受けているのを見て、自分たちが当初目指していたベルターナ随一の港を諦めねばならなくなったことを知った。

　そうした二人が、軍艦も立ち寄らない小さなこの港に到着したのは、つい昨日、それも日が暮れようとしている時のことであった。

「……ただ、他にも少々難がございまして……」

　クローゼの顔色がなおも曇った。

「昨日、あの船の船長と交渉いたしましたとき、船長自身は快く乗船を認めてくれたのですけれど……」

　と、クローゼの右手が、アンノワールの腰にのびてきた何者かの手を払う。

「船主が渋りまして……ま、そちらのほうは金で解決できたのですけれど……」

と、今度はアンノワールの胸にのびてきた別の手を、てばやくつねって追い払った。

なにせ荒くれ男たちばかりいる海の街なのだ。彼女たちが人込みに紛れて以来、クローゼがアンノワールの貞操を守ることせわしない。

「……ですが、船の副長というのが、まだ我々の乗船にしぶっております。船長が認めたのですから、問題はないと思いますが……」

言いながら、彼女は自分の貞操をもキッチリ守った。彼女の腰に手をのばそうとした荒くれに、隻眼の恐ろしげな眼光を鋭く射こむ。

「ですから、乗船には少々手間取るかと……」

「それについては、あなたにお任せするわ」

はるばるアフリカから陸揚げされている貨物のたぐいを、アンノワールは物珍しそうに見ている。

「乗船できれば、問題ないでしょう」

「はあ……」

世事に無知無頓着な姫君に、クローゼは溜め息をついた。そうしながらも、二人を襲う掌を、無意識のうちに弾きかえしていく。

「……乗船できれば……」

クローゼが自分たちを乗せてくれる船を探すべく、港街を歩き回ったのは昨夜のことだ。アンノワールはいなかった。いなくてよかったのだ。いくら賞金稼ぎに身をやつし、夜の都市を暴れ回っていたとはいえ、アンノワールのような深窓のご令嬢が、船乗り相手に交渉などできるはずもないのだ。もっとも、それについてはクローゼだって似たようなものなのだが……。

はたして、金貨を差し出すクローゼの要求

にたいし、首を縦にふる船長はいなかった。クローゼがこういった交渉に不慣れというのも理由だろう。船長たちが、見るからに怪しい隻眼の女剣士に警戒心を起こしたのかもしれない。が、多くの船長が乗船をことわったのには別の訳がある。女二人だけの乗船など、この当世尋常なことではなかったのだ。

スペインの、とある貴族の娘がカリブにおもむいたおり、船には彼女の安全を守るため、一ヶ中隊が乗り込んだ。また、イギリスの令嬢が、ケープタウンの総督府におもむいたおりには、腕利きの剣士が彼女のそばに五人もつきそった。が、海上で騒動が勃発し、二人とも危ういところで貞操剥奪のうきめに会うところであった。ふたりは間一髪のところで逃れることができたが、そうならなかった不幸な娘たちもいるはずである。そういった娘たちの数はわからないが、おそらく莫大な数になるであろう。船長たちは、親切心から、クローゼの要求を聞かなかったのである。

が、クローゼにしてみればいらぬおせっかいである。彼女は、姫君のためになんとしても船を見つけねばならなかったのだ。彼女はこの港にくるまでの旅ですでに棒のようになった足をふるいたたせながら、幾人もの船長たちと面会し、すべての船長たちに断られたのである。

が、クローゼは幸運であった。ひたすら断られ続けた彼女が、最後にとある酒場におもむいたとき、酒好きの船長と、金好きの船主に出会うことができたのである。

もちろん、二人とも最初はクローゼの申出を断った。が、これは彼等にとっては社交辞令だったようである。特に、酒とおなじように喧嘩も大好だったクロパトキン船長については、自分をたおせば、と物騒な提案を出した。自分をギャフンと言わせれば、船に乗せてやるというのである。船長が、他の船長たちのようにいらぬ親切心を持ち出さなかったことも、船長がそのときすでにへべれけに酔っ払っていたことも、クローゼにとっては幸運であった。彼は、しらふのときにもこんな非常識な提案をするような男ではなかったのだ。

クローゼはしぶっていた船主を金貨袋で落とすと、ニッコリと笑みを浮かべ、円月刀を引き抜いたクロパトキン船長に対峙した……。

勝負は三分程で終わった。三分後には、船長が若いころにイスタンブールで手にいれたお気に入りのトルコの円月刀は根元から断ち折れ、組み伏せられた船長の上では、クローゼがあぐらをかいてラム酒をすすりながら周囲の喝采に応えていた。クローゼの希望は聞き入れられたのである。

このクロパトキンという男は、典型的な海の男というか、ガキ大将のような奴であった。自分より弱い奴は子分で、強い奴は友達であるという実に単純な性格の持ち主で、彼は我をとりもどすとクローゼの肩をしきりに叩き、「たいした奴だ！」とか「気に入った！」とか、どこかで聞いたような言葉を何回もくりかえした。そんな彼にクローゼは辟易したのだが、船に乗れるようになっただけでもよしとせねばならない。

が、船主と船長は承諾したが、同席していた副長が首を縦にふらなかった。もちろん、船長が承諾したのだからそれでもう充分であるのだが、クローゼとしては、なんの滞りもなく船に乗りたかった。先日街道で見掛けた農夫を、以前ベルターナ宮で見たことのあるような気がしていたのである。確か、あの男はそのとき警官の服を着ていたと思う……。

クローゼは時間のゆるすかぎり副長と話をしたのだが、彼はついに首を縦にふらなかった。彼の言い分は前述の他の船長たち同様、海洋の真ん中にいる船の中に、婦女子が居るのを好まなかったのである。

「……この船ですね。近くで見てみると、よりいっそうに……」

大型貨物船を目の前にして、アンノワールが鼻を鳴らした。

「……ままなりませんねえ」

「申し訳ございません」

クローゼは頭をさげた。が、彼女にしてみれば、問題なのはこれからだ。船の上で、積み込みのチェックをしていた男が、彼女たちのことを睨み付けているのに気付いたのである。いうまでもなく、先の副長である。

「さ、まいりましょう」

クローゼの心中など気にもせず、アンノワールが意気揚々と橋げたへと足を向けた。

「いざ、カリブへ！」

が、クローゼはそんなうわついた気にはなれなかった。


アンノワールとクローゼが、橋げたをつたって船上へと姿をあらわしたとき、それまでしきりに荷の積み込みにいそしんでいた船員たちが一斉に静まり返った。皆、信じられないものでも目の当たりにしたかのように、目を丸くしている。ある男などは、呆然として足をすべらせ、そのまま海中に転落してしまった。が、誰もそんなことを気にしようともせず、ただ、アングリと二人の女剣士に見入っている。突然静まり返ってしまった船内に、二人の娘は面食らったようになってしまった。

　彼等水夫というものは本来威勢のよいものだ。これは、洋の東西、軍民ともにかわらない海の真実である。出港ともなれば、気勢もよく荷を積み込み、海上では喧嘩をし、罰となれば鞭をくらう。で、港に戻れば、地に足がついたとたんに豪遊し、たちまち無一文になる。そして、そのための金を稼ぐべく、ふたたび船へと足を向ける。この繰り返しだ。

　その彼らが、これからはじまる航海に先だち、粛然となったのも無理はない。これから三か月近く禁欲をせまられるというのに、突然、出港にあたって憧れの生物が乗り込んできたのである。しかも、アンノワールもクローゼも、そこらの辻君などおよぶべくもない美人なのだ。

　彼らは当然、我と我が目を疑った。

「何をしている！　仕事しろ、仕事！」

　突然、荒々しい声が静まり返った水夫たちの上を席巻した。その声にハッとなり、水夫たちはあわてて各自の仕事に戻って行った。が、もちろんその目は、チラリチラリと二人の方をうかがっている。

「まったく……幸先の悪い」

　ブツブツと悪態をつきながら、大声の主が姿をあらわした。フェルトのコートをはおり、手には積み荷のリストをもっている。

　クローゼが、アンノワールのかわりにその男に一礼した。例の副長である。とりあえずは、彼の機嫌をとっておかねばならない。

が、クローゼの献身的な努力などまるで意に介さず、副長が発した第一声は、二人のことを歓迎するものではなかった。

「あんたかね！　まったく、本当に来るとは思わなかったぞ！」

　副長は機嫌悪そうに海面に顔を出してつば

をはいた。

「いいかげん、よしたらどうなんだね！　女だてら海へでるなんて……」

「そういうわけにはいきませんの。どうしても、新大陸に行かねばならないのです」

クローゼが、笑みをくずさずに言った。

「それに、船長にはとりつけてありますわ」

「わかってる……だがね」

副長はさとすように前のめりになった。

「いいかねお嬢さん方！　女だてらに船に乗るというのは大変なことだよ。陽射しは強いし、水だって匂うようなものしかない。食事だって節約せにゃならんから、とても腹一杯とはいかん！　わかるかね」

「あら、それくらい大丈夫ですわ。私、いまダイエットしておりますの」

クローゼの言葉はわざとらしい。

「それに、いま都ではすこしくらい色黒のほうがもてますのよ……副長さんは、都に行ったことはおあり？」

「ある！　これでも大学出だ！」

クローゼの態度に副長はいらだつように言うと、チラリ、ともう一人の令嬢のほうへ目を向けた。アンノワールといえば、わずらわしい乗船手続きなど、すべてクローゼに押し付けるつもりらしく、しきりに、物珍しそうに水夫仕事をながめていた。

副長は溜め息をつくと、ふたたびクローゼに視線を戻した。

「いかねお嬢さん。船というのはあんたがたが考えているようなものじゃないんだ。いいかい、湖の水遊びじゃないんだよ。何か月も水の上にいるんだ。目につくものといえば、海水と空だけだ。あの退屈さ、窮屈さは言語につくせんよ」

「ちょうど読みたい本がございましたの」

と、クローゼが負けずに分厚い本をとりだした。

「いい機会ですわ」

クローゼの言葉に、副長はあきれかえった。

「いいかね、あんたがたが退屈なのはどうということはないんだ。問題は、連中のことなんだよ、連中の！」

と、副長は聞こえていないふりをしている水夫たちを手でしめした。

「海の生活というものは、働き盛り育ち盛りの男たちにとっちゃ、そりゃあもう監獄みたいなもんなんだ。その禁欲生活のありさまといえば、修道院に匹敵する！」

が、あいもかわらず副長の言葉はクローゼの耳を素通りしているようであった。そのようすに、副長がおおきな溜め息をつく。

「……私はね、あんた方のために言っとるのだよ。水夫たちは大勢いるし、その大半は海の上では動物と同じだ！　いくら私や船長が雇主だといっても、連中が爆発すれば、とても押さえきれるもんじゃない！　そうなってもいいというのかね！」

「それは……」

いいわけがない。こともあろうに、ベルターナの姫君が、そのような事故に遭うなど、決してあってよいことではないだけでなく、考えることすら罪である。クローゼにしてみても、彼女のそのふくよかな胸と、愛くるしい唇と、夜のような見事な黒髪は、あの銃士隊長のものなのである。そのようなこと、あってよいわけがない。

クローゼは、言葉につまってしまった。

と、その時。

「あら、あの人！」

それまで、あたりをキョロキョロ見回していたアンノワールが、突然ほがらかな声をあげた。その声に、交渉中の二人がおもわず顔を向ける。

「ほら、クローゼ！　あの人ですよ、あの人！」

「は？」

クローゼは、アンノワールが楽しげに指し示すほうへと目を凝らした。

「あ！」

クローゼの一つ目が、驚愕に丸くなった。

「あれは〝丸太〟！」

アンノワールの指し示す方——船の、貨物搬入口の奥から、驚いたことに物語の冒頭で登場した〝丸太〟が姿をあらわした。アンノワールから受けた傷であろう、手に、薄汚い包帯を巻いている。

「でしょう？　あの人ですよ！」

アンノワールはどういうつもりか楽しげに微笑むと、あろうことか〝丸太〟に向かって手をふった。クローゼが一瞬あわてたのだが、〝丸太〟が気がつくほうが早かった。実に不幸な男と言わねばならない。

「ああっ！」

二人の姿を目にしたとたん、〝丸太〟は凍りついたように驚愕の表情をうかべた。そして、あわててその場から一目散に逃れようとする。当然といえば当然の反応だろう。

「あ！」

逃れようとする〝丸太〟を見て、アンノワールは何を思ったかその場から駆け出して行った。クローゼが止める間もなく、〝丸太〟めがけて追いすがって行く。

「お待ちなさい」

アンノワールは、船から飛び下りようとしていた〝丸太〟のベルトをわしづかみにすると、そのまま事も無げに船内へと引き戻す。いや、むしろ投げ飛ばした、と言ったほうが正確かもしれない。〝丸太〟の体が、もんどりうって宙を舞った。

「どうして逃げるのです?」

壁にたたきつけられ、甲板につっぷしてしまった〝丸太〟に向かって、アンノワールが首をかしげた。が、〝丸太〟にしてみればそれどころではない。彼はその場にひれふすと、

「か、かんべんしてくれ!」

と、祈願するように震えはじめた。その様子に、水夫たちの間に意外そうな動揺が走る。どうやら、〝丸太〟はこの船では顔役らしい。

「命ばかりは!」

が、アンノワールは無頓着である。

「何を言っているのです?」

と、屈託のない笑みを浮かべると、ひれふしたままの〝丸太〟の肩に手をおいた。

「……船乗りだったとはねえ」

クローゼが、呆れ顔でつぶやきながら近付いてきた。

「どうりで、今まで捕まらなかったわけだわ」

「み、見逃してくれ!」

クローゼの姿を目にし〝丸太〟はよりいっそう体を震わせながら、嘆願するように額を甲板にこすり付けた。

「俺あ、くびられるのはいやだ! たのむ!、助けてくれ!」

「さあ……どうしようかしら」

クローゼが〝丸太〟のようすに薄笑いをうかべながら、わざとらしく思案げに腕を組んだ。意地の悪い女である。

「中央警察の分署は近くにあったかしら……」

クローゼの言葉に、〝丸太〟の顔が青ざめる。

「……あそこに行けば、あなたもさぞかし歓迎されるでしょうねえ」

「ま、まってくれ！　勘弁してくれ！　もう悪いことはしねえ、いや、してねえ！　こ、こうやって真面目に働いてるんだ！」

〝丸太〟が必死の様相で船をしめした。

「だから見逃してくれ！」

「……何ごとかね？」

副長が、いぶかしげにわって入った。

「この男と知り合いなのかね？」

「いえ、ちょっと……」

クローゼが〝丸太〟に目を向けると、〝丸太〟は、嘆願するように両手を組んでいる。クローゼを見るその目は、まるで聖母にむけられるもののようである。副長に、あの晩のことを知られたくないらしい。

「……以前、少しばかりお世話したことがありまして……」

クローゼの言葉とともに、〝丸太〟の張り詰めていた肩が、安心したようにドッとくずれた。

「そうかね」

クローゼの言葉に、副長はたいして興味もなさそうにつぶやいた。

「……それより、さっきの話の続きだ。私としては、あんたがたの乗船など認めたくはないんだが……」

「乗船！」

副長の言葉に、〝丸太〟がすっとんきょうな声をあげた。びっくりしたように目を丸くする。

「姉さん方が？」

「ええ」

アンノワールがニッコリと笑った。

「お世話になりますわね」

「ひえ……」

〝丸太〟の顔が、まるで死神に見入られたようになった。

と、そのとき、突然何者かの手が、アンノワールの腰へとのびた。身の程を知らぬ船員の一人が、スキに乗じて魔手をのばしたのだ。

「あ！」

クローゼがその手に気付き、あわてて払おうとしたとき。

「うりゃあ！」

と突然〝丸太〟の体がはじけるように飛んだかと思うと、手をのばしてきた水夫の顔面を、必殺の一撃をもって殴り飛ばした。哀れとしかいいようのない水夫の体が、気を失ったまま放物線を描きつつ海面へとすいこまれていく。

「いいかてめえら！」

アングリとしているクローゼと副長を尻目に、〝丸太〟が恐慌に陥ろうとしている水夫の群れめがけて大喝した。

「この姉さん方は俺の大事な客人だ！　お二人に手え出そうとしやがったら、この〝丸太〟が承知しねえからな！」

仁王のようになっている〝丸太〟の言葉に、水夫たちは青ざめた表情のまま静まり返った。

「返事は！」

「へ、へい！」

〝丸太〟の要求に、水夫たちの口から一斉に声があがる。〝丸太〟の本性を知る者の額からは、冷や汗が流れ出た。

「これはいったい……」

事態を理解できていない副長が、けげんそうに首をかしげた。

「どういうことだ？」

「……これで、〝動物〟に関しては問題ありませんね？」

機を見たクローゼがすかさず、ずるい笑みを副長になげかけた。

「……ゆめゆめ、私どもに不埒な振るまいをする者など、出てくることはありますまい」

「その通りだ！」

そのとき、ふいに背後から太みのある声がふりかかってきた。

「クローゼさんだったな！　いや、本当に来るとはな！」

そう笑いながら現れたこの男こそ、昨夜、クローゼと立回りを演じたクロパトキン船長その人である。

「なにはともあれ、〝旭丸〟にようこそ」

ほがらかに脱帽する大男に、クローゼもニッコリと会釈した。

「しかし、昨日のあんたといい、今のお嬢さんといい、あんた方たいしたもんだ！」

機嫌よさそうに、クロパトキンがクローゼの肩をダン、と叩く。

「〝丸太〟の野郎を、片腕一本でひと投げとはね。いったい、その体のどこにそんな力があるんだね？」

「ふふ、秘密です」

クローゼがほくそ笑む。

「しいていえば……力ではなく、姿勢がかんじんなのですよ」

「姿勢ねえ……」

船長が、何気なく剣の柄に手をおきながら、興味深げに二人娘をみつめた。見れば、彼の腰には、昨夜折れてしまった円月刀にかわり、正体不明の剣が吊り下げてある。目利きのクローゼにもよくわからない形をしていたが、たぶん東洋のものだろう。

「まあいい。とにかく、あの〝丸太〟が保証しているんだ。お二人の道中はこれで安全と言っていい。歓迎しますぞ」

「せ、船長！」

微笑む船長に、副長がこまったように詰め寄った。

「何だ？」

「何だ、じゃありません！　本当にいいんですか？　こんな男ばかりの貨物船に、ご婦人なんか乗せるなど」

「お前も見たろ？　我々が全員でかかっても、このお二人にはかなわんよ。大丈夫だ。それにこの船に、〝丸太〟を敵にまわすような、そんな危ない橋をわたるような勇気のある奴は乗っておらん。もしおったら、とうの昔に海賊にでも転業しとるよ！」

船長はひとしきりそう言うと、何がおかしいのかガハハハと大笑いしはじめた。

「……では、そういうことで」

船長の豪快さに圧倒されながらも、クローゼが副長に笑いかけた。

「よろしいですわね。副長さん」

「う……」

こうなってしまっては是非もない。

副長は言葉につまると、そのまま機嫌悪そうにその場から離れていってしまった。

チッ、と舌を鳴らすのが聞こえる。

「あら、何を怒っているのかしら？」

それまで恐縮しまくっている〝丸太〟相手に、なにやらペチャクチャと話しかけていたアンノワールが、不思議そうに副長の背中を眺めた。

「私たち、何か悪いことでも言ったのかしら？」

「さあ……でも、およろこびください。乗船は許可されましたよ」

クローゼの言葉に、アンノワールの顔がパッ、とよろこびに輝いた。

「本当！　じゃ、これで出立できるのね！」

そういうと、彼女は人目のことなどまるで気にせず、サラリと剣を引き抜くと、それを天にかざした。

「いざ、新世界へ！」

アンノワールの少々わざとらしいゼスチャーにクローゼは溜め息をついたが、やがてしかたなさそうに笑みを浮かべる。

「……いざ、新世界へ」

クローゼの剣先が、アンノワールの剣を軽くたたいた。


「どいた、どいた、どいた、どいた！」

手荷物を船室に置き、出港の様子でも見物しようかと、二人の女性がふたたび甲板上へと姿をあらわしたとき、ふいに、二人の体に大柄な水夫がぶつかった。何ごとかと二人が体制を整えている間に、その水夫は振り向きもせず、そのままロープの塊をかついでどこぞへと消えて行く。

しばらくの間をおき、アンノワールとクローゼは顔を見合わせると、ほとんど同時に吹き出してしまった。

「ふふふ！　随分慌ただしいのね！」

「ええ。姫様見ました？　今の〝丸太〟ですわよ」

クローゼが、水夫の消えて行った方をながめながら、クスリ、と笑う。

「……今のが私たちだと知ったら、あの男どういう顔をしますでしょうね？」

クローゼの言葉に、二人はふたたび笑い声をあげた。周囲の水夫たちが一瞬何ごとかと顔を向けるが、すぐに慌ただしく持ち場へと走って行く。出港を目前にして、余裕などなさそうであった。

「さて。ここならよく見えますわ」

と、船尾楼の最上甲板に体を落ち着かせたとき、にわかにクローゼが向きなおった。

「姫様」

「何？」

「……よろしいのですね？」

クローゼの一つ目が真剣なものになる。

「……この船が出てしまえば、もう姫様は姫様でなくなります。後戻りできないのですよ」

そう。

今までなら後戻りもできたが、これから先はそうはいかない。いったん海へ出てしまえば、後で気が変わった、などと言えなくなるのだ。

クローゼにしてみれば、アンノワールにたいする最後通告のつもりである。

が。

「あら、私は私よ」

と、分かっているのかいないのか、アンノワールの返事は軽やかすぎるほど軽やかである。

クローゼが溜め息をついた。

「そうではありません。私が申し上げたいのは、いったんこの船が出てしまえば、もう王国の庇護を受けられなくなってしまう、ということなのです」

「……」

「いままでは、たいていのことをしても、国王陛下が後始末をし、兄が怒られればそれですみました。が、この船が出港してしまうと……」

「わかっています」

アンノワールはクローゼに目をあわせようとしない。

「充分、わかっているつもりです」

「しかし……」

なおも食い下がろうとするクローゼに、アンノワールが微笑みをうかべながらふりかえった。

「わかっています。充分にね。それに、たとえ私が王女でなくなっても、あなたはこれまでと変わりはないんでしょう？」

そう言い放つアンノワールの顔には、幼い日、敵国のスパイを刺し殺した後、駆け付けたクローゼに見せたものと同じ笑みが浮かんでいた。

「も、もちろんです！」

その微笑みを目にしたとたん、クローゼは、思わず声を大にしてしまった。だが、幸いなことに出港の喧騒の中でクローゼの声に振り向く者などおらず、声を発したクローゼ自身も、自分の大声に気付いていない。

「クローゼはいつも姫様と共にあります。それだけは、お忘れなきよう……」

「そう。よかった」

アンノワールはふたたび微笑みをもらすと、風になびく髪の中に指を通した。カールされた美しいブロンドが、流水のようにすかされていく。

「……姫様の微笑みにはかないません」

そういいながら、クローゼも港の風に気持ちよさそうに髪をなびかせた。

「……いつまでかかるのかしら？」

しばらくののち、アンノワールが首をかしげながらつぶやいた。

「もう、出港の準備をしはじめて随分たつんじゃありません？　いったい、いつになったら出港するのかしら？」

「さあ……」

アンノワールの疑問に、クローゼも首をかしげる。確かに、二人がこの船尾楼に上ってから随分と時間がたっていた。見れば、船に積み込む積み荷のほうも、あらかたは積み終えたようである。が、いっこうに出港する気配がない。いったい、何をしているのだろう。

「ちょっとお待ちください」

クローゼはそう言うと、姫君の疑問に答えるため、通りすがりの水夫をつかまえた。

「ひ、ひえ！」

と声を上げたのは水夫である。〝丸太〟であった。

「あら失礼」

クローゼは、つかまえた水夫が誰だか見て取ると〝丸太〟が凍り付いてしまうような恐ろしい笑みをうかべた。その襟首をつかんだままアンノワールの方へと突き出す。

「こ、これは姉さん方……」

〝丸太〟の額には、はやくも油汗がにじんでいる。

「ご機嫌よさそうで……」

「お前のような者が、無理に愛想なんぞふりまかんでいい」

〝丸太〟のせっかくの愛嬌に、クローゼの言葉は冷たい。

「姫様のご質問にお答えしろ」

「へ？　いったい何を……」

と〝丸太〟が聞き返そうとしたとたん、クローゼの平手が〝丸太〟の頬を打った。

「い、痛てえ！」

「お前が質問なんぞせんでもよい。姫様のご質問にお答えしろ」

クローゼの言葉はあいかわらず冷たい。後に、彼女はこのときのことを見ていた水夫たちによって「片目の雪女」などという仇名をつけられることになるのだが、もちろん今は知らない。

「この船はいつ出港する」

「へえ……もうすぐで」
〝丸太〟は情けなく両手で顔をかばってい
る。日頃の彼を知る水夫達にしてみれば、と
ても信じられぬ光景であろう。
「ただ……」
「何?」
「へい。ただ、まだ乗船するお人がいるとか
で……その人がくれば、ただちに出港すると
……」
と、〝丸太〟の目が岸壁に向けられた。
「あ! 来たようですぜ。何だか騒がしい
や」
「ん?」
アンノワールとクローゼの目が、〝丸太〟
と同じ方向へ向けられた。
すると。
「ええい、さわるな! けがらわしい!」
突然、タラップのほうから、何者かの怒鳴
り声があがった。二人のいる所からは、ちょ
うど船体の影に隠れていて声の主は見えない。
だが、その声だけはよく耳にとどいた。
「この! さわるなと言っているのがわから
んのか!」
何者かはわからないが、どうやら〝丸太〟
の言っていた最後の乗客が、船員ともめてい
るらしい。
船上で働いていた水夫たちも、いったん手
を止めて声のする方をうかがっている。
「何かしら?」
アンノワールがつぶやく。
「さあ……乗客のようですけれど」
クローゼも様子をうかがっている。
「よるな! 服が汚れる!」
と、声の主のものらしい男の腕が振り上げ
られるのが、船の縁ごしにチラリと垣間見え
た。同時に、ドボーン、と、何者かが海の中

へとおっこちる音が聞こえてくる。

「まあ。随分と乱暴ですわね」

と、クローゼがあきれ顔で言ったが、腰に剣を吊り、〝丸太〟の襟首をつかんで離さない彼女に、そんなことを言う資格はないと思われる。

「何者でしょう?」

「無頼者ですかね?」

いまや、船上の全員の目が、まだ姿を現さぬ声の主のほうへと向けられていた。〝丸太〟も、怪力女二人に左右を挟まれたまま、目をそちらへと釘付けにしている。

「あがってきます」

クローゼがそう言うと同時。

ようやく、その人物が帽子のてっぺんから姿を現した。

「……まずいな」

と、誰かのつぶやきが聞こえる。きっと水夫の一人だろう。

「……確かに、ちょっとまずいかも」

と、言ったのはクローゼである。

「え? 何がです?」

と、聞き返したのはアンノワールである。

「何がまずいのです?」

アンノワールは、声を低くしながらクローゼに問い掛けた。

「何かあるのですか?」

その乗客が姿をあらわしたとたん、船内に重い空気がたちこめたのは、アンノワールにも充分察せられた。が、ただ、何でそのようになってしまったのかが、彼女には理解できなかった。

「ええ……ちょっと問題かもしれませんよ」

アンノワールの問いに、クローゼが慎重なつぶやきをもらした。

それもそのはず。

姿をあらわした乗客というのは、羽飾りも艶やかな帽子といい、はずかしいくらいに化粧された顔といい、刺繍だらけのフロックといい、どこからどう見ても、貴人としか言い様のない貴人なのである。これでは、彼等彼女らが顔色を変えたのも無理はない。

なぜ貴人が？　と思われる方のために説明しよう。この時代、航海というものには、多くの厄災がつきまとった。天災、海賊、軍艦による臨検、疫病、凪、そして……乗組員による反乱である。

この、反乱、というものの存在を軽んじてはならない。新世界が発見されてすでに久しく、海の主役が手漕のガレー船から風力のガリオンにかわったとはいえ、この時代の船は、いまだ多くの労働力を人力にたよっていた。栄えある探検家のコロンブス、マゼラン、そしてドレーク船長ですら、この反乱を何よりも恐れていた。なにしろ、反乱をおこされれば、船が動かなくなってしまうのである。そうなったら、神様でもお手上げである。それ程、外洋船にとって反乱とはやっかいなしろものであったのだ。

ではなぜ、その反乱と、この貴人とが関係してくるのか。

実は、数ある反乱騒ぎの原因の多くが、その船に乗り合わせた貴族たちに起因しているのだ。

ある年におこった反乱事件を統計にしてみると、その大半が、貴族を原因とするものであることがわかる。つまり、乗っていた貴族による専横が原因なのだ。つい先程まで副長が声を大にしていた女性問題など、貴族問題にくらべれば大したパーセンテージではない。ずっと下回っている。

なおも付け加えるならば、船種ごとで貴族

を原因とする反乱の発生が一番多いのは軍艦であり、二番目が奴隷船、三番目が〝旭丸〟のような商船となっている。が、これはそれぞれの艦船にどれだけ貴族が乗り合わせていたかということと比例しており、貴族が一人でも乗り合わせていた場合の発生率を見てみると、商船がだんとつである。つまり、〝旭丸〟のような商業船には、貴族の専横に対する免疫がないのだ。

これで、船上の人々が溜め息をついてその船客を向かえた訳がおわかりいただけたろう。

「ふん！　まったく小汚ない船だな！」

その貴人は、何かいやらしい物でも見るかのように周囲を一瞥すると、フン！　と鼻息をもらした。

「まったく、こんな船で新大陸まで行かねばならないとは、私もつくづく不幸であるわい！」

そういきまくと、周囲の人々に向かって、

「おい！　スチュワードはおらんのか！　スチュワードは！」

と、声を張り上げた。

その声に答えるかのように、あわてて貴人の前に走り寄って来た船員がいる。あの副長だ。

「何か御用で」

「貴様がスチュワードか？」

「あいにく当船にはスチュワードはおりません。私はこの船の副長でございます」

「何、スチュワードがおらん？」

副長の言葉に、貴人はあきれたように叫んだ。

「何たることだ！　そのような船に私は乗らねばならんのか！」

貴人は天を仰ぎ十字を切るしぐさをすると、今度はまじまじと副長を検分しはじめた。

「何か？」

「うーむ……」

　けげんそうな顔をする副長に、貴人は顔をしかめながら、

「もうすこしどうにかならんのか？」

「は？」

「そのなりだ。その汚らしい服では、たとえそなたが副長であると申しても、とてもそうは見えぬ！」

「……さいですか」

　貴人の言葉に、副長の顔がむくれてしまうのが遠目にもわかった。

「これでも、私の一張羅なんですがね！」

「だいたい何だこの匂いは！　臭い！　臭すぎる！」

　顔をしかめる貴人の言葉に、副長はあわてて自分の袖を嗅いだ。

「……臭いですか？　先週、風呂に入ったばかりですが」

「なんだと！　先週！　うーむ、我慢ならん！」

　突然、貴人は懐から何やら小瓶をとりだすと、ポン、と栓を引き抜いた。

「何をするんで！」

　副長が避ける間もなく、中の液体を、副長の頭からふりかける。液体が目に入ったらしく、副長が顔をしわくちゃにしながら涙を流した。

「これで少しはましになる」

　貴人は副長の抗議など気にもせず、満足げにうなずくと小瓶に栓をした。

「この香水はパリで求めた高級品だ。本来なら、貴様なんぞにはもったいない代物なのだが、私の鼻が曲がることを思えばいたしかたあるまい」

　そう声高に言うと小瓶を副長に手渡し、

「以後、私に用事があるときは、必ず匂いを消してくるように。こんど今のような匂いをただよわせおったら、ただではすまさんぞ」

「……はい」

副長が、手渡された小瓶をながめながら不承不承に返事する。

「よろしい。では、本来なら貴様のような汚い手の持ち主には私の荷物に触れさせたりはせんのだが、まあ貴様がこの船の副長であると言い張るからには、スチュワードのかわりくらいにはなるのだろう。いたしかたない、その荷を持って案内せい」

「……はい」

一気にまくしたてる貴人の言葉に副長はぼそりと返事すると、その荷物（これがまたやたらと重かった）をかかえ、貴人の先に立って船内へと入って行った。貴人も、ようやく満足げな表情をうかべてあとについていく。


周囲では、貴人の登場からまださほどたっていないというのに、早くも不穏な空気がただよいはじめていた。水夫たちにしてみれば、副長はいいきみだとして、あんな態度を見せ付けられたのでは心おだやかではない。

すでに、何人かの水夫が、船内へと消えて行く貴人の背中をながめながら、腰のナイフや棍棒を愛しそうになでまわしていた。

「見てくれも醜悪だけど……あの態度も輪を掛けたように悪いわ」

化粧嫌いのクローゼがつぶやいた。

「あれでは、水夫たちの反感を必要以上に誘うだけです」

「そういうものですか？　私にはよくわかりませんけど」

アンノワールはケロリとしている。

「私も、最初にあなたに連れられて都の町並まで降りたときには、ひどい臭《にお》いばかりで随分閉口しましたよ」

「確かに王宮にくらべればそうかもしれませんが、たとえそうであっても、軽々しく口にしてよいわけではありませんよ」

クローゼがさとす。

「ただでさえ共和主義などという無政府思想が横行しはじめているのです。貴族諸公を目の敵にしている人民もいるのですから」

「そんなことがあるの？」

「あるのです。わが国では考えられないことですが、その風潮は今にはじまったことではありません……ですから、あの貴人のようなふるまいは、宮中や軍隊ならばいざ知らず、こと民衆に対しては控えるべきですよ。彼等の心を逆撫でし、反乱をうながすだけですから」

「……そういうものかしら」

「そういうものなのです」

クローゼの言葉にアンノワールが、まだ納得できない、と口をへの字にまげたとき。

「あ、あの……」

さかんに話をしていた二人の間に〝丸太〟が、おずおずと口を開いた。

「姉さん方……」

「何です！　盗み聞きとは無礼ですよ！」

おどおどと二人を窺う〝丸太〟の頬を、クローゼがピシャリッ、と打ち据えた。

「無礼者！　身のほどを知りなさい！」

「は、離しておくんなさい！」

〝丸太〟が両手が顔をかばいながら嘆願する。

「たのんます！　離して……」

このときになってはじめて、クローゼは自分が〝丸太〟の襟首を掴んだままだったことに気が付いた。

「あら、失礼」

パッとクローゼが手を離すと、〝丸太〟の体が崩れるようにその場にへたりこんだ。間をおかず、〝丸太〟が這うようにしてその場から逃れて行く。

ひどい話だ。これでは、先程の貴人と、クローゼと、どちらが専横家かわかりはしない。もっとも、クローゼにしてみれば、犯罪者である〝丸太〟など、情けをかけてやる余地はない、ということであろうか。

その時、ふいに、二人の後方、〝旭丸〟の船橋の上から、猛々しい大声が響き渡った。

「補助帆をおろせ！」

クロパトキン船長の号令と同時に、船員たちの動きがよりいっそうにせわしくなり、マストに準備されていた浅黄色の三角帆が、風の中におろされた。

「出港のようです！」

クローゼがそう言うのと同時に、古い重々しい木造船が、軋み音をたてながらゆっくりと岸壁を離れはじめた。

港がわでは、船につながっていた桟橋のたぐいが、滑車仕掛けで収納されていく。

「……もう引き返せませんね」

クローゼが、アンノワールの横顔へ目を向ける。

「そうですね」

と、ほがらかにアンノワール。その目は、いまだ騒がしい港の方ではなく、青い、水平線の方へと向けられている。

「主帆を準備！」

号令とともに、水夫たちが一斉にマストによじ登り、それぞれの持ち場についた。かけ声が発せられれば、いつでも帆が開かれる体制だ。

やがて。

二人の女性を乗せた〝旭丸〟は、彼女らの

夢と、未来と、そして多大なおののきにも似た感情の支配する、大西洋へと向けて帆走していった。

その夜。

多くの者が寝静まり、舳先が波を切る音と、当直の歌声しか聞かれなくなった頃。

〝旭丸〟の舷側から、一羽の鳩が、空に舞った。

彼は、足につけられた異物感と、自分がいまいる状況にしばらくのあいだ不安げに船の上を舞っていたが、やがて、己が行くべき方向を見定めたらしく、星が映る海のかなたへとはばたいていった。

鳩が飛び去っていったあと、それを見定めたかのように舷側の鎧戸が閉じられたが、そのことに気付く者はなかった。

「あー。なんて退屈なんでしょう。いっそ、嵐にでもなってくれないかしら！」

船が港を出て、すでに二週間が経過した。

船尾楼の上甲板で、海をながめていたアンノワールが大きくのびをしながら、かたわらで椅子に腰掛け本を読んでいるクローゼにつぶやいた。

「退屈よ、あんまり」

「姫様、いくらなんでも、嵐ってのは口がすぎますわ」

本から目を離さないまま、クローゼがつぶやきかえす。

「平穏なのはむしろ幸運だと思わねば」

「わかっています。でも、退屈なのよ」

「でしたら、私のように読書でもなされば？時間潰しにはなりますわよ」

クローゼはそう言いながらページをめくった。港を出て以来彼女が目を通す本は、これが二冊目である。

「冗談でしょう？　私、あなたのように、文字の羅列に熱中する趣味はないの」

アンノワールが、よしてちょうだい、と手をふる。

「それより、何でもいいから体を動かしたいわ！」

「あら、羅列などではありませんよ」

クローゼがカチンときた風をよそおって、手の「神曲」を膝の上におろした。

「美しい、言葉と文脈のパレードですわ。姫様も船長の所にお行きになればいかかです？　船長室には、たくさんの本がございましたから、きっと姫様のような読まず嫌いでも、分かる本がございますわ」

そういうと、ふたたびページに目を落とした。

貿易風を帆にうけ、〝旭丸〟は順調に大西洋を西へと航行していた。順風満帆、アンノワールは一路、憧れのカリブ海へ刻々と近付いている。

今頃、王宮では、アンノワールが国内にいないことに気づいているだろう。きっと、国内のいたる所を国力をあげて探索したはずである。それでも見付からなかった時、自分の娘がどうやら国外逃亡したらしいと気付いた王の顔はどのようなものであろうか。きっと、怒り心頭に発しているにちがいない。怒髪天を突く王の怒りを、おののきながらもなだめるクローゼの兄の姿が、アンノワールの目にも浮かぶようである。が、そんなこと、今の彼女の知ったことではない。今の彼女にとって一番の関心ごとは、自分を待っているであろうカリブ海の輝きと、今のこの停滞しきった退屈きわまりない時間をどう過ごすか、ということだけであった。

実際、アンノワールは退屈が苦痛であることを宮廷暮しでよく知っていたつもりであった。が、二週間にわたる船旅で、自分の認識が甘かったことを痛感させられた。かつて、何が楽しいのかと自分がいぶかしんだ淑女たちの宮廷遊びのたぐいですら、今の彼女にとってはなつかしい、やってみたい時間潰しであったのだ。剣をふるい、男装をよしとするお転婆なアンノワール姫も、よもや自分がこんなところであのような下らない遊びに飢えることになろうとは思わなかったようだ。

あまりの倦怠感に、彼女は、もう幾度目になるのであろう大あくびを、人目もはばからずやってのけた。

「言葉と文脈のパレードねえ……」

アンノワールの口から、理解できないわ、と溜め息がもれる。

「字を知るは憂いの始め、とも言うわよ……読書もいいけれど、今の私は本当のパレードでも見たい気分だわ」

「……退屈そうですな」

そのとき、ふいに二人の背後から声がかけられた。振り向いて見ると副長である。

「あら副長さん、ご機嫌よろしゅう」

本を手にしたまま、クローゼが会釈した。

「本当に退屈ですわ。その点は、まさにあなたの言ったおられた通り……でも、水夫さんたちについては、あなたの予想ははずれましたわね」

クローゼの罪のない嫌味に、副長は鼻を鳴らした。

「確かに、いままではね。だが、これから先もこう万事うまくいくとはかぎりませんぞ」

そうつぶやくと、彼は甲板を蠢く水夫たち

に目を落とした。働いているのは当直の者数名で、あとの者は暇潰しに博打や法螺話に興じている。

あれだけ副長が危惧したにもかかわらず、この二週間というもの水夫たちはおとなしいものであった。よほど〝丸太〟の権力は絶大であるらしい。不埒なふるまいにでる者など誰一人としていなかった。

もっとも、偶然をよそおって、アンノワールやクローゼの体の一部に触れようとした勇敢な者も中にはいた。が、そういった魔の手はクローゼによって難無く取り払われ、そのあと、〝丸太〟が船底で実力をもって後始末をつけた。憐れである。

「あら、何かしら?」

その時、アンノワールが、船首のほうで水夫たちが人だかりを作っているのに気付いた。

「何かやってるわ」

「……喧嘩じゃないですか」

クローゼが興味なさそうにつぶやく。

「こういう船じゃ、よくあるらしいですから」

「それもおもしろそうな話ですけど、ちょっと違うようよ」

アンノワールの目が、アトラクションを目の当たりにした子供のように期待に輝きはじめる。

「行ってみましょう」

と、言うと、クローゼが止める間もなく階段を駆け降りて行った。

クローゼも、しかたない、と溜め息をつくと、読んでいた本を副長にあずけ、アンノワールの後を追った。

「……さあ、他にないか、他にないか!」

二人が来てみると、他の甲板とは一段高く

なった船首楼の上で、一人のこすっからそうな水夫が、集まっている仲間たちに向かって、ナイフ片手にたんかを切っているところだった。

「見事射落とせば、これまでの参加料とコップの中身は全部そいつの者だ！　腕に覚えのある者は出てきた出てきた！」

「よし、やらしてくれ！」

若い水夫が、勢いもよく名乗りを上げた。胴元の水夫がニッコリと微笑む。

「そうこなくっちゃな！　よし、参加料は前と同じだ！」

胴元は若者の差し出す銅貨を受けとると、かわりにナイフを差し出した。

「しっかりな！」

「ようし！」

仲間たちの注目の的になった若者は、いきまきながら威勢よくナイフを受けとった。

若者の前、数メートルのところに、樽が置いてある。その上にさらにコップが置いてあり、そのコップに蓋をするように、林檎が一つ乗せてある。半分腐りかけて、虫の穴もあいていた。

「何をしているのです？」

仲間たちに混じって見物していた〝丸太〟の袖を、そばにきたアンノワールがひっぱった。

「こ、これは姉さん！」

〝丸太〟はあわてたように、うやうやしく一礼した。この男、近頃では女剣士たちの従卒をきどっており、食事の時など、どこで手にいれてくるのか、船内では貴重品の新鮮なオレンジなどを差し入れたりしている。

「何をしているのです、あの人は？」

興味深げにらんらんと目を輝かせるアンノワールに、〝丸太〟は腕を組みながら答えた。

「いえね、あそこに林檎が乗ってるでがしょう？　あの男の立っている場所から、あの林檎をうまく射落とせば、コップの中身がそいつの物になるってわけで」

「コップの中身？」

「コインでさ」

〝丸太〟が、当然至極と答える。

「まあ、こんな船の上じゃ使い道もねえもんだが、暇潰しにはもってこいでさあ」

「……馬鹿馬鹿しい」

アンノワールにつきそっているクローゼが、汚らわしそうにつぶやいた。

「賭事なんて……よく禁止されないわね！」

「あっしに言わんでください」

クローゼを目にしたとたん、〝丸太〟の顔に緊張が走った。一見やさしげなアンノワールと違い、隻眼のクローゼに見据えられるとこの男、今までの経緯もあってかまるで意気地がない。

「船長の方針なんでさ」

「船長の？　本当？　あきれたわ！」

「そうかい、お嬢さん！」

突然、彼女らの背後から声がかかった。いつあらわれたのか、クロパトキン船長が皆にまじって楽しげに賭場を眺めていた。

「暇さかげんに反乱をおこされるより、博打にでも興じてもらっていた方が俺としてはありがたいんだがね」

「……でも、どんな船にも秩序は必要でしょう？」

クローゼは納得しない。

「賭事なんて、秩序を乱す元凶と、ローマの昔からきまっていますわ」

「確かにね。でも、そりゃその秩序とやらがもともと乱れているときの話さ」

船長は少しも悪びれる様子はない。

「俺の船じゃ、博打がもとで騒ぎなんかは絶対に起こらん！　もし、いちゃもんがついたときは、当事者どうしに決闘させることにしておるからな。もし、それでもおさまらんときは、この俺がそいつらを海にほうりこむよ」

と、船長は笑みを浮かべた。

「……それに、これはサシの賭じゃない。もし、問題がおこっても、その時はあの大馬鹿野郎を海に突き落とすだけで事はおさまるよ」

船長はそう言うと、胴元を演じているこすっからい水夫を顎でしめした。

「お、はじまりやすぜ！」

〝丸太〟の言葉に、皆の目がふたたび舞台へと向けられた。それまで、ナイフのにぎりかげんを確かめていた若者が、ついにそれを放つべく身構えたのだ。

一同が静まり返る中、若者の顔に緊張が浮かんだ。舌先が、乾いた唇をゆっくりと舐める。

と。

若者の手が、手刀のように振り下ろされたかと思うと、手に持っていたナイフがキラリ、と林檎めがけて放たれた。

カツン！

と、ナイフは林檎のはるか横手を通り過ぎ、その向こうにある船首楼の壁に付き立った。

とたん、一同の口から落胆の声がもれ、胴元の顔に歓喜の笑顔がはちきれる。

「いや、残念、残念！　もう一度やるかい？何、いい？　それじゃ、他にはいないか、他には！　林檎を落とせばコップの中身はあんたの物だよ！」

がっかりして退場して行く若者の肩をうれしそうにたたきながら、ふたたび胴元が口上をまくし立てはじめた。

「……あの野郎、船内にナイフ使いがいねえのを二週間もかけて確かめやがったんだ」

〝丸太〟の口から、悪態がもれた。

「絞め殺してやりたいぜ！」

そう言っているうちにも、舞台の上に新しい犠牲者が名乗りをあげていく。

しばらくして、ふたたび皆の口から溜め息がもれた。

「……いやあ、残念だったね兄さん。さあ、次はいないか、次は！」

目論見どおりのぼろ儲けに、先程よりも輪をかけて楽しげな表情で胴元が声を上げたとき。

「私もいいかしら？」

と、水夫たちの間から、うら若い女性の声があがった。とたん、周囲からオー！　と驚愕の声があがる。その声にあわててクローゼがかたわらを見てみると、つい今までそこにいたはずのアンノワールの姿が忽然と消えていた。

「ひ、姫様！」

クローゼが声を上げるのにもかまわず、アンノワールはさっそうと舞台の上におどりでると、邪魔臭そうに髪の毛をかきあげた。その仕種に、ふたたび水夫たちの間からオー！と声があがった。

「こいつはいい！　我らがマドモアゼルのご登場だ！　こんな遊びに参加いただけるなんて、まさに光栄のいたりというものだ！　皆さん、拍手拍手！」

胴元の言葉で手を叩きはじめる水夫たちに、アンノワールは芝居掛かった敬礼をした。その優雅さに、またも水夫たちがオー！

と声をあげる。

「姫様！　いけません！　何をなさっておいでです！」

調子にのっているアンノワールに、クローゼがいさめるように叫んだ。が、アンノワールはけんもほろろ。

「だって、おもしろそうですわ！　あれを射落とせば、コップの中身が貰えるんですって！」

「いけません！　賭事など、姫様のようなお方がなさることではありません！　早くお降りください！」

群がる水夫たちを掻き分けながら、クローゼが舞台のそばまで駆け寄って行く。

「さ、早くこちらへ」

「だって……」

手をのばすクローゼにアンノワールはいじわるく笑うと、コインを一枚、差し出された胴元の掌の上に落とした。

「もう、参加料を払ってしまいましたわ」

「ひ、姫様！」

あきれながらも必死に止めようとするクローゼを尻目に、アンノワールは胴元からナイフを受けとった。

胴元の水夫は、アンノワールにうやうやしくナイフをわたしながら、自分の掌にあるものを見て驚愕した。どういうことだ？　こりゃ金貨じゃねえか！　はっきりいって、賞金より多いぜ！　この姉さん、いったいどういうつもりで……。

急いで金貨を懐にしまいながら、胴元は一人ほくそえんだ。こりゃいい具合になってきやがった！　こんな大金がまいこんでくるとはな！

「さあ、がんばってくださいよ！　応援してやすぜ！」

この姉さん、一度といわず二度三度やってくんねえかな……。

胴元の心中などかまわず、アンノワールは手にとったナイフをしばらく検分した。品定めするように、手の中でそれをころがす。

その様子に、見守る水夫たちの間に静寂がおりた。ゴクリ、と誰かが唾を飲む。

「こいつはみものだ。どこまで狙えるかな」

群衆の後方で、船長がたのしげにつぶやいた。

「お嬢さんの次は、俺もやってみるかな？このろくでなしどもも、少しは俺を見直すかもしれん！」

「よしたほうがいい」

と、つぶやいたのは〝丸太〟である。その横顔は、何か恐ろしいものを思い出したように青ざめていた。

「……あの姉さん、船長が思っている以上に、ただ者じゃねえんだ。姉さんのあとなんて、恥かくだけですぜ」

そういう〝丸太〟の脳裏には、あの夜、警察の武装隊相手にまったく遅れをとらず、それどころか一隊を壊滅させてしまったアンノワールとクローゼの姿が魔王のように思い起こされていた。

「なんだと？」

船長が、いぶかしそうに問い返したとき。

それまで、そんなそぶりも見せずナイフをながめていたアンノワールが、ふいに、何の気もなさそうにナイフを放った。が、その早さはまさに疾風のごとく。うなりをあげるナイフの滑空に、皆おもわず色をうしなってしまう。

サク。

はたして、虫食い林檎の胴体に、細身のナイフが見事に突き刺さった。

「あ……」

これには皆唖然とした。水をうったように辺りが静まり返る。

そのようすにアンノワールは満足そうに鼻をならし、クローゼは困ったように肩をすくめる。
オ、オオー！
ふいに、水夫たちの中から喚声がわきおこった。目前で行われた神の技に、今度は胴元に促されることもなく、自然に拍手がわきあがる。

「すごい！」

「でがしょう！」

感嘆の息をもらす船長に、〝丸太〟がさもあらん、と答える。

な、なんで？

一獲千金をたくらんでいた胴元の膝が、力つきたように崩れ落ちた。


「皆さんありがとう！」

英雄をたたえる喚声に、アンノワールが帽子をとって答えたとき。

「ほう！　おもしろそうなことをやっておるな！　私にもやらせてくれ！」

と、船尾の方から、居丈高に声があがった。水をさすようなその声に、皆が振り返る。

「ナイフ投げなら私も少々覚えがある。やらせてくれ！」

そう言いながらカツカツと足速に近付いてきたのは、例の貴人である。その姿を見た瞬間、皆の顔にげんなりとしたものが浮かんだ。はっきりいって迷惑そうである。

「これでも、かつてはウィリアムテル、と呼ばれていたこともあるのだ！」

彼は、露骨にいやな顔をする水夫たちなど目もくれず、大股で舞台まで近付いてくると、タンタンタン、と足速にのぼった。

「ウイリアムテルは、弩《いしゆみ》の名手ですわ」

アンノワールが、登場した貴人に向かってうやうやしく一礼した。

「これはナイフ投げでございますよ、クレメンス卿」

「林檎撃ちにかわりはござらん」

その貴人――クレメンス卿は、帽子をとるとアンノワールに会釈を返した。顔には、貴族たち特有の、嘘っぽい愛想笑いが浮かんでいる。

アンノワールたちがクレメンスという名を知ったのは、船が出発したその当日の夜である。この船の乗客として出席せねばならぬ船長の晩餐会においてクレメンス卿と初めて会い面したのだ。彼は、開口一番、自分は金持ちの貴族で当然このような船になど乗るはずもなかったのだが、ここでこのようにうつくしいご婦人たちと出会えるなどとは思ってもいなかった。これも、日頃の行いが良いおかげだ、などと馬鹿でもわかるようなお世辞を披露したのだが、日頃の行いのほうは別として、金持ちというのは本当らしい。なぜなら、アンノワールたちは出港以来二週間というもの、この男が同じ服をまとっているのを、ついぞ目にすることがなかったのだ。あえて同じものといえば、頭にかぶっている派手な帽子と、いつも彼が手にしている長い杖の二つだけであった。彼自身は、新大陸に二百万エーカーの土地を持っており、自分はその経営のために大西洋をわたるのだ、などと、さも自慢げにまくしたてていたが、あながち嘘でもないらしい。とにかく、彼がそれなりに金持ちであることだけは確かなようであった。

しかし、アンノワールと船長はともかく、

クローゼはこの貴族の話などまったく信用していなかった。新大陸にそれほどの土地を持っているならかなりの大貴族のはずであるが、それにしては独り旅というのはおかしい。クローゼが察してみたところ、たぶん、どこぞの貴族の放蕩息子が女関係か何かで失敗でもして新大陸まで逃れているのか、それとも当節はやりの貴族に化けたペテン師のたぐいなのだろう。

水夫にまじって貴族を見上げているクローゼの口元に、嘲るような笑みがうかんだ。

「このような遊びに戯れるなど、マドモアゼルもなかなかお盛んですな」

クローゼの視線になどまるで気付きもせず、クレメンス卿はニコニコしながら、アンノワールの肩を気安く軽く叩いた。とたんに、水夫たちの間から抗議の声があがる。それまで、この花のようなアンノワールの玉体に触れることに成功した者など、クローゼを除けばまだ誰もいなかったのだ。それを願ってやまない水夫たちの目に、あきらかな嫉妬の炎があがった。

だが、クレメンス卿は当然そんなことなど露とも気にせず、すぐそばでへたりこんでいる胴元を軽く蹴った。

「何をしておる。早く私にもナイフをよこせ」

胴元は、クレメンスが差し出す手に始めて気がつくと、へい、と林檎の位置まで這っていった。

「あらクレメンス卿」

「何ですかなマドモアゼル」

「このゲームに参加するには、参加料が必要ですのよ」

アンノワールの助言に、クレメンスは始めて気が付いたように、

「ああなるほど、確かに、賭には賭に見合うだけの賭金が必要ですな」

　と、笑みを浮かべた。が、すぐに思案顔をよそおい、

「……しかし、あいにく持ち合わせがない。財布は船室の金庫の中でしてな。よもや、甲板でこのような楽しげな遊びをやっておるとは思いませなんだからな」

　やがて、林檎をもとに戻した胴元がナイフを手に戻ってくると、クレメンスは自分のネクタイに刺してあった小さなネクタイピンを抜き取り、

「これで勘弁せい」

　と、破産したての胴元に、ホレ、と投げ渡した。

　妙なピンを渡されて、胴元はしばらくの間いぶかしげにそれをながめていたのだが、やがて顔色が一変した。なんと、そのピンの頭には、マッチの頭程の大きさではあるが、まぎれもなくルビーが埋め込まれてあったのだ。

　今日は何て日なんだ！

　ルビーの輝きに一瞬で我を取り戻した胴元は、あわててそれを仲間たちの目から隠すように懐へと隠した。

　……海に出てから二週間。本来なら、水夫たちの忍耐もそろそろ限界にきているはずである。が、どういうわけか騒動はおきない。アンノワールやクローゼに関する問題は、先に記した通りすでに解決されていたのだが、それとは関係のないこの貴族がいまだ無事でいられるのはなぜであろう？　さきほど、この貴族がこの場所に姿をあらわしたとき、皆の顔に迷惑そうな表情がうかんだ。であるのに、なにゆえこの男は今もこうしていられるのか。

実は、このクレメンスという男、ただの高慢ちきな大金持ちの貴族というだけではなかった。彼は、水夫たちですらあきれてしまうほどの、非常識なくらいに気前のよい男だったのである。

誰にたいしても尊大で、居丈高で、たまに無理難題（大西洋の真ん中で、新鮮な牛乳が飲みたい、などといったたぐいだ）を遠慮もなく言うが、かわりに、ちょっとしたことで自分の持ち物をすぐ水夫たちによこすのだ。しかも、それらの品は、副長がもらった香水にはじまり、胴元がしまい込んだネクタイピンにいたるまで、非常に高価なものばかりである。本当なら、水夫たちのようなペエペエが手に入れることなどできないようなものばかりだ。

食うに困って船に乗り込んだような水夫たちにとって、彼はいわばよいカモなのである。

「……ふむ、これか！　じつに小汚いナイフだ！」

クレメンスは胴元からナイフをうけとると、汚らしそうにナイフをつまんだ。

「マドモアゼル、よくこのような物をお手にされましたな。後で、よく手を洗われたがよいですぞ」

「ご助言ありがとう、クレメンス卿」

アンノワールが軽く会釈する。

「ふむ……刃もこぼれておるし、バランスもよくない。これで命中させるとは、マドモアゼルはたいした腕前ですな！」

ふたたび、貴族の手がアンノワールの肩を叩いた。水夫たちの顔に、またも嫉妬の色が浮かぶ。

「しかし、ナイフという物はですな、洋の東西を問わず、ただ当たればよいというものではありません。暗殺術の一つであるからには、破壊力もともないませんと……」
ホ、よく言うわ。
クローゼがあきれたように鼻を鳴らした。言ってることに間違いはないけれど、口ほどのものがあるのかしらねえ……。

クローゼは、クレメンスが失敗して、決まり悪そうに言い訳するさまを思い描いてほくそ笑んだ。ふふ、いい気味だわ。

周囲にいる水夫たちも、心はクローゼと同様である。いや、アンノワールもふくめて、この場にいる誰もが、この講釈高い貴族先生が、成功するとは思っていなかった。

「……先ほど、マドモアゼルのお手前を拝見しておりましたが」

皆の意地悪な心中など気付こうともせず、クレメンスはナイフ投げをスローモーションで演じた。

「あえて、言わせていただけますなら、こう、もっと、手首だけでなく腕、いや肩、いや上半身すべてをつかって投げるのがよろしいかと……」

そのままクレメンスは林檎に向き直ると、

「このようにね」

と、手に持つナイフを大ぶりに投げ放った。

「……いかんな」

と、つぶやいたのは船長である。

「ありゃ、やっちゃいかん見本だよ」

アンノワールの顔に、クレメンスにたいする同情が浮かんだ。

クローゼの顔には、それ見たことか、といじわるな表情が浮かんだ。

が。

「あ！」

どういうことであろうか！

「な、な、な……」

貴族の放ったナイフの行方に、胴元が驚愕の表情をうかべて腰を抜かした。

「ええっ！」

当然のようにクレメンスの失敗を想像していたアンノワールの顔色が、それを見た途端愕然としたものにかわった。クローゼも、ただならぬとばかりに戦慄の表情をうかべる。

「す……」

貴族が放ったナイフは、多くの人々の予想をまるであざけるように裏切り、なんとものの見事に林檎の胴に突き刺さっていたのだ。

「す、すごい！」

皆の間に、息のつまるような驚愕が走った。アンノワールは目を丸くし、クローゼは思わず前のめりになった。水夫たちの間にも、驚きの色が沈黙とともにおりている。

馬鹿な！

自分でも気が付かないうちに、クローゼは舞台の上へと駆けのぼっていた。

こんな男が……！

クローゼは、予想外のことに言葉を失っているアンノワールの前に出ると、

「私にもナイフを！」

と、鼻息も荒く胴元に金貨を投げ付けた。

「これはマドモアゼル」

クローゼが登場したのを見て、クレメンスはうやうやしく礼をした。

「あなたも、林檎にチャレンジなさるのですかな？」

が、クローゼは貴人の言葉には答えず、差し出す胴元からナイフを取り上げると、ふたたびコップの上に乗せられた林檎に向かって正対した。

「クローゼ、がんばって！」

「おまかせを！」

姫君の声援に、クローゼが猛々しく答える。

一瞬後、クローゼの手から、閃光のようにナイフが放たれた。安物のナイフが、唸りをあげて林檎へと直進していく。

直後、オー！　という声が、ふたたび水夫たちの中からわきあがった。クローゼの技に、胴元がふたたび膝をつき、船長が感嘆の息をもらす。

クローゼのナイフは当然のように林檎に命中していた。が、それだけではない。驚くべきことに、ナイフは林檎を刺し貫くと、そのままかっさらうように林檎をつけたまま、後方の壁に突き立っていたのだ。

「いいわよ、クローゼ！」

臣下の功労に、アンノワールが破顔して手をたたいた。主の賞賛に、クローゼが満足そうに笑みを返した。

「すばらしい！」

クローゼの妙技に、クレメンスも感嘆の表情を浮かべながら手をたたいた。

「いやまったく、すばらしい腕前だ！」

「破壊力とは、こんなものでよろしいのかしら？」

クローゼが、笑みをうかべたままクレメンスに得意げに問いかける。

「私、女ですのでこれ以上の破壊力を、と申されましても困りますけど」

クローゼはそう言うと、手の甲を口元にあて、オホホホ！　と、随分わざとらしい勝者の笑い声をあげた。

これ以上の破壊力、という言葉に、彼女を賞賛していた水夫たちの口からも笑い声があがった。誰も、これ以上など存在しないことをよく知っていた。

「さ、姫様、このようなお戯れもほどほどになさって、昼食の準備でもいたしましょう」

クローゼは意気揚々と踵を返すと、舞台をしりぞくべくアンノワールを促した。

と。

「ふむ。それはまことに残念なこと。が、しかたありますまい。たしかに、女性というものは非力でありますからな」

壁にくっついていた林檎をはずしながら、クレメンスが声をあげた。スポッ、とナイフを引き抜く。

「お二人がもし、男性でしたら、今以上の技を身につけられるのも可能でしたでしょうに」

「何を……」

と、クローゼがいきり立つように振り向いたとき、クレメンスはちょうど林檎をコップの上に戻しているところだった。

「マドモアゼルの腕前も、なかなかに大したものです。すばらしい。射ぬいた林檎が、そのまま壁まで飛んでいくとは」

そう言いながら、クレメンスはふたたびナイフを構えた。

「ですが、これでは人は殺せませぬ。人の体は案外頑丈だし、ターゲットはたいがい服を着てる……破壊力についてのご質問でしたな。そう。人を殺めるには、最低これくらいは必要でしょう」

そう言った瞬間、クレメンス卿の手から、ふたたびナイフが唸りをあげて放たれた。稲妻のように、ナイフが空間を裂いて行く。

「あ！」

と、声をあげたのはアンノワールである。

「そんな……」

と、つぶやいたのはクローゼ。

「何だ？　何がおこった？」

と、〝丸太〟に問い掛けたのは船長であ

る。彼の位置からは、この一瞬に何がおこったのかが確認できなかったのだ。

　彼だけではない。大勢の水夫たちにも、何がおこったのか理解できていなかった。ただ、クレメンス卿の投げたナイフが、林檎を通り過ぎて後方の壁に音をたてて突き立っていた。

　誰もが、クレメンスが外したと思った。が、それにしては様子がおかしい。令嬢二人は唖然としているし、クレメンスは別段かわったそぶりも見せず、乱れた着こなしを整え始めている。

　そのとき、舞台上にいた唯一のエキストラ、このゲームの胴元が、おののきながら林檎をとりあげた。

「あたってる！」

　ふるえる声が、あたりにひびいた。

「見てみな！　穴があいている！　ナイフは刺さったんじゃない、突き通ったんだ！」

　そう言いながら胴元が皆に見えるように示した林檎には、ポッカリとトンネルができあがっていた。壁に突き刺さったナイフの柄からは、果汁がしたたっている。

　伊達男の見せた意外にも恐るべき神業に、水夫たちが水を打ったように静まり返った。そのなかから、わずかに畏敬にも似た声がわきあがる。

「たいしたもんだ！」

　船長が、感嘆の鼻息をもらしながら腕を組んだ。

「あれだけの腕なら、裏の世界じゃかなりの売れっ子になるぜ！」

「へえ……」

〝丸太〟も、びっくりしたまま目を丸くしている。

「てえしたもんで……」

クレメンスは帽子のかぶりを直すと、静かにアンノワールとクローゼの方に歩み寄った。帽子のつばにふれながら会釈し、

「マドモアゼル方、お分かりいただけましたかな？」

と、笑みを浮かべた。

この男、女性二人が、自分にはおよばないことをすでに察していたらしい。顔に浮かんだ親切そうな笑みが、多少嫌味であった。

「では、後ほど」

いまだ唖然とする令嬢たちを舞台にのこし、クレメンス卿はさっそうとその場から降りて行く。

「どけ！　道を開けろ！」

と、手袋を鞭がわりに水夫たちを追い払っていく。頬や肩をはたかれて、水夫たちはあわててクレメンスに道をあけたが、彼らは、これまでのように侮蔑の視線をクレメンスの後ろ姿にあびせようとはしなかった。今、はっきりと力の差というものを思い知らされた弱者たちの群れを、外柔内剛の強者が押し渡って行く。

後に残された二人の令嬢たちは、たった今見せつけられた、自分たちをはるかに凌駕する恐るべき技に、ただただ唖然とするばかりであった。

と。

そのとき。

「大変だぁー！」

静まり返っていた人々の頭上から、ただごとではない叫び声があがった。見上げれば、マストに配置してある見張りである。

「大変だ！　船長！」

「何ごとだ騒々しい！」

とりみだしている見張りを、船長が叱り飛ばした。

「お前なんかが大変だと言って、本当に大変だったことはないんだ！　一体何なんだ！」

「か、海賊です！」

恐怖にうわずった声が返って来た。

「海賊があらわれた！」

その声に、甲板に居合わせた者全員に戦慄が走った。間をおかず、見張りの指し示す側に、すべての人々が殺到する。

「……まずい！」

海上へ目を向けた船長の口から、苦々しいつぶやきがもれた。

はたして。

〝旭丸〟の後方約四百メートルほどの所を、一隻のスループ船が彼らめがけてまっしぐらに向かって来ていた。見れば、特徴のあるスループ船独特の三角帆のてっぺんに、いまわしい、真っ当な船乗りなら一生見たいとは思わない「死の王の旗」……すなわち、暗黒色の海賊旗が、確かにひるがえっていた。

「大変だ！」

海賊船の襲来に、船内は騒然となった。船長の激も待たず、水夫たちが各持場へとちっていく。

「くそ！　まだカリブには遠いぞ！」

「……どうするのです？」

悪態をつきながら船橋へと向かう船長に、女剣士たちが追従する。

「逃げるのですか？」

「当然！」

アンノワールの質問に答えながら、船長は船尾楼の後ろから、海賊船に向けて望遠鏡を突き出した。

「この船には、あの手の船とやり合うだけの火力がない！　足も遅いし、歯向かうなど考えられん！」

　ふいに、船橋から海賊船をうかがっていた彼らの背後で、大仰な旗がはためくような音がおこった。〝旭丸〟の持ち得るすべての帆がいっぱいに開かれ、一斉に風を受け始めたのである。

「全帆、完了しました」

　水夫たちを指揮していた副長が船橋にかけ上がって来た。

「ですが、船体が重くてこれ以上の速度は……」

「くそ！　積み荷が重すぎるんだ！」

「積み荷を捨てればどうです？　軽くなれば、船足も早くなるでしょう？」

　が、クローゼの提案に、船長は鼻で返事をした。

「フン！　お嬢さんはスループ船というのを御存じないのかね？　ありゃあね、早いんだ！　おまけに、こっちはワイン樽を二百本も積み込んだおんぼろ船ときている。積み荷を捨てるって言っても、酒樽を甲板に上げている間に、たちまち追いつかれちまうよ」

　そのとき、一発の砲声が海上に轟きわたった。追い上げて来る海賊船が、大砲を放ったのである。

「撃ったわ！」

　アンノワールが、何ゆえか楽しげな声をあげた。が、すぐに、いぶかしそうな顔をうかべる。

「へんね、着弾しない」

「威嚇さ。空砲だよ」

　船長が苦虫を噛み潰したような表情で望遠鏡を縮めた。

「今から襲うから、お前らは積み荷を準備しろってね」

「徹底交戦だ！　うむ、それしかない！」

いつの間にあらわれたのか、クレメンス卿が三人の背後で声高に言い放った。

「死力をつくして闘うのだ！　がんばれば、きっと勝機はある！」

いったいどこに隠し持っていたのか、ピストルを二丁手にし、腰には剣を吊している。

その姿を見たとたん、副長があきれたような表情をうかべた。

「閣下！　船内での火器による武装は、厳重に禁じられれているはずですぞ！」

が、クレメンスはそんな抗議にはちっとも耳を貸そうとせず、さっそくピストルに弾を装填しはじめていた。

「私も、クレメンス卿に賛成だわ！」

そう猛々しく言いはなったのはクローゼである。

「ただ襲われるより、勇敢に闘いましょう！」

そういうと、クローゼは血気盛んに己が剣を抜き払った。

が。

船長の下した決断は、剣を手に盛んにいきまく二人の貴人のことなど、まるで無視したものであった。

「副長！」

「はい！」

「……帆を下ろせ」

「……はい」

船長の意外な言葉に、らんらんと目を燃やしていたクローゼが拍子抜けしたように目を丸くした。

「な、なんですって！」

そう聞き返すクローゼの前で、副長に指揮された水夫たちが、手際よく帆をたたみはじめた。

「それではすぐにも追い付かれて……」

「かまわん！　どうせ降伏するんだ」

いまいましそうに言う船長に、クローゼは納得がいかぬと憤慨した。

「なぜです？　闘いましょう！　これだけ人がいればばかならず……」

「無駄だ。どうせ勝てない」

「どうしてです？　やってみなくちゃわからないでしょう！」

「分かり切ったことさ。我々の負けだ」

「どうしてです？　どうして急にそんな……私と剣を交えたときの威勢はどうしたのです？」

しつこく食い下がるクローゼに、船長は溜め息をついた。

「……いいかねお嬢さん。あんたは確かに強い。もう一人のお嬢さんも、クレメンス卿も、大勢が束になってかかってもけっして負けることはないだろう。たぶん、あんたたちほどでないとしても、俺だってなかなかのもんだ。だがね、水夫連中は違うんだ。奴等は、ごく普通の人間なんだよ。たぶん、これだけの人数なら、海賊と闘えば五分五分だろう。だが、それじゃいかんのだ。俺はこれでも、この船の船長なんだ。船長の責任として、人死にを出すわけにはいかんだ」

「しかし、海賊が乗り込んでくればどうするのだ？」

水夫たちを指し示す船長に、クレメンス卿が声をあげた。

「……ただではすまんのだろう？」

「あんたがたは海賊を誤解しとるよ。奴等にとっては、獲物の積み荷さえ手に入れれば、それで御の字なんだ」

船長はそばの木箱から一枚の紙とペンを取り出した。

「いいかね、積み荷を奪うというのが、海賊の職業であり、海賊たる所以なのだよ。こっちがおとなしく荷をわたせば、連中だって無茶はせん。だいたい、殺しに使う弾丸だって、ただというわけじゃないからな。むしろ、危険なのは、この船が空船だったときだよ。連中だって危険をおかして船を襲うんだ。もしこの船が空だったら、どんなに悔しがることか。よっぽど恐ろしいよ。その時に起こる惨劇のほうがよっぽど恐ろしいよ。幸い、この船は酒樽を山ほど積んでる。連中が喚声をあげる姿が今からでも目に浮かぶようだよ」

「でも、ただでわたすというのは……」

なおも納得のいかないクローゼに、船長は笑みをうかべた。

「なに、損をするのはイギリス人だけさ」

「?」

「積み荷にはロイズを賭けてある。あんたもあの船主を見ただろ？　何の保証もなく、他人に財産を預けるようなお人好しじゃないさ、あの男は」

ロイズとは、言わずと知れた最古の保険業者である。ロンドンに、本部がおかれていた。

「こちらが純朴な態度にでれば、存外海賊なんておとなしいもんだ。さて……」

船長は、さきほど取りだした紙に何やら書きあげると、満足そうに溜め息をもらした。

「なんなのです、それは？」

「降伏にあたっての海賊との条約文書だ」

アンノワールの問いに、船長はその紙を読みあげた。

「一つ、降伏中は危害を加えない、一つ、降伏中は船員を勧誘しない、一つ、当船の船体に危害を加えない……海賊はね、約束ごとを絶対に守ることで、自分たちが役人とは違うんだ、ということを誇示しとるんだよ」

そういうと、船長はその条文をまるめ、不安そうに注目している水夫たちにむかって声をはりあげた。

「船長として皆に通告する！　当船は、当船と皆の安全のため、ここに海賊にたいし降伏するものとする！」

「……あきれたわ」

船長の高らかな宣言に、クローゼがしぶしぶ剣を鞘に戻した。

「ふん！　気に入らんが、船長の命令ならば仕方あるまい！」

クレメンス卿も、そう言いながらピストルの弾を抜いた。

「あらすてき！　じゃあ、海賊とお話しできるじゃない！」

と、アンノワールだけが、何やら楽しそうに声をあげた。

「……俺も随分おもしろい奴等と会ってきたが……」

アンノワールの様子に、船長があきれかえった顔になった。

「海賊船を目の前にして、こんなによろこぶご令嬢というのは初めてだ……やつらが乗り込んで来たら、一番危なくなるのはあんたがたなんだぜ」

「どういうことです？」

クローゼの問いに、船長は降伏準備にとりかかりはじめた水夫たちをしめした。

「やつら……見ればわかるだろう？　水夫ってのは、いつだって女に飢えてる」

「ええ」

「海賊ってのは、大半が水夫なんだぜ！　しかも、この船と違って権力は向こう持ちだ。一応、海賊たちの間には婦人尊重という不文律があるにはあるらしいが、あんたがたのような美人を前にして紳士でいられるのは、たぶんクレメンス卿くらいのもんだよ」

「ありがとう、船長」

お褒めの言葉に、クレメンス卿がふざけるように頭を下げた。が、船長はそのクレメンスにたいしても、首を横にふった。

「礼を言うのは早いよ。ご婦人方だけではない。あんただって危険なことにかわりはないんだ」

「私が？」

「そうさ。あんたみたいな金持ち貴族というのは、連中にとっちゃ絶交の金蔓さ。ゆすりたかりにかどわかしは、連中の副業みたいなものだからね……さてと」

船長は、上着のポケットに手を突っ込むと、そこから大きな鍵を一つ取り出した。

「船首楼に、はたからはわからん小部屋が一つある。前の船長が、監獄用につくった部屋なんだが、パッと見ただけじゃ、そこに部屋があるなんてわかりっこない。あそこなら、あんたたち三人くらいなら何とか入っていられるよ。海賊が退散するまで中から鍵をかけていれば、絶対に見付かることもあるまい」

と、鍵を三人に差し出した。

「……そうするしかないようね」

と、クローゼがその鍵を受けとろうとしたとき。

「あら、そんなもの必要ありませんよ」

アンノワールの声が、クローゼの手を制するようにあがった。

「だって、私たち、隠れる必要なんてございませんもの」

「ひ、姫様！」

アンノワールのあっけらかんとした言葉に、クローゼが驚いてつめよった。

「どういうおつもりです？　相手は海賊ですよ！」

が、アンノワールはケロリとしたまま、

「わかってるわ。海賊だからこそ、隠れちゃいけないんじゃない」

と、クローゼにニッコリと微笑んだ。

「私たちがなんでここにいるのか覚えていて?」

「あ……」

言われてみて始めて、クローゼは愕然とした。この二週間というもの、あんまり退屈だったので彼女は初期の目的を忘れていた。

「黒い海賊……ですか」

「ええ。あの海賊船に、ひょっとしたらあの方のお知り合いが乗ってるかもしれないでしょう?」

アンノワールは、期待に目を輝かせながら、すぐそばまでせまっている海賊船を指し示した。

「こんなに早く海賊に出会えるなんて、私、なんて運がいいのかしら!」

と、うれしそうに両手をあわせる。

それを見て、クローゼがあきれるように溜め息をついた。

「……あんたはどうするね?」

海賊船の到来をよろこんでいる変わった娘のことなどほっといて、船長がクレメンス卿に鍵を差し出した。

「使うかね?」

「いや、けっこう」

クレメンス卿は船長の申出に手の平でことわると、

「ご令嬢たちにもしもの事あらば、お守りできるのは私だけであろうからな!」

と、例の居丈高な口調で言い放った。

「ご立派!」

仕方なく鍵をもとに戻す船長の口から、あきれたような溜め息がもれる。

「……今回の航海は驚きの連続だ。海賊の到来をうれしがる娘に、金使いの荒い貴族……いったい、どういうわけなんだ？」

サーベルをつがえ、憐れな〝旭丸〟を今まさに襲わんとする海賊たちの乗るスループ船の接近を、彼らはめいめいの思いを胸に待ち受けた。


「追跡を開始してから、今日で十二日目だ」

〝銀星号〟の艦橋で、ウオン少佐はカレンダー付きの懐中時計の蓋をパチンと鳴らした。そのまま、滑らせるように胸ポケットにしまいこむ。

「もうじきカリブ圏に入る。そこまで行くと、列強の船と出会う可能性が高くなるだろう。そろそろしかけるか」

「それにしても、姫君はどういうつもりで新大陸などを目指しているのでしょうか？」

ウオン少佐の横で、〝銀星号〟の艦長、デブリン大尉が望遠鏡を構えたままつぶやいた。

「だいたい、本当にあの船に姫君が乗っているのでしょうか？　こともあろうに、一国の王女が、たかが家出くらいでキリスト教圏を出るなどと考えられますか？」

「それは本当だ」

ウオン少佐は手にしていた小さな手紙を広げた。

「不定地連絡員の〝案山子〟が送って来た手紙には、彼自身が乗っているあの船に姫君が乗船した旨が記されておる。フランス情報部の工作員訓練をうけた者の言葉だ。間違いはない」

と、背後に吊されていた鳥籠をチラリと見た。その中には一羽の鳩が、潮風に寒そうに喉を鳴らしていた。

「どちらにしろ、もうじき分かることさ。あの船がカリブに達する前に、襲撃をかけるとしよう」

と、少佐は水平線を進む〝旭丸〟を指し示した。

ウオン少佐が、アンノワールの所在をつきとめたのはちょうど二週間前のことである。フランス情報局が世界各地に配置している工作員の一人から、姫君発見の報を携えた伝書鳩が送られて来たのだ。今、ベルターナの第三王女は、新大陸に向かう貨客船の乗客となっている。

情報を手にいれたウオン少佐は、情報局が誇るフリゲート艦〝銀星号〟で、ただちに追跡を開始した。風向きもよく、姫の所在を知ってわずか二日で、彼等は〝旭丸〟を発見できた。以来十日以上にわたり、少佐たちは〝旭丸〟を追跡している。

「奴は出てきますか？」

デブリン大尉が、望遠鏡をしまいながらつぶやいた。その声には、怨嗟の色がうかがえる。

「わからん。たぶん、今まで出てこんかったんだ。ここでは出てこんだろう」

ウオン少佐が答える。

「だが、フランスに戻るまでには……あるいは」

と、少佐の頬傷が、恐ろしげにゆがんだ。少佐の言葉に、デブリン大尉の口元にも冷酷な笑みが浮かぶ。二人とも、目が期待にかがやいていた。

彼等がアンノワールを拉致しようとするのは、これで二回目である。

前回、ウオン少佐は〝銀星号〟とその艦長とともに、アンノワールをかどわかそうと海賊に扮して姫の乗船するベルターナ船を襲撃した。しかし、あと一歩のところで彼等の目論見が達成されようというとき、彼等の前に、正体不明の軍艦が立ち塞がったのである。今まさに姫君の玉体に手が届きそうなところで、彼等はその軍艦によって阻止、粉砕されてしまった。しかも、その敵はあきれたことに、ウオンたちと同じく海賊旗をかかげていたのである。

ウオンもデブリンも、その時の屈辱は今になっても忘れていなかった。奇襲攻撃と圧倒的な火力により、デブリン艦長は艦を大破させられ、ウオン少佐は一生残る傷を負わされてしまった。忘れようとて忘れられぬ記憶である。

……骸骨と、黒い百合の花だった。

ウオン少佐は、敵艦にはためいていた海賊旗を思い起こし、奥歯を噛み締めた。

何が海賊だ！　あの闘い方は、どう見ても正規軍の、それも選りすぐりの精鋭のものだったぞ！

今度こそは……。

忌まわしい敗北の記憶に、ウオン少佐とデブリン艦長が、来たるべき雪辱戦に臍を固める。もちろん、アンノワール誘拐も重要であったが、彼等にとっては、あの忘れ得ぬ敵に対する復讐心のほうが深刻であった。そのため、奴がもし姫君と何か関係しているのならば、と、おびき出すべくカリブ寸前まで〝旭丸〟に手をださなかったのである。

往路はこなかった。

ならば、帰路にて待ち受けようではないか！

「一時の方向に船影！」

そのとき、マストの上から、怪船発見の報があがった。何ごとかと、艦長が望遠鏡をふたたび取り出す。が、望遠鏡でなくても、目を凝らせばウオン少佐にも充分確認できた。

「なんだあれは？」

見れば、一隻の小型船が〝旭丸〟に急接近している。

「わかりません。ただのニアミスでしょうか？」

艦長が首をかしげながらつぶやいた。だとするとまずい。今、他の船に我艦の姿を見られるのは……。

ウオンが思案げに爪を噛んだとき。

「あ！　砲炎があがった！」

望遠鏡をのぞいていた艦長が驚愕の声をあげた。しばらく後、砲声が〝銀星号〟にとどく。

「何ごとだ！　よもや……」

ウオンがいぶかしげにつぶやいたとき、ふたたび艦長が驚きの声をもらした。


「……海賊船だ！」

「何！」

艦長の言葉に、ウオンが色めく。海賊船だと！

「すると……！」

何かを期待するように海賊船を睨み付けるウオン少佐に、しばらくして艦長が落胆したように溜め息をもらした。

「いや……違いますな。海賊船に違いはないが、船が小型すぎます。あの時、奴等が乗っていたのは、まちがいなく戦艦だった」

艦長が失望したように望遠鏡を縮める。

「……それに、旗もちがう。あそこにあるのは、骸骨に剣が二本交差しているものだ。残念ですが、どうやら本物の海賊のようです」

「そうか……」

艦長の言葉に、ウオン少佐が肩をおとした。

「……どうしますか？」

艦長がたずねる。

「このままだまって……」

「いや、そうはいかん」

ウオン少佐は気を取り戻したように大きく息を吸い込むと、

「我々の任務は、あくまで姫殿下の保護だ。海賊風情に姫君をかどわかされたとあっては、面目もたたん。決行しよう」

「では」

「うむ。襲撃だ！」

少佐の言葉に、〝銀星号〟艦内に一瞬で緊迫感が走った。猛々しい、戦場に赴く者たちの、いきり立つような空気が辺りに充満する。

艦長をはじめとする、〝銀星号〟の乗組員たちは、ウオン同様一時祖国を捨てたアイリッシュたちであった。いつの日か凱旋する日を夢見、今はフランスに身をやつして太陽王のために闘っているのである。同じ流浪の民として彼等の結束は堅く、〝銀星号〟はフランス海軍の中でも指折りの強艦である。その、海の獅子が、今、獲物を倒すべくその剽悍な腰をあげたのである。

「最大戦速！　目標、前方の貨客船！」

艦長の号令と同時に、すべての帆が一斉に開かれた。〝銀星号〟の速度が、みるみるあがっていく。

「火力発揮準備！　陸戦隊、白兵戦用意！」

舷側の砲門が開かれ、砲弾が準備されていく。同時に、胸甲をつけた歩兵たちが、艦内から次々と吐き出されるように姿をあらわした。甲板の上に、一糸乱れず整列していく。

「砲戦用意！　わが艦は、これより戦闘行動に入る！」

いまや戦闘体制を取り終わった完全武装の

戦闘艦が、波を切って〝旭丸〟と海賊船めがけて接近していった。

船長の言った通り、海賊たちは紳士ではなかった。船長の言っていた海賊たちの不文律、というのは、確かに仲間同志の争いを避けるために存在してはいたのだが、アンノワールとクローゼの美しさの前では、そんな無神経な決まりごとなど何処ぞへとすっとんで行ってしまったようだ。

海賊船が、追いすがるように〝旭丸〟の後方に接近したとき、海賊たちは、まだ舷側もつけていないというのに、〝旭丸〟の船尾楼に立つ二人のご令嬢の姿を見て、さかりが付いたようにいろめきたった。

「女だ女だ！」

彼等は口々にそう言うと、手に持つピストルをさかんに空めがけて撃ち放った。海賊船の舷側と〝旭丸〟の舷側が接するかしないかのうちに、心はやる大馬鹿者たちがロープをつかって次々と貨客船へと飛び乗った。そして、惚けたように呆然と固まっている降伏者たちのことなど目もくれようともせず、一目散に二輪の薔薇の待ち受ける、船尾楼へと殺到した。

「あら素敵！」

自分たち目指して駆けてくる海賊たちを目にし、アンノワールはあいもかわらず楽しげに声をあげた。

「これだけいるのなら、一人くらいはあの方のことを知っている者もおりますわ」

「姫様」

垂れる涎も隠そうとせず、飢えた獣のようにせまってくる海賊たちを警戒しながら、クローゼがあきれるように呑気な姫君をたしなめた。

「事態がよくわかっておいでですか？」

「何のこと？」

「私たち、今窮地に立たされているのですよ」

「その通り！」

　そばにいたクレメンス卿が、さらりと剣をぬいた。

「ここはひとつ、この私が下品きわまるこの汚らしい奴等から、お二人をお守りすることといたしましょう！」

　と、彼は掛け声も高く、イヤー！　とばかりに海賊たちに突っ込んでいった。

　が、クレメンス卿が海賊たちの群れに達したとたん、まるでカーテンのように、海賊たちの群れが左右に広がった。まるで取り込まれるように、海賊たちの真っ直中に突っ込むクレメンス卿。そのカーテンがふたたび閉じられたときには、まるで排泄されるように、クレメンス卿は海賊たちの向こう側に通り抜けてしまっていた。

「あきれた」

　誰からも相手にされないまま、はるか向こう側に飛び出してしまったクレメンス卿をながめ、アンノワールが溜め息をついた。

「あの人、強いわりには、なんか間抜けなところがありますね」

「……それどころではありませんよ、姫様」

　呑気につぶやくアンノワールを、クローゼが剣を抜きながらたしなめた。すでに、すぐ間際にまで海賊たちは迫っている。

「確かに、黒い海賊のことも大事でありましょうが、ここの所はご自身の御身を守ることを……なにせ、この者ども、このままでは姫様のご質問に耳を貸しそうにありませんから」

「わかっています」

アンノワールが楽しげに海賊たちを一瞥しながら答える。

「私の貞操はあの方のもの……法を理解しない犯罪者たちに無抵抗を決め込むほど、私はお嬢様ではありませんよ」

「船長！」

クローゼが、そばに立っていたクロパトキンに声をかけた。

「いくら降伏したとはいえ、我が身を守るくらいは許されるのでしょう？」

クローゼの問いに、艦長が首を立ててにふった。

「ああ。たぶん、海賊たちの頭の中にも、正当防衛という言葉は入っていると思うよ」

そのとき、〝旭丸〟の舷側に飛び付き、静索をよじのぼって二人の頭上に迫らんとしていた海賊の一人が、奇声をあげてアンノワールめがけて飛び下りて来た。美しい女性の色香に、目が錯乱したように充血している。

が、次の瞬間、海賊はその雄びを絶叫にかえたかと思うと、そのまま〝旭丸〟の甲板に体全体で叩き付けられてしまった。白目を向き、すでに悶絶している。

「さあ、あなたたち！」

クローゼ直伝の組手により海賊を投げ飛ばしたアンノワールが、剣に手を延ばしつつさっそうと海賊たちに言い放った。

「勝てる自信のある者だけかかってきなさい！　そうでない者は下がりなさい！　闘って闘って、疲れ果てたとき、あなた方に聞きたいことがあるの！」

その口上が合図となった。

すでに仲間の一人が、気絶するほどやられてしまった事実などまるで眼中にない海賊たちが、狂乱したように、一斉に二人めがけてとびかかった。

「……だから隠れろと言ったんだ」

船長が、条文を手にしたまま嘆くようにつぶやいた。

「いくらなんでもこの人数相手に……」

しかし。

そんな船長の懸念など、一切無用であった。

なぜなら、このやんごとなき姫君と、美しきその従者は、今、恐るべき戦闘力を発揮しはじめたのである。

掴みかかろうとする海賊には、組手をもってこれを封じ。

剣を繰り出す海賊に対しては剣でこれを封じた。

当初、一方的と思われた戦場は、人々の想像を大きく裏切り、まったく逆の様相をみせていたのである。


「ホ！　私が手助けする必要などないな！」

二人とは別の場所で、あらたに乗り込もうとしている海賊たち相手に剣をふるっていたクレメンス卿の口から、感嘆の声がもれた。

彼の剣は三人の海賊を相手にしていたが、頭はアンノワールたちにむけられている。

「小手先だけの小娘かと思ったが、どうやら、そういう訳でもないらしい」

そう言うクレメンスの剣が、三人の海賊たちの剣を、ほとんど同時に弾き飛ばした。

「いったい何者だこいつら！」

アンノワールたちを襲っている海賊たちのうちから、驚愕にふるえる声があがった。絶対優勢であるはずの自分たちが、いつまでたっても、目の前にある果実を手に入れられない。

悦楽を想像して胸を高ぶらせていた海賊たちは、ほどなく、自分たちは本気でこの女戦士たちと闘わねばならないことを悟った。

「あんがい手ぬるいわね」

アンノワールが、海賊の手を切り裂きながら、つまらなそうに言った。

「もっと手応えあるかと思っていたのに」

「姫様の頭にあるのが黒い海賊だから、そんな風に考えるのですよ」

アンノワールの横では、クローゼが口元に冷たい笑みをうかべながら剣をあやつっている。すでに、先程アンノワールをたしなめたような感情は彼女にはない。その父親似の戦闘的な性格が、海賊たちとの闘いを楽しんでいた。流星のような剣さばきが、海賊たちの四肢を切り裂いていく。

すでに、二人の足元には、戦闘不能に陥った海賊たちが、二十名ほども呻きをあげていた。

「す、すげえ……」

二人の背後を飾る、ただの風景と化していた水夫たちの中で、〃丸太〃が呆然としたまま感嘆の息をついた。

「……あの時もすごかったが……こりゃ、あれ以上だぜ！」

実際、いま海賊たちは危機に陥り始めていた。最初の下品な連中に続き、後から悠然と乗り込んできた比較的常識をわきまえた連中ですら、女剣士たちと、いけ好かない貴族によって次々と切り倒されて行く。その有様は、まるで途絶えることなく滝壺に落ちて行く川の水のようですらある。

いけねえ。

貨客船に接舷した海賊船の上で、海賊船の船長が〃旭丸〃の甲板で繰り広げられている信じられぬ光景を眺めながら、不機嫌そうに鼻を鳴らした。

このままじゃこっちがやられちまう！

彼がそう思う間にも、貴重な手下たちが次々と無力化していく。

……こりゃ、とっとと話をつけなきゃな。

海賊船長は〝旭丸〟にわたるべく、両船に渡された栈橋に足をかけた。

「こりゃいけるかもな」

〝旭丸〟の船長、クロパトキンは、海賊とは逆の思いにほくそ笑んでいた。女剣士たちが、海賊相手にあまりに圧倒的なのを見て、彼は手にした条文を破り捨てることを考えはじめていたのである。このままいけば、あの女たちが海賊たちを始末してくれそうだ。どうやら、積み荷を奪われずにすむかもしれない。

が、そのとき。

「てめえら！　いい加減にしねえか！」

死闘（令嬢たちにとっては、遊びていどのものでしかなかったが）を繰り広げていた海賊たちの背後から、彼らを一喝するような大声が響き渡った。

「女なんかにかかずらって、こんなに手負いをだしやがって……他に仕事があるだろうが！」

海賊たちの背後に、四十才くらいの日焼けした男が立っていた。その相貌は、若い頃にはさぞかし色男であったろうことを伺わせた。

「しかし船長」

〝旭丸〟に乗り込んできた海賊船長に、手下の一人が苦情を言う。

「こりゃ上玉ですぜ。俺たちゃ、もう随分と女日照りなんだ。これをのがしちゃあ……」

「馬鹿野郎！　船長の言う事が聞けねえってのか！」

バコッ！　と、その手下が殴りとばされる。

「さあ野郎ども、下らねえことは考えねえで、真っ当に仕事するんだ！　俺が思うに、この船には女よりも俺たちをよろこばせてくれそうな物が乗ってそうだぜ！」

鼻のいい野郎だ。

クロパトキン船長が、騒動に割り込んで来た海賊の党目に悪態をついた。せっかく白旗をあげずにすみそうだってのに、よけいな所で出てきやがって……。

「どうしたの？」

ふいに海賊たちの攻撃が絶ち消えたのを見て、アンノワールがキョトンとして辺りを見回した。

「もう終り？」

「そのようですね。これで、当船は、つつがなく降伏したようです」

ハンカチで剣先を拭いながら、クローゼがアンノワールに近付いた。

「準備運動にしかなりませんでしたけど……まあ、こんなものでしょう」

と、剣を鞘に収めた。

「真っ当な仕事をする海賊には、神様もご褒美をくださるもんなんだ。さあ、働いた働いた！」

自分たちの船長の言葉に、それまで剣を手に殺気だってアンノワールたちに襲いかかっていた海賊たちは、急に萎え萎《しぼ》んだように、めいめい自分のすべき仕事へととりかかりはじめた。こうなってみると、海賊も〝旭丸〟の水夫たちも、一見かわらないように見える。

「私、海賊というのはもっと傍若無人なものだと思っておりましたけど……」

クローゼが、打って変わったようにかたくなに働きはじめた海賊たちを目にし、意外そうな声をもらした。

「案外、仕事真面目なものですね」

「あら、こんなものなんじゃないの？」

アンノワールが、剣を収めながら聞き返した。

「だって、あの方の船の人達は、もっと整然としていましたわよ。それよりあの船長の服！　なんてみすぼらしいんでしょう！　同じ海賊船長でも、あの方とは随分ちがうわ。やっぱり、海賊にも仕事上手で稼ぎのよい人とそうでない人がいるのかしら？」

アンノワールが指し示した船橋では、停戦のための首脳会談が、握手とともに終りをつげていた。どうやら海賊船長のほうが、クロパトキン船長の提示した要求を飲んだらしい。これで海賊たちは、とうぶんの間へべれけになっていられるだけのアルコールを手に入れることができたのだ。

と、突然、海賊船長が、クロパトキン船長の横っ面を、思い切り張り飛ばした。

「何ごと！」

突然のことに、アンノワールが思わず声をあげる。クローゼも、びっくりして目を見開いた。

「まだやろうっての！」

クローゼの手がふたたび腰の剣へと伸びたとき。

「待ちなせえ、姉さん」

〝丸太〟の一声が、いきまくクローゼをおしとどめた。

「ありゃジェスチャーなんで」

「ジェスチャー？」

「へえ。あれで、この船での出入りはおしまい、てわけで」

「……なるほど」

いつの間にか彼女らのかたわらに立っていたクレメンス卿が、感嘆したように声をあげた。

「今ので、海賊が〝旭丸〟を打ち倒した、というわけだな」

「そういうわけで」

見れば、目の前で船長が殴られたというのに、水夫たちは何の感情もしめしていない。いろめきたっていたのは、どうやら彼女たちだけのようだ。

「ふうん。慣習、て訳ね」

「へい、その慣習でさ」

クローゼの言葉に、〝丸太〟が媚びるように相槌をうった。船橋では、クロパトキン船長が、一人痛そうに殴られた頬をさすっている。

ふいに、アンノワールが声をあげた。

「じゃ、もういいのね?」

「何がです?」

「あの海賊の船長よ。あの人が、あの方のことを知っているかどうか、はやく確かめたいわ」

「まあ……別段問題はないでしょうけど……」

クローゼがそう言った途端、アンノワールはまちかねた子供のように、その場を飛び出していった。クローゼが止める間もなく、船橋から降りてくる海賊のほうへと近付いて行く。


くそ! たいした損害だぜ、まったく!

怪我を負って甲板の上で呻いている手下たちを一瞥し、海賊船長は甲板に腹立たしそうに唾をはいた。

彼がざっと勘定したところ、負傷者は十八人にのぼった。一人につき、金貨二枚の傷病手当てを出さなければならない。他の船員の分け前を減らすわけにはいかなかったから、当然船長である彼の財布が萎むことになる。おまけに、〝旭丸〟は貨物船であり、まとまった現金収入が期待できそうにない。

まあ、たらふく酒が手に入ったんだ。それでよしということにするしかねえ。

船長は、ごく近いうちに催されるであろうどんちゃん騒ぎを想像して自分を慰めることにした。

「……あの、よろしいかしら?」

空想のなかで、船長がワインを一気に飲み干そうとしたとき、ふいに背後から場違いなくらいに可憐な声がかけられた。何者かと、船長が振り返る。

そこには、アンノワールが輝くような微笑みを、船長にむけて投げかけていた。

うえっ、疫病神がきやがった。

海賊船長は、恐るべき戦闘力を秘めた令嬢の姿を一目見るなり、あわててプイ、と顔をそらした。そのまま、気付かないふりをよそおって、〝旭丸〟の船倉から酒樽を出しはじめた手下たちを監督しているふりを決め込む。

こういう輩には、できるだけ近付かねえほうが身のためだ。

海賊船長は、女だてらに男装し、おまけに手下たちをこてんぱんにして自分を破産させた女剣士を、いっさい無視することに決めた。

しかし、当のアンノワールはそんな彼の心中など知る由もない。自分の声が相手に届かなかったのだと勝手に思い込み、ふたたび、今度は声を大にして呼びかけた。

「よろしいですかしら!」

が、海賊船長は無視。アンノワール、三度声をかける。が、船長、何も眼中にないかのように、黙々と手下たちに激をとばしている。

「……」

アンノワールは、しかたなさそうに溜め息をつくと、しばし思案した。

やがて彼女がとった行動は、海賊当人ばかりでなく、他の人々をも仰天させてしまうのに充分なものであった。

彼女は、やにわにそばを通りかかった海賊水夫をおしとどめると、うむを言わさず彼が腰に差していたピストルをとりあげて、海賊船長のすぐ足元に、迷うことなくぶっぱなしたのである。

突然の豪音に、周囲の人々は目を丸くした。

「あらら、姫様ったら」

アンノワールの様子をうかがっていたクローゼが、主君のとった予想もしない行動に思わず吹き出した。クレメンス卿でさえ、思わず目を丸くする。

「なかなかやりますわね」

「やります、じゃねえですよ」

クローゼの横に立っていた〝丸太〟が、あきれ顔のまま言った。

「相手は海賊なんですぜ。いくらなんでもありゃ無茶だ」

確かに、無茶もいいところでろう。

「な、何しやがる！」

突然の銃声に飛び上がり、ようやく着地した海賊船長が、顔を真っ赤にしてアンノワールを怒鳴りつけた。

「当たったらどうするんだ！」

が、鬼神のように目を剥いている海賊に、アンノワールはのほほんとしている。

「やっと振り向いてくれましたわね」

と、まだ煙を吹いているピストルを、あっ

けにとられている持ち主に返した。

「振り向いてくれましたわね、じゃねえ！」

まるで悪びれないアンノワールに、船長は怒り心頭に発したように唾を飛ばした。

「いってえ、どういうつもりだ！」

「さきほどからお呼びいたしておりましたのに、ちっとも気付いて下さらないんですもの……」

アンノワールがわざとらしく遺憾の表情を浮かべた。それを見て、海賊の顔がさらに赤くなった。腰の剣に、手がのびようとする。が。

彼はそれを抜かなかった。彼の、見かけによらない明晰な頭脳が、アンノワールと闘っても勝ち目はないことをはじき出したのである。懸命だ。

彼は古代中国の英雄のように、震える指を一本二本と数えながら、荒くなった自分の鼻息をたしなめるように整えた。

「……お話しを聞いていただけます？　あの……」

「ラカムだ」

機嫌を窺うように顔を覗き込むアンノワールに、海賊船長は居丈高に言い放った。

「ジャック・ラカム。それが俺の名だ！」

「あら、それじゃムッシューラカム」

「ムッシューなんていらん！　船長でいい！」

「じゃ、ラカム船長……ちょっとお聞きしたいことがございますの」

アンノワールの目が、早くも期待に輝きはじめた。

「ラカム船長は、このお仕事はもう長いんですの？」

「はん？」

脈絡のない質問に、不機嫌そうだった海賊

──ラカム船長の顔があっけにとられたようになった。

「仕事って……海賊稼業のことか?」

「はい。海賊になられて、もう長いのですか?」

　アンノワールのつぶらな瞳に問いかけられて、ラカムはちょっと意を飲まれたようになったが、

「お、おうよ! 俺ぁ、これでももう二十年、この稼業で食ってる!」

「あら素敵! じゃあ、随分と顔もお広いのでしょう?」

「まあな! これでも、ジャマイカやキューバじゃ、俺の名前を知らん奴はおらんだろう!」

　アンノワールにほめられて、ラカムはちょっと得意げになった。

「まあ、俺の仲間も随分いるが、俺ほど名を知られてる海賊はほかにはおるめえ」

「本当! ますます素敵だわ! じゃあ、そのお顔の広いラカム船長を見込んでお聞きしたいのですけれど……」

　アンノワールが前のめりになって質問した。

「船長……あなた、黒い海賊についてご存じありません?」

「黒い海賊?」

　アンノワールの問いに、ラカムは面食らって鸚鵡返しに聞き返した。

「なんだそりゃ?」

「黒い海賊ですの。乗ってる船から、船員、果ては船長ご自身まで、身につけたもの一切が黒ずくめの……」

「黒ずくめねえ……」

「ええ。ずっと前は、地中海にいたらしいんですけれど」

記憶を探るように考え込むラカム船長に、アンノワールは期待にするように食い下がった。

「何かご存じでは……」

「はて」

ラカムが問い返す。

「地中海にいたって？」

「ええ！」

「黒ずくめの船？」

「ええ！　ええ！」

しかし、顔役を自称するラカム船長の記憶にも、そのようなものはなかったらしい。

「悪いが聞いたことないね。俺も、仲間内ではかなりの情報通のつもりだが、そんな野郎の話は聞いたことねえなあ」

ラカムの言葉に、それまで期待に胸の膨らむ思いだったアンノワールの顔が、萎みこんでしまうように、しょぼん、とうつむいた。

がっかりだ。

宝石のような両目が、落胆のあまり潤みをみせはじめた。

が。

別の考えがまた浮かんだのだろう。

すぐに顔をあげると、ラカムに向かってふたたび質問した。

「それじゃ、船長のお知り合いで、何か知っていそうなお方はおりませんか？」

「俺の知り合い？」

「はい。ラカム船長は顔役でいらっしゃるのでしょう？　カリブは海賊の楽園といわれるほど海賊の多い海域、ならば、船長のお知り合いのなかに、何か知っていそうな方が……」

「……あいつらなら知ってるかもな」

アンノワールの言葉に、しばし考え込んでいたラカム船長がつぶやいた。

「俺の古い仲間が何人かいるんだが、そいつらも、この俺同様かなりの顔役だ。職歴も古いやつらばかりだし……あいつらなら、ひょっとしたら……」

ラカムの言葉に、アンノワールの顔がふたたび希望に輝きはじめた。

「その方たちは今どこにおられるのです？どこに行けば会えますか？」

詰め寄るようなアンノワールの質問に、ラカムはちょっと気圧されてのけぞったが、

「……それはわからんよ。奴等も海賊だ。海賊が今どこにいるかなんて、とてもわかりっこない」

と、諭すように言った。その言葉に、アンノワールがふたたび失望したようにガックリとうつむく。

その、あまりのがっかりした様子に、ラカム船長は少し同情したのだろう。さらに言葉を付け加えた。

「今どこにいるか、なんてことは分からんが、今度どこにいるか、ていうのは分かってる」

「え！」

アンノワールの顔が、またも輝きはじめる。

ラカムが続けた。

「俺たちカリブの海賊は、半年に一度寄り合いを開くことになってる。その寄り合いで、それまでの自慢話や、情報交換、これから先の海賊業界の展望とその対策について論じあうんだが、連中、死んでなけりゃ必ず出席するはずだ」

「それは……その寄り合いは何処で催されるのです？」

アンノワールの嘆願するような瞳に、ラカムは口を開きかけた。が、ふいに思い出した

ようにあわてて言葉を飲み込んだ。

「……どうしたのです?」

けげんそうに首をかしげるアンノワールに、ラカムは首を振りながら大きな溜め息をついた。

「……いいかい、お嬢さん。その場所とやらを、この俺が教えるわけにはいかんのだよ」

「なぜです? どうして教えてくれないのです?」

「なぜって、そりゃ決まってるだろう。秘密の会合なんだぜ。お嬢さんがどこぞの総督の知り合いではないと、なんで言える? 俺がここでしゃべっちまったおかげで、俺の大事な古い仲間たちが、数珠つなぎにお縄にならないと、どうして言えるんだ? 悪いが、こればっかりは教えるわけにはいかねえよ」

あぶねえあぶねえ……つい、言っちまうところだったぜ。

ラカムは自分のうかつさに自責の念を覚えながら、それきり口をつぐんでしまった。

「……」

が、アンノワールにはラカムの理屈などわからない。知らぬ顔の半兵衛を決め込んでしまったラカムを前にして、アンノワールはしばらく呆然としていたが、やがて、ハッと我に返ったように、ラカムに嘆願しはじめた。

「お、お願いです! お願いします、船長! 私、どうしてもあの方の行方を知らねばならないんです!」

その姿は、はたから見ても健気で必死である。

「だめだ」

ラカムの返事はつれない。

「そこを何とかお教えねがえません? 私、是が非でも、黒い海賊に会わねばならないんです!」

祈願する、アノワールに、なおもラカムは首を縦に振らない。

「……だめだ」

「そんな……それじゃ」

アンノワールは懐に手をやると、大きな財布を取り出した。

「ここに金貨で五十枚ありますわ。けっして、安い額ではないでしょう？　これでどうか、お教え願えないかしら」

そう差し出された見るからに重たそうな財布を目にし、ラカムの顔が一瞬かわった。金貨五十枚といえば、先の傷病者手当てを払ったうえ、さらにお釣りのくる金額だ。

ラカムの手が、財布へと伸びようとした。

しかし、彼の理性が、慌てて手をひっこませた。

「金も欲しいが……だめだ！」

「……そ、それじゃ」

額がたりないと思ったか、アンノワールは首から下げていたロザリオをとると、それも財布にそえた。輝く十字架が、宝石で彩られたものだ。

「これで……」

「……だめだ」

ラカムが、断腸の思いでそれを断った。正直なところ、ラカムは目の前のそれらが、喉から手がでるほど欲しかった。それらの豪華な品物が、唯の一言で自分のものになるのだ。

しかし、それらのために、仲間を売ることになるかもしれない行為には及べなかった。

「……俺たちにも義理ってもんがある。金で仲間を売るようなまねはできん」

「そ、それじゃ」

アンノワールは、今度は腕につけていたブレスレットをはずすべく、慌ただしく手袋を取り始めた。その表情は必死で、目は何かに取り付かれたようにただごとではない。

それまで遠目に様子を見ていたクローゼが、姫君のただならぬ様子に心配になって近付いて来た。

「……姫様？」

が、クローゼの気遣うような言葉も、今のアンノワールには届いていないらしい。

彼女はブレスレットを取ると、それも財布に寄り添えた。

「これも……」

「……だめだ」

やはり、ラカムの返事は無情である。

アンノワールは負けじとばかりに、今度は指にはめていた指輪を取りはじめた。

「姫様！」

アンノワールの我を忘れたような様子に、クローゼがたまりかねたように声をあげた。

「姫様、どうしたのです！　なんのおつもりですか！」

しかし、アンノワールは返事もしない。やがて彼女は指輪を差し出し、それをも拒否されると今度は耳につけていたイヤリングに手をのばした。

とりつかれたようなアンノワールのことを、心配な面持ちで見ていたのはクローゼだけではなかった。クロパトキン船長、〝丸太〟、他の水夫たち、クレメンス卿、そして、作業に勤しんでいた海賊たちですら、令嬢がみせるただならぬ様子に、何がおきたのかと注意ぶかく目を向けていた。

いつしか、船内は水を打ったように静まり返っていた。

「姫様！」

ついに、クローゼの手が、我を失っているアンノワールの肩を制止するようにつかんだ。

「しっかりなさってください姫様！　どうしたというのです！」

「ほっといて！　あの方の手掛かりが手に入るかもしれないのよ！　ほっといて！」

「いけません！　そのようなこと、姫様のような方がやってよいことではありません！」

クローゼの目が、きびしくアンノワールを睨み据える。

「しっかりなさって下さい！　だいいち、これではこの海賊に、いいように巻きあげられてしまうだけです！」

「いいの！　こんな物、あの方にくらべれば無くして惜しい物じゃないわ！」

イヤリングをとると、アンノワールは必死に止めようとするクローゼを押し退け、海賊に差し出した。目が、潤みながら海賊に訴える。

「どうか、これで……」

しかし、ラカムの返事は変わらなかった。

アンノワールはイヤリングをも拒まれると、呆然とクローゼが見守る中で、こんどは胸についていたブローチを取りはじめた。胡桃ほどもあるルビーに、見事な銀細工がほどこされている。

憐れであろう。王族がゆえの悲劇である。

彼女は、黒い海賊に対し、金では手に入れられぬ、愛という感情を抱いておきながら、それを得るためには、金に頼らずにはいられないのだ。それしか、問題を解決する方法を知らないのだ。

「いいかね」

悲壮なアンノワールの様子に、ラカム自身も何か後ろめたさを感じたのだろう。諭すように言った。

「いくら金をつまれても、言えんものは言えんのだ。俺だって、あんたが気に入らなくて言わないいんじゃないいんだよ」

ラカムの言葉に、ブローチを差し出そうとしていたアンノワールの手が、凍りつくように止まった。その、宝石のような彼女の瞳が、唖然としたように、見開かれたままになる。

「姫様?……」

突然硬直してしまったアンノワールに、ラカムとクローゼが心配そうなおももちで、彼女の顔を窺った。見れば、ブローチを差し出していた彼女の手がしだいに小刻みに震えはじめ、両目に浮かんでいたキラキラとした潤みが、見る見るうちに波打ちはじめる。

ポトン。

と、ブローチが甲板の上に落ちたとき。

突然、アンノワールの体が、ラカム船長の体にすがりついた。びっくりして思わずのけぞってしまう船長の体に、アンノワールは必死の表情で顔をうずめた。

「お願いです! 教えてください! 私、あの方に会わなくちゃいけないんです! あの方のことを、あの方のことを……」

ならず者の上着に顔をうずめながら訴える彼女の声は、鼻詰まる涙で濡れていた。

「お願いです! お願いします! お願い! ……」

「ひ、姫様!」

あまりのことに一瞬唖然としていたクローゼが、汚い海賊の体にすがりつくアンノワールをあわててひきはがした。

「姫様!」

と、クローゼは叱り付けようとしたが、彼女の両手の中のアンノワールの顔は、あまりの悲壮にゆがんでいる。

やがて姫君は、涙眼を両手で覆いかくし、

その場に崩れるように膝をついてしまった。

「お、おのれ！」

泣き崩れる主君を目の当たりにして、唖然としているクローゼは猛り狂ったように、海賊に振り向いた。彼女の、一つだけ残された瞳が、修羅のごとく怒りに燃え上がっている。

「貴様！　よくも姫様を！」

言うが早いか、白刃がさらりと抜かれた。

「おい、ちょっと待て！」

狂戦士と化したクローゼを、ラカムがあわててなだめた。

「落ち着け！　俺は何も……」

「やかましい！」

クローゼの剣が、電光石火のすばやさでラカムの首を襲った。あわやというところで、ラカムが亀の子のように首を引っ込める。喉笛のかわりに、船長お気に入りの帽子がぼろ切れのように引き裂かれた。

「ま、待て！　落ち着け！　話せばわかる、話せば……」

じりじりと詰め寄るクローゼをなだめていたラカムは、そのとき、周囲の人々が自分のことを遠巻きに取り囲んでいるのに気付いた。それらの顔に浮かんでいるのは、あきらかにラカムを軽蔑するような冷たい視線である。その蔑視をあびせている者の中には、なんとラカム船長の手下どもも含まれていた。

馬鹿な！　俺が何をしたってんだ！

憐れな海賊は、自分が陥ってしまった孤独な立場に愕然とした。俺のどこが悪い？　俺は俺の義務を果たしているだけじゃねえか！

だが、そんな彼の事情など、この場にいあわせている誰もが理解しようとはしない。

ふたたび、隼のごときクローゼの暫撃がラカムに襲いかかる。

二度、三度、と、すんでの所でラカムはその剣先を避けた。が、不運なことに、四度目で足をからませてしまった。後ろのめりに尻餅をついてしまう。

起き上がろうとする彼の目前に、怒りに燃える狂戦士がせまった。

あーあ。これで俺もしまいか。こんなことなら、ヴェイン船長の言う事を聞いて、操舵手に徹してりゃよかった……。

そう悔恨するラカムの頭を、クローゼの剣が叩き割ろうとしたそのとき。

その頃には、もうとても海賊の襲撃をうけているとは思えなくなっていた〝旭丸〟の甲板を、猛烈な砲声が席巻した。


「まずは、あのスループ船からだ！」

〝銀星号〟の上で、デブリン艦長が砲手長に号令を下した。

「敵の機動力をそぐ。スループ船からしとめろ！」

「アイサー！」

砲手長は敬礼を返すと、砲台の射手たちに命令をとばした。〝旭丸〟と海賊船が、〝銀星号〟の右舷三十メートルのところに迫っている。

「うまく接近できた。これで我らの勝利も確実だな」

満足げなウオン少佐に、艦長がうなずきかえした。

「はい。もし、スループ船に逃げられたらやっかいでした。あの手の船は喫水が浅くて高速ですからな。わが艦でも、追撃はむずかしい」

海賊船を発見した〝銀星号〟は、急速に〝旭丸〟に接近して行った。さすがに、早さをほこる海賊船を出し抜くことはできなかったが、発見されることもなく、今の位置まで近付くことに成功していた。

「……あの船の見張りは何をしているんでしょうか?」

海賊船をしめしながら、艦長がいぶかしげに、また少し滑稽そうにつぶやいた。

「寝てるんでしょうか?」

「たぶん、略奪するのにいそがしいのさ」

そう答えるウオン少佐もデブリン艦長も、〝旭丸〟の上で行われている寸劇のことは知らない。

「まあ、姫君が無事ならいいがな」

そう、ウオン少佐がつぶやいたとき。

砲列を指揮する砲手長の右手が垂直に振り下ろされた。とたん、〝銀星号〟の右舷から、雷鳴のような砲声が轟きわたる。

「命中!」

観測員が大声で報告したが、もちろん聞くまでもない。ウオンたちの目の前で、〝銀星号〟の一斉射をあびた海賊船が、弾けるように粉々になった。

「引き続き第二射準備!」

砲手長の号令が、砲列に響きわたる。


「な、何だ! 何ごとだ!」

突然の砲声に、それまで静まり返っていた〝旭丸〟の船上は騒然となった。〝旭丸〟とスループ船の水夫たちが、入り乱れて右往左往する。

「ああ! 俺たちの船が!」

海賊の一人であろう水夫が叫び声をあげた。見れば、彼等のスループ船が、折れたマストも無残に砕かれている。

水夫たちが嘆き悲しむ間もなく、引き続き

二度目の砲撃が加えられた。

「あぶない！」

ラカム船長を追い詰めていたクローゼが、取って返すように放心状態のアンノワールに飛び付いた。アンノワールを引き倒し、その上に覆い被さるクローゼの背に、海の藻屑となったスループ船の破片が、木屑となってパラパラとふりそそぐ。

「あれだ！　あの船だ！」

クロパトキン船長が、すぐそばを快走する一隻のフリゲート艦を発見した。

まだ砲門から煙りを引いているフリゲート艦は、いったん〝旭丸〟のそばを通り過ぎると、獲物を見つけた鮫のように、軽快に回頭する。

「何者だあれは！」

クロパトキン船長が、マストの陰で難を逃れていたラカム船長に駆け寄った。

「あんたの仲間か！」

「知らん！　こんな乱暴な奴は知らん！」

砲撃に身を竦ませながら、ラカムが叫び返す。

「こんな、弾代も考えんような射撃をする奴、海賊なんかじゃねえ！」

言っているあいだにも、〝旭丸〟の周囲に、次々と砲弾が落ちはじめる。

「姫様、お怪我は！」

剣を手にしたままのクローゼが、その場に身を起こすアンノワールを気遣った。

「大丈夫ですか！　どこかお怪我は！」

「大丈夫です」

ようやく我にかえったアンノワールが、騒然とする周囲を見回した。

「いったい何ごと？」

「わかりません。攻撃をうけているようです！」

クローゼが、剣を持つ手をアンノワールの背中にまわし、その身をかばった。

「また、海賊かもしれません」

「海賊？」

クローゼの言葉に、つい今まで悲痛にくれていたアンノワールの顔が明るさに輝いた。

「本当！」

「ひ、姫様……」

一喜一憂のアンノワールに、クローゼがあきれる。

が、そんな二人をほっといて、周囲はそれどころではなかった。幾人もの水夫たちが砲撃もかまわず走り回っていた。かといって、何をするというわけでもない。ただ、戦々恐々として走り回っているだけである。つまり、恐慌に陥っているのだ。

そうしている間にも、砲弾は次々と水柱をあげた。

「あ！　お待ちなさい！」

アンノワールをかばっていたクローゼが、そばを走り抜けようとしたラカム船長のブーツを掴んだ。急に足をすくわれ、ラカムの顔が甲板に激突する。

「お嬢さんたち！」

ラカムとともにいたクロパトキン船長が、二人の令嬢に駆け寄って来た。

「何をしている！　早く隠れなさい！　危ないぞ！」

「いったい何ごとです！　また海賊ですか！」

「違う！　こりゃ海賊なんかじゃねえ！」

ラカムが顔面鼻血だらけにしながら彼女らの元に這って来た。

「海賊はこんなまねはしねえ！　こいつぁいくらなんでも乱暴すぎる！」

「海賊じゃない？　じゃあ、何なの？」

ごく自然に質問するアンノワールの言葉に、ラカムは先程のこともありちょっと気まずそうな顔色になった。が、彼のそんな感情を、舷側に命中した砲弾が船体とともにふきとばした。

「私掠船《しりゃくせん》だ！」

腕で我が身をかばいながら、ラカムが叫ぶ。

「軍艦だよ！　海賊の名を騙る軍艦だ！」

――大航海時代の始めごろから、ヨーロッパには私掠船と呼ばれる海上ゲリラ部隊が見られはじめた。商船などの船長が、国家から委任状をもらって、敵国の船に対して公然と略奪をおこなう、いわば免許制の海賊行為である。この制度は一時期なかなかの人気を博し、なかには商船だけでなく本物の海賊までもが王の委任状を得て、この私掠船になる例も多く見られた。世界一周で有名なイギリスのドレーク船長もその中の一人である。この、海の遊撃隊の有効性を重んじた各国は、やがてぞくぞくと私掠船部隊を編成しはじめた。交戦するだけでなく、略奪も許されるこの戦法は国としても有益になることが多かったのである。また、私掠船というのは通常無差別であったから、騎士道の生きるこの時代においても、艦長たちは遠慮なく商船を襲えた。つまり、敵国の通商航路を遮断できたのである。この私掠船というのは、我々の馴染み深い言葉を使えば、ちょうど連合軍の補給路を遮断し、時の英国首相の心肝を寒からしめた、第三帝国のUボートのようなものでもあったろうか。アンノワール達の時代では、れっきとした軍艦が、その任についている例も多いらしい。

「軍艦？」

ラカムの言葉に、アンノワールの顔色が変

わった。

「どこの軍艦なのです?」

「そんなこたわからねえ。奴等、勝ちが確実にならねえと国旗をあげねえんだ!」

「……なるほどな」

クロパトキン船長が合点のいったようにうなずいた。

「国旗さえあげなければ、たとえ返り討ちにあっても国は申し開きできる」

「ひどい話だわ」

「ひどい話だ」

クロ一ゼの悪態に、いつの間にか姿をあらわしていたクレメンス卿が相槌をうった。

「……しかし、ローマの時代からの海の鉄則だよ。海軍力を保持する国は、しばしばこういう手を使う」

そういうと、彼は周囲を見回した。海上では、正体不明のフリゲート艦がふたたび大きく回頭し、今度はまっしぐらに〝旭丸〟に向かって突撃を開始するのが見えた。

「乗り込んでくる気だ!」

クロパトキン船長が、真っ青な顔で叫んだ。同じ海の略奪者でも、ジャック・ラカム船長があらわれた時とはえらい違いだ。今の船長の様子には、あのときのような余裕が感じられない。

「奴等に乗り込まれちゃ最後だ!」

ラカム船長も、クロパトキン同様の顔色でつぶやいた。

「皆殺しにされちまう!」

「皆殺し?」

「ああ。奴等にとっちゃ捕虜なんて邪魔になるだけだ。狙いは、積み荷を奪うことと、獲物を撃沈することだけなんだ。こいつはまずいぜ!」

ラカム船長が、進退きわまった! と目を

つぶった。どうやら、俺はこの片目女に殺されなくとも、ここで死ぬ運命にあったらしいな……。

そのとき、ふと、迫り来るフリゲート艦を見るアンノワールの脳裏に、あの幼いころの記憶が呼び起こされた。彼女の船に次々と乗り込んでくる恐ろしい男たちと、彼らによって無残に殺されていった大勢の臣下たち……。

「とんずらするしかねえ！」

クロパトキンは立ち上がると、いまだ恐怖に右往左往している水夫たちに向かって激をとばした。

「お前ら！　大急ぎで帆を張るんだ！　何でもいい、全帆にしろ！」

クロパトキン船長に感化されたのか、ラカム船長も、

「野郎ども、全帆だ！　皆で全帆にするんだ！」

二人の船長の命令に、反応した者も多少はいたようである。

が、大部分の者は、船長たちの声を聞き取る耳すら持っていなかった。あいもかわらず右往左往している。

「……まったく、これだから下賤の者どもは……」

クレメンス卿が軽蔑するようにはいた。

「ちょっとしたことで、すぐにパニックに陥る始末だ」

「ちょっとしたことではないでしょう！」

クローゼが反論した。

「皆、殺されるのですよ！」

「フム。このままではな」

クレメンス卿は、いわくありげに薄笑いをうかべた。

「ところで、マドモアゼルのお友達はどこに

いらっしゃったのですか？」

「え？」

　クローゼがびっくりしてかたわらをかえり見ると、つい今までいたはずのアンノワールの姿がない。

「ひ、姫様！」

と、あわてて周囲を探すクローゼに、クレメンス卿が笑みを浮かべて船橋をしめした。

「あ！」

　クローゼが驚いたのも無理はない。いつの間に登ったのか、そこには、剣を抜き、さっそうと立っているアンノワールの姿があったのである。彼女の全身から、人の上に立つ者特有の光が発散していた。

「あなたたち！」

　船橋の上から、自分たちの運命に嘆き悲しむ水夫たちめがけて、猛々しい乙女の叫び声があびせられた。

「見苦しい醜態はおやめなさい！　あなたたちも立派な男でしょう！」

　アンノワールの言葉に、うろたえまくっていた水夫たちの動きがピタリと止まった。

「自分が男だと思う者は、船長の言葉に従いなさい！　ただ恐れているだけでは、迫り来る死神から逃れることはできませんよ！」

　アンノワールの声が、水夫たちの頭上を駆け巡る。

　やがて。

　アンノワールの言葉に打ち据えられたように、水夫たちの顔にハッとした閃きのようなものが走った。それまで狂乱していただけだった彼らの動きに、突然秩序が復活する。己の仕事を忘れていた者たちが、めいめい自分の成すべきことをすべく、持ち場へと駆けていった。たちまちマストに水夫たちがたかり、たたまれている帆を開くべくよじのぼりはじめる。その中には、あきれたことにラカムの手下たちも大勢ふくまれていた。

「て、てえしたもんだ！」

ようやくも部下たちを掌握することに成功した船長たちが、息をきらして船橋にのぼってきた。

「まったくだ。いい船長になれる！」

が、口々に言う船長たちを無視し、アンノワールは眼下のクローゼにむかって叫んだ。

「クローゼ！　マスケッティヤーズ！」

突然の命令に、クローゼは一瞬けげんそうな顔をした。が、すぐにアンノワールの心中を察したらしい。笑顔で了解すると、彼女は手のあいている水夫たちをできるだけ多くあつめはじめた。彼女に命じられ、水夫たちがマスケット銃を取りに船内へと走る。

「マドモアゼル！」

まるで司令官のように船橋に立つアンノワールへ、クレメンス卿が大声で呼びかけてきた。

「砲列は私にお任せくださりますな？」

彼も、彼女の意中を理解したらしい。

貴族の申し入れに、王女はニッコリと笑みをうかべた。

「ええ、お願いしますわ！」

アンノワールの言葉に貴族は一礼を返すと、クローゼと同じように、さっそく部下たちを招集しはじめた。

「こいつはすげえ」

ラカム船長が船上を見ながら感嘆の息をもらした。

「いい船長どころじゃねえ……いい海賊になれるぜ！」

慌ただしく急ごしらえとはいえ、いまや〝旭丸〟の甲板は、軍艦のそれと等しくなっていた。心細い砲列には、にわか砲手たちがとりつき、その背後にはクローゼ率いる銃士隊《マスケッティヤーズ》が整列している。

「く、くるぞ！」

クロパトキン船長が海を指差した。すでに全帆となり、速度を増し始めたとはいえ〝旭丸〟が逃れられようはずもない。

フリゲート艦は、すでに目前へと迫っていた。

「早く！」

勇壮なフリゲート艦の姿に、ラカム船長が息を飲んでアンノワールを促した。

「早く！　早くしねえとやられちまう！」

海賊の言葉に、アンノワールは号令を発するべく、剣を直上にふりあげた。

が、何を思ったか、そのまま凍り付いたように動こうとしない。

「何をしている！　早く撃つんだ！」

いつまでも号令をかけようとしないアンノワールに、ラカムはいらだって叫んだ。

「早く！」

「……教えてくださる？」

突撃してくる軍艦を前にして、ラカムに向けて問いかけるアンノワールの声は静かなものだった。

「教えてくださいます？　あなたのお仲間の居所？」

「な、何を言ってるんだ！　今はそれどころじゃねえだろ！」

軍艦への恐怖に目を剥いていたラカムがアンノワールをどなりつけた。

「早く撃つんだ！」

「教えてくださらないの？」

そう問い返すアンノワールの声は、冷静かつ冷酷である。ついさっき、ラカムに対して見せたあの悲壮感ただよう可憐さはどこにもない。

「こっ、この！……」

このごに及んでこんな要求をするアンノワールに、ラカムは言葉を失った。が、剣を振り上げたまま彼のことを見ているアンノワールの顔は真剣そのものである。

「分かった！」

ついにラカムは折れた。

「分かった！　教えるから、早く撃ってくれ！」

ラカムの言葉に、アンノワールの顔が、日に照らされたように喜びにかがやいた。

「ありがとう！　ラカム船長」

彼女の右手が、その無邪気な心の欲するままに、いきおいよく振り下ろされた。


「……全帆にしたな。しかしもう遅い！」

〝銀星号〟では、獲物を追い詰めたウオン少佐が、冷酷な笑みをうかべていた。

「接舷しろ！　切り込むぞ！」

彼の命令に、待機していた小銃小隊が接舷と同時に放つべく、マスケット銃を一斉に身構えた。かたわらでは、ほぼ同数の切り込み隊が、スラリと白刃を引き抜く。

獲物を制圧すべく、猛然と突進していた〝銀星号〟の艦首が、ついに〝旭丸〟の舷側に突き上げるように接舷しようとした。そのとき。

突然、〝旭丸〟の舷側から猛烈な砲声が轟き、一瞬後、〝銀星号〟の船首マストが弾けるように断ち折れた。

「何だ！　何ごとだ！」

思いもしなかった砲撃に、ウオンのすぐそばで勝利を確信していた艦長が声をあげた。

「なんなんだ！　確認しろ！」

「反撃です！」

〝旭丸〟の砲撃を直接うけた船首から、報告の声が返って来る。

「敵船の発砲です！」

「なんだと！」

艦長の変わりにそう叫ぶウオン少佐の顔のそばを、〝旭丸〟から放たれたものらしい小銃弾が、うなりをあげてかすめていった。

「こ、この！……」

予想だにしなかった突然の〝旭丸〟の反撃に、ウオン少佐の顔が驚愕と怒りに赤らんだ。

「撃破しろ！　容赦するな！」

少佐がそう激を飛ばしたと同時に、艦首方向から雷鳴のような銃声が一斉に響き渡った。間をおかず、さかんに銃声が繰り返される。

両船のあいだで、小銃戦が開始されたのだ。

「くそ！」

「一時はなれます！」

艦長が進言した。その言葉に、ウオンがたちまち顔をいからせた。

「いかん！　強行突破だ！　たとえ反撃してきたとはいえ、まだこちらのほうが圧倒的に有利だ！　このまま押し切る！」

「しかし敵艦も速度がでてきています！　接舷を維持できません！」

憤激するウオンに艦長が食い下がった。

「このまま乗り込んでも、いずれ切り込み隊が孤立します！　反撃してきた以上、連中も白兵を予想しているはずです。少数の切り込み隊だけでは、敵艦の制圧は困難です！」

「ではどうするのだ！」

「いったんはなれます。そして、あの船と平行しつつ、砲撃戦にてあの船のマストを破壊しましょう。機動力をそいでから、あらためて全力で切り込みを！」

「くそ！」

ウオンが毒づく。

「それでは姫君の身にも危険が……」

「やむをえません。今のところは、確実にあの船を拿捕することだけを考えましょう！」

艦長はそういうと、ウオンの返事も待たず部下に命令を発した。〝銀星号〟の舵が、艦長の意思どおりに傾きはじめる。

「くそ！」

千載一遇の好機をのがしたと、ウオン少佐がくやしげに艦橋の手摺をたたいた。ほどなく、〝銀星号〟の艦首が、ゆっくりと〝旭丸〟からはなれていく。


「やったぞ！」

私掠船が、〝旭丸〟からゆっくりと離れて行くのと同時に、水夫たちの口から喚声があがった。

「やっつけたぞ！　ばんざーい！」

持てる限りのマスケット銃を手にした水夫たちが、生き延びた喜びに勝鬨をあげる。天にかかげる小銃からは、いまだ硝煙が尾をひいていた。

「馬鹿者！　これくらいのことで気を抜くな！」

小銃小隊長であるクローゼが、喜びに列を乱した水夫たちを一喝した。

「たかが三連射くらいで奴らが参るものか！　いい気になってないで、さっさと次弾を装填しろ！」

剣を振り回しながらいきまく隻眼の女剣士の言葉に、水夫たちはあわてて弾を込めはじめた。

「私は前部マストを狙えと言ったのだぞ！」

砲列は砲列で、クレメンス卿が哀れな水夫たちを怒鳴りつけていた。

「火砲四門があの距離で発砲して、命中弾がただの一発とは何ごとだ！　しかも、船首マストしか壊せなかったではないか！　あれくらいじゃやつらは参らん！　さあ、ボサッとしてないで、早く再装填しろ！」

クローゼもクレメンスも、銃火の喧騒に感化されてしまったのかすっかり戦闘指揮官になりきっている。もちろん、今はそのほうがいい。

「……とりあえずは、接舷を阻止できたな」

一時的にも退散していくフリゲート艦をみながら、クロパトキン船長が安堵の息をついた。

「うまくいった」

「しかし、次はこうはいかねえ」

そうつぶやくラカムも、やはりフリゲート艦を睨んでいる。

「じき、またやってくる。今のは、こちらがてっきり降伏すると思い込んでいた、奴等のふいを突けたからうまくいったんだ。次はこうはいかねえよ」

「じゃどうします？」

つい今まで、〝旭丸〟の総司令官として戦闘を指揮していたアンノワールが、屈託もなく問い掛けた。

「私、海上戦闘にはずぶの素人ですの」

「ずぶの素人ねえ……」

無邪気に言うアンノワールに、ラカムが呆れ顔をうかべた。

「まあいい。それより、奴等、次は砲戦をしかけてくるに違いねえ」

と、いったん間をおき唾を飲む。

「……俺たちの一撃で、奴等いったんは退いた。だが、それは俺たちがとうてい死ぬ気もねえことが分かったからだ。こういうのを、何て言うんだ？　ほら、軍隊じゃあ……」

言葉を探すラカムに、アンノワールが、

「戦術的撤退？」

「そう、それよ。奴等はそれをしたわけだ。で、今度こそ俺たちに観念させるために、奴等はきっと砲戦にうつるはずだ」

「その通りだろうな」

ラカムの言葉に、クロパトキン船長も同意する。

「たぶん、平行戦をしかけてくるだろう。横に並んで大砲を撃ち合うんだ。そのとき、もしこちらのマストがやられでもしたら……」

「……万事休す、ね」

「その通りだ。帆走できなくなるから、あとは奴等が雪崩れ込んで来るのを待つだけとなる。が、どうあっても砲戦に応じんわけにはいかんだろう。ただでさえ速力が違うんだからな」

船長がそう言っているあいだにも、フリゲート艦がふたたび〝旭丸〟に攻撃をかけるため回頭するのが見えた。舳先を〝旭丸〟と同一方向に向け、平走しながら徐々に接近してくる。両船長の言った通りだ。

「闘い続けるほかはない、というわけですね」

アンノワールが、接近するフリゲート艦をさして怖いものでもなさそうに言った。

「ならば、闘い続けましょう！　逆にあの卑怯な船を沈めてしまえばいいんだわ！」

彼女は、戦闘員たちに再度号令を発すべく、手にした剣をふたたびふりかざした。その、眉目秀麗な顔のどこにも、憂いの色は浮かんでいない。それどころか、きらめくような希望が発散されている。

恐怖を感じさせない女司令官に、船長たち

はしばし唖然としていたが、やがて、

「そうとなれば！」

と、クロパトキン船長が一念発揮するように、階下に降りるべく階段に足をかけた。それを見てラカム船長が思わず呼び止める。

「ど、どこへいくつもりだ？」

「きまってる。操舵室さ。こちとら命がかかってんだ、飲んだくれの水夫なんぞに舵をまかせてられねえよ！」

そう言って降りて行こうとするクロパトキンの肩を、ラカムのごつごつとした手が引き止めた。

「待ちな！」

と、海賊が船長を引き戻す。

「船長は常に船橋にいるもんだぜ！　舵取りは俺にまかせな！」

ラカム船長はそういうと、船長のかわりに操舵室へと足を向けた。

が、階段の途中でいったん足を止め、

「安心しな！　俺はこれでもインディペンデンス号で操舵手をやってたんだ。そこらの航海士なんかよりゃ腕は確かだぜ！」

と、不満そうな顔をしていたクロパトキンにウインクした。

「……総員戦闘配置！」

船橋の上から、ふたたびアンノワールの可憐な、そして闘志満々の声が響き渡った。

「総力戦ですよ！　皆さんがんばってね！」

アンノワールの激励に、水夫たちのなかから奮い立つような声があがった。たちまち銃列がしかれ、砲口が砲門から突き出される。

そのとき、百メートルほどの所まで接近していたフリゲート艦から、ふたたび砲声が轟いた。うなりをあげて、砲弾が〝旭丸〟にふりそそぐ。

「戦闘開始！」

轟く爆音に負けまいと、猛々しくも健気なアンノワールの一声が発せられた。

二隻の船は、大西洋を西へ帆走していた。もう、間近にカリブ海がせまっている。いや、すでにカリブに入っているかもしれない。が、二隻の船に乗りこんでいる人々は、そんなことに気付いていなかったし、また気にもしていなかった。それどころではなかったのだ。

〝旭丸〟は健闘していた。両船が平行戦に移ってからすでに二時間が経過しており、太陽は水平線近くまで落ちていたのだが、この鈍速のあわれな老朽船は今にいたるまで、強力なフリゲート艦相手にもちこたえていたのである。

クレメンスの指揮のもと、わずかな舷側砲が砲声を轟かせる。

クローゼの号令と同時に、銃列が一斉に火を噴く。

その射撃は、きわめて整然としており、命中率はともかく、寄せ集めにすぎない水夫たちがまるで一つの生き物のように動いていた。しかも、激戦ゆえであろうか、彼等の次の行動への移行も今では実にスムーズにおこなわれている。

「くそ！　何でこんなに当たらないんだ！」

砲に弾を込めているあいだ、クレメンス卿が砲手たちをはげしくののしった。

「敵の弾は当たっとるんだぞ！」

両船とも帆走しながらの射撃であったから、命中率はきわめて悪い。が、敵はやはり軍艦である。すでに〝旭丸〟は、フリゲート艦が放った砲弾を何発か食らっていた。

「うわー！」

敵弾が命中するたび、簡易戦闘員たちは砕け散る船材に恐れおののいた。当然であろう。海戦多かりしこの時代とはいえ、彼等は水夫であって水兵ではない。海賊たちにしても同様である。砲弾を食らって生きていられる人間などいようはずもなく、またそれを望む者などもっと少ないにきまっている。砲弾が〝旭丸〟にぶちあたるたびに、彼等は身をすくめ、ある者は海へ逃れようとさえする。

しかし、そんな彼等を二人の指揮官たちはよくまとめた。あるいは恫喝し、あるいはぶんなぐり、あるいは剣先でお話しにならない程の切り傷をつけて。

だが、何よりも水夫たちの恐怖心を駆逐できたのは、弾が炸裂するたびに船橋から発せられるあの声であった。

「皆様方大丈夫？　お怪我はありませんか？」

アンノワールの心配げな声を聞くたびに、水夫たちはパニックに陥ろうとする自分たちのことを恥じ入り、様相可憐な総司令官に全員無事の喚声（実は、何人かは洒落にならない負傷をしていたのだが、物語には関係ないのでここでは記さない）をかえすと、前回よりもさらに苛烈な反撃を行うのである。

「くそ！　いったいどうなっているんだ！」

〝銀星号〟上で、ウオン少佐がはがゆそうに拳をにぎった。

「命中せんではないか！」

「一本柱を狙っているのです。そう簡単にはいきません……それにしても」

デブリン艦長が、望遠鏡を覗きながら驚嘆の声をもらした。

「なかなかに粘りますな！　あんな船でたいしたものだ！」

圧倒的な火力にさらされているはずなのにいまだ帆走し、逆に反撃の砲火をあげている

〝旭丸〟の姿は、〝銀星号〟の甲板から見ても勇壮であった。デブリン艦長が〝旭丸〟の船齢を知ったらなお驚くにちがいない。

「何を呑気なことを言っとるんだ！　早くけりをつけんと日が暮れてしまう！」

ウオンが艦長をどなりつける。

「それに、兵士たちを見ろ！　どういうわけだ、この陰湿さは！」

確かに、〝銀星号〟の兵士たちの間に重い空気がたちこめていた。それもそうだろう。ひともみに出来ると思っていた弱々しい老船に、ここまで手こずらされるとは誰も思わなかったのだ。

兵士たちの顔に、自信を喪失した者特有の憂いがうかんでいた。

「まずいですな、このままでは」

艦長もウオンと同様のことを先程から感じていたらしい。指揮の低下は戦果に直接つながる。

「指揮を高揚しませんと……」

と、そのとき。

「……我らの貴き緑の祖国……」

マストの上から、突然草笛のような歌声が聞こえてきた。皆が驚いて声をふりあおぐ。

「……ああ、うるわしき花園よ……」

マストの上に、一人の銃兵が腰をおろしていた。銃をかかえ、敵船にむけて放つための弾丸を装填している。先に白兵戦を想定した艦長が配置した狙撃兵であった。まだ、顔に幼さの残るその銃兵の口から、その歌は流れ出していた。

「……我らの喜び満ち溢れる……」

彼の歌声に、艦上の人々の動きが水を打ったようにとまった。ウオンまでもが、上をあおいで聞き入っている。

「……万人誇るるわが祖国――……」

その歌声に聞き入る皆の脳裏に、なつかしい思い出が思い起こされた。そうだ……あの、美しい村々や田園。牧場をいく家畜に、遥かなる教会の鐘の音……。

「……おお、愛しき我らがアイルランド……」

兵士たちの目に、故郷を思う万感の光が宿り始めた。

――現アイルランド共和国の独立までには、言語につくせぬ困難な道程があった。一部の地域は、いまだイギリス領である。かの国との確執はいまだ消えず、これからも解決される見通しはない。が、とにかく、一応は独立国家であり、国民が歌うべき国歌もある。

この狙撃兵が歌っているのは、その、現在のアイルランド共和国の国歌ではない。それができるもっと以前、何者かもわからない作者の作った愛国の歌である。

が、この時代においては、それはまぎれもなく彼等の国歌であり、彼等はその歌に対して現代人のそれに対するもの以上の感情をいだいていた。

「……永遠に……」

マストを見上げるウオンの目から、光るものが溢れ出ようとしたとき。

「う！」

歌い終えた兵士が、突然前のめりにうめいた。衆人が驚愕するなか、兵士はバランスをくずし甲板へと落下する。

「……」

〝銀星号〟の人々が、突然の事態に沈黙した。艦内が、渓谷の夜のように静まり返る。

〝旭丸〟の弾丸が、はじめて命中弾を得たのだ。

長い、重苦しい沈黙が流れる。

と。

「……我らの！」

突然、皆の口からしめしあわせたかのように、一斉にメロディが流れ始めた。兵士の歌っていたものとおなじメロディである。

「我らの貴き祖国！」

愛国者たちの口から歌い出されるメロディは、瞬時に大合唱となった。それまでの暗い空気などどこへ行ってしまったか、とばかりに艦内が一気にわきかえる。

大合唱に合わせるように、〝銀星号〟の火砲が猛然と火をふいた。それに引き続く銃兵たちの一斉射撃。どちらも、いままでよりも一層苛烈さを増していた。

「……うまく運びました」

艦長が鼻をすすりながらつぶやいた。

「この歌にまさる士気高揚材はありません」

「……そうだな」

ウオンが、顔を少しそらすようにしてうなずいた。目頭を拭う姿を見られたくなかったのだ。

「……彼は？」

「肩を撃ち抜かれているようです」

甲板では、手のあいている水兵が、臨時の衛生兵となって負傷者を抱き起こしていた。

「……ふふ。笑っております。死にはしますまい」

「そうか。よかった」

ウオンが安堵の息をもらす。

と、そのとき。

砲手たちの間から、勝鬨にも似た喚声があがった。万歳を叫ぶ者もいる。

「何だ？　何ごとだ？」

ウオンが、兵の一人のしめす方向に目を向けた。

「……やったな！」

自鑑の戦果を目にしたとたん、ウオンの口から、己の勝利を確信する呟きがもれた。今度こそ間違いないであろう。少佐の顔に残酷な笑みが浮かびあがった。

「くそ！　やられちまった！」

クロパトキン船長が、手摺に顔を伏せ飛んで来る破片をよけながら毒づいた。

「これで運も尽きたな」

目前では、〝旭丸〟のメインマストが軋み音をたてながら傾いていった。〝銀星号〟の放った一弾が、ついにマストの付け根付近を貫いたのである。

「あぶない！」

倒れてくるマストに、クローゼが叫びながら部下たちを突き飛ばした。同時に、つい今まで小銃隊のいた場所にメインマストが巨木そのままに倒れて来る。すでに無用のものとなったその木材は破片を撒き散らせながら甲板の上で一度だけもんどりうつと、そのまま海面へと落下していった。

ついに受けてしまった絶望的な損害に、皆の顔が愕然となった。

「ロープを切れ！　ひきずってるぞ！」

クロパトキン船長が大声で叫んだ。その声に、我を取り戻した水夫たちが一斉にロープに取り付く。倒れたメインマストを支えていた静索が、切れぬまま海没したマストをひきずっているのだ。ただでさえ遅くなった速度が、マストのおかげでなおいっそう遅くなる。

「どうした！」

「やられちまった！　メインマストを折られた！」

足下から問い掛けるラカム船長に、クロパトキン船長がどなりかえす。

甲板では水夫たちが必死になって斧や短剣

をふるっていた。が、船上で使用されるロープは、その目的に応じて太く堅いものばかりだ。早急にすべてを切り払うことは、なかなかにむずかしいことだった。

「だめだ！　こっちに向かってくる！」

水夫の一人が海を指差して叫んだ。見れば、〝銀星号〟が鎌首をもたげる恐竜のように、ゆっくりと接近しつつあった。遠目にも、兵士たちが切り込みの体制に入っているのがわかる。

「いよいよね。これからが正念場だわ」

甲板に降りて来たアンノワールが〝銀星号〟を睨みつけた。

「いいところまでがんばったけど……やはり、雌雄は剣で決するしかないようね」

「姫様お下がりを。ここは我らに」

クローゼがアンノワールに駆け寄ってくる。

「危険です。姫様はお下がりになっていてください」

そういうクローゼの目は真剣である。何しろ、今度の相手はただの海賊ではないらしい。その精強さはいままでの闘いですでにわかっている。彼等は、ラカムの手下たちのようにはいかないだろう。

が。

「何をいうのです！　隠れるなんてとんでもない！」

アンノワールが、実に心外だとばかりに怒った。

「あんな奴ら、この私自らの手でやっつけてみせます！」

「しかし姫様」

クローゼが食い下がる。

「奴らは屈強なプロの兵士のようです。先のようには参りません！　お願いですから、どうかお隠れに……」

「いやです！」

アンノワールはがんとして首を縦にふらない。

「あなた一人を危険な目にあわせて、一人安全を決め込むほど私は不人情ではありません！」

「……わがままはよくありませんな、マドモアゼル」

ふいに砲兵隊長が口をはさんできた。彼も水夫たちとともにロープにとりかかっていたらしい。手に斧を持っていた。

「さっきの話を聞いたでしょう。私掠船というのは、女だからといって手加減したりはしませんよ」

「望む所ですわクレメンス卿」

アンノワールは鼻高に返した。

「海賊たちでは、少々物足りなかったのです。あれほどの敵なら、私の相手として不足はありません！」

「いけませんマドモアゼル！　身のほどを知りなさい！」

クレメンスの目が、いままでとはうってかわって厳しいものになった。

「あなたは女性で、やつらは男です。いくらあなたが頑張ろうと、男にはかないません」

貴族の言葉にアンノワールの顔がキッとなった。が、クレメンスはかまわず続ける。

「あなたは確かにお強い。剣の腕もたいしたものだ。だがそれは、今までやさしい師匠に付き添われ、闘う相手に恵まれて来たおかげだ。本気で努力し、一人精進してきた男にはとてもかないませんよ。ナイフ投げですでにおわかりになっているはずだ。あなたの技は、しょせん小技の類いでしかない」

クレメンスの傲慢な言葉に、アンノワール

はカッとなったように詰め寄ろうとした。反論の言葉を吐こうとするが、クローゼがあわてて割って入る。

「ひ、姫様、ここはクレメンス卿の言う通りに」

「でも」

「事は急を要しているのですよ。さ、お早く……」

「何を言っている。あなたも隠れるのですよマドモアゼル」

クレメンス卿が、アンノワールを促しているクローゼに言った。

「戦仕事は我々男どもにまかせなさい。御婦人方は船長特製の船室にて控えていてください」

「そ、そうはいきませんわ！」

アンノワールと同様の扱いをうけようとしたクローゼがいきまいた。

「私には姫様を守らねばならぬ使命があります！　隠れる訳にはまいりません。それに、あの者たちを指揮できるのは、とりあえずは私だけですわ！」

「あら、私もできるわ！」

アンノワールが声をあげる。

「銃士隊など指揮するのは簡単ですわ」

「姫様！」

口騒がしくなりはじめた娘二人に、クレメンスがあきれ顔で鼻を鳴らした。

「は！　お二人とも、つくづくお転婆がお好きなようで……では、ご勝手になさい！　どの道、奴らが乗り込んでくるのも、そう先の話じゃない」

と、踵をかえすと、

「お前たち！　砲に戻れ！　射撃用意だ！」

ロープにたかる水夫たちに号令をかけた。

〝銀星号〟はすでに乗組員の表情がわかるく

らいの所にまで接近していた。今度はさきほどのように舳先からの突撃ではなく、横並びに舷側を接舷させるつもりらしい。

「銃士隊も集合！」

クローゼもクレメンスにならって声をあげる。

「ただちにさきほどの隊形にもどりなさい！」

クローゼの激に、メインマストもそのままに水夫たちがあわただしく銃を手にしはじめた。一瞬後には、砲列も小銃小隊も、完全に戦闘体制に復帰していた。

「……来るわ！」

アンノワールが指揮剣を身構えた。〝銀星号〟上では、ウオン少佐が勝利の笑みをうかべる。

と、そのとき。

「あれは何だ！」

突然、〝銀星号〟の警戒員が叫び声をあげた。アイルランド人たちが一斉に声のしめす方へ目を向ける。

「あれは……戦艦だ！」

その姿を目にしたとたん、勝利を確信していた〝銀星号〟上に驚愕が走った。あまりのことに、みな言葉を失う。

今、まさに〝銀星号〟が〝旭丸〟に接舷しようとしたそのとき、突然〝旭丸〟の後方から、一隻の大型帆船が姿をあらわしたのだ。

その容貌は、沈み行く太陽の光に照らされて、恐ろしい黄金色に輝いている。

百門近い砲列のはるか上、マストのてっぺんには、英国王の旗がさん然とはためいていた。

「〝王家の旦那号〟ではないか！」

戦艦の姿を見たデブリン艦長の顔が、驚愕のあまりに凍り付いた。

「追跡されていたのか！　どうして誰も気付かなかったんだ！」

毒づきながら、艦長はただちに舵手に向かって回頭を命じる。

「戦闘中止！　逃げるぞ！」

「いかん！　姫君を捕らえるのだ！」

撤退を命じる艦長に、ウオン少佐が詰め寄った。

「ここまで追い詰めたのだ。今取り逃がしたら……」

「やむをえません！　このまま接舷しても、あの船に攻撃されてしまいます！」

艦長が〝王家の旦那号〟を指し示した。

「あの艦は強力です！　〝銀星号〟では歯が立ちません！」

その時〝王家の旦那号〟が、舳先を〝銀星号〟に向けたまま発砲してきた。

「……英国艦か！」

栄光あるイギリスの国旗を目にし、ウオン少佐が怨嗟の言葉をはきだした。

「くそ！　なんでよりにもよって英国なんだ！」

〝旭丸〟のすぐまぎわにまで接近していた〝銀星号〟が、戦艦を避けるべく急速に頭の向きをかえた。両船の間がみるみるひろがっていく。


「たすかった！」

遠のいて行くフリゲート艦を前に、クロパトキン船長が安堵の息をもらしてその場にへたりこんだ。同時に、水夫たちの口から喚声があがる。

「どうしたい？」

ラカム船長が、何が起きたのかと操舵室から顔をだした。

「助かったんだよ！　見ろ！」

船長が、踵を返して離れて行く〝銀星号〟をしめした。

「いったいどうした訳だ？」

ラカム船長がいぶかるように首をかしげたとき。

かつて〝海駆ける殿様号〟と名付けられ、チャールズ二世によってより実戦的な〝王家の旦那号〟へと改造された、英国海軍が誇る巨大戦艦が〝銀星号〟を追撃すべく、しだいに減速していく〝旭丸〟を追い抜くように姿をあらわした。〝銀星号〟に向けられた砲門から、一斉に爆炎が噴き出される。

「冗談じゃねえ！」

英国戦艦を一目見てラカムが仰天する。

「戦艦じゃねえか！　くわばらくわばら！」

と、そのまま操舵室に頭をひっこめた。

「ならず者ばかりだと聞いていましたが……」

猛々しい戦闘艦の勇姿をながめながら、アンノワールが安堵したようにつぶやく。

「絶妙なときに姿をあらわしましたね。私、多少イギリス人を見直しましたわ！」

〝王家の旦那号〟の上で、艦長らしい人物が〝旭丸〟に向かって手を振ってきた。それに答えるように、水夫たちがふたたび喚声をあげた。

「間一髪でしたわ！」

水夫たち同様、にこやかに手をふりながら、クローゼがアンノワールに近寄って来た。

「危ないところでしたわ。あの船がくるのがもう少し遅ければ、我々は今頃……」

「そうですな！　今日のところは、英国王に感謝しましょう！」

クレメンス卿が姿をあらわす。

「とにかく、御婦人方にはご無事で何よりでしたな！」

が、アンノワールはにこやかに微笑みかけるクレメンスにそっぽを向くと、そのままスタスタと船橋へと去ってしまった。

「どうしたのです？　マドモアゼルは？」

わざとなのか、それとも単に無神経なだけなのか、クレメンスが機嫌の悪そうなアンノワールの後ろ姿に不思議そうに首をかしげる。

「……ご自分の胸に聞かれてはいかが、クレメンス卿」

クローゼの言葉に、クレメンスはなおも理解できかねる顔をうかべた。

「私の？　なぜです？」

が、クレメンスの問い掛けに、クローゼもまた、ツン、と踵をかえしアンノワールを追っていった。


「野郎ども！　このスキにずらかるぞ！　早いとこロープを切っちまえ！」

英国艦が消えたことを確認したラカム船長が操舵室から顔をだして水夫たちに向かって叫んだ。船橋へとのぼってきたアンノワールとばったりでくわす。

「あらラカム船長」

アンノワールが楽しげに微笑みかけた。

「約束は守ってもらいますよ」

「わかってる！　安心しな！」

ラカムの返事は荒っぽかったが、命拾いしたことで機嫌はよさそうである。

「こうなったら教える、なんてケチなことはしねえ！　命がたすかったんだ。船も無くなっちまったことだし、ついてくるといい！あんたが役人でないことは、もう分かりきったことだらな！」

「本当ですか！」

歓喜にアンノワールが顔をほころばせた。その背後から、ラカム船長の言葉を聞き付けた水夫たちの喚声があがる。この、すばらしいご令嬢と、なおも同行できることを喜ばない者はいなかった。

「ちょっと待て！」

クロパトキン船長が二人のあいだに割ってはいった。

「ついてこいとはどういうことだ？　まさかこの船で行くんじゃねえだろうな！」

「他にどの船がある？　俺たちの船は沈んじまったんだ。悪いが、この船は接収させてもらうぜ！」

悪びれもせずにそう言うラカムに、クロパトキンの顔がたちまち赤らんだ。

「ふざけるな！　この船は新大陸行きの船だぞ！　それに、もう契約はすんでるはずだ！」

どなりかえすクロパトキンを尻目に、ラカムはアンノワールへ問いかけた。

「姉さんたちはどう思う？　俺たちについてくるなら、当然船が必要だと思うが」

「それはもちろん」

アンノワールはあいづちをうちながら剣を引き抜くと、

「まさか泳いで行くわけにもいきませんものねえ」

と、剣先をクロパトキンに向けた。それを見てクローゼが、またか！　と嘆くように頭をかかえる。

アンノワールの行動に、クロパトキンは絶句したが、やがて、

「馬鹿な！　あんたのしていることは海賊行為ですぞ！」

が、船長の叱責に、アンノワールは笑顔で答えるのみである。

「いいですかお嬢さん！　この船は……」

なおも船長は説得をこころみる。が、周囲からあびせられる視線に気がつき、言葉をとぎらせてしまった。見回せば、水夫たちが一様に彼の方へ顔を向けている。皆の顔には同一のものが浮かんでいた。

なんてこった！

船長は自分だけ孤立していることに気付き愕然とした。思えば、あのクローゼとかいう女にこてんぱんにのされちまったときから、俺の運は転落する運命にあったんだ……。

「くそ！」

船長はつぶらな瞳でみつめかえすアンノワールから顔をそらすと、

「もうどうとでもしてくれ！」

と、あきらめたように吐き捨てた。同時に水夫たちの口から喚声があがる。

「ありがとう、船長」

アンノワールは剣を収めると、うれしそうに船長に敬礼した。

「ははは！　気にするな船長！」

ラカムが、楽しげにクロパトキンの肩をたたいた。

「お前さんはがんばったんだ。神様も見てくれてるさ！　それに、島はいいところだぜ。酒もたらふくあるしな！」

「馬鹿野郎！　この船の酒じゃねえか！」

無神経な海賊の顔面に、クロパトキンのパンチが炸裂した。

が、アンノワールにはそのようなことなどまるで眼中にない。すこぶるうれしそうに、

「さあ、まいりましょう！　海賊たちの集う場所へ！」

と、水夫たちに激をとばした。可憐な号令に、水夫たちがまたも声をあげる。

「姫様ったら」

クローゼがしかたなさそうに眉をひそめた。が、窮地に光明をえたことでどこかしら明るい。

「まったく……」

水夫たちの中にまじっていたクレメンス卿があきれるように溜め息をついた。迷惑そうに首をふる。

「帆走だ！　早いとこ、その役立たずを切り離しちまえ！」

船長の激がとび、水夫たちがふたたびロープにとりついた。たちまち、切り離されたメインマストが海中へ没して行く。

「……くそ！」

生き返ったような船のどこかで、一人舌を打つ者がいた。フランスの工作員〝案山子〟である。これで、彼はしばらくの間ウオン少佐と接触することができなくなるだろう。

「……なんてこった」


とにもかくにも。

さまざまの人々を乗せた〝旭丸〟は、ほどなくしてふたたび帆走をはじめた。

海賊たちが集合する、西インド洋のとある島をめざして。


「……変です。てっきりあのフリゲート艦が海賊だとばかり思っていたのですが」

月明りの中、〝王家の旦那号〟の上で、若い士官が老練な艦長に報告していた。

「唾棄すべき海賊船はこれだったようです」

と、波打つ海面を指し示した。

停止している〝王家の旦那号〟のすぐまぎわでは、ラカム船長のスループ船がほとんど海没したまま波間をただよっていた。すでに瓦礫と化しているそれが、海中へと姿を消してしまうのも時間の問題だろう。

「では、あの船は何だったのだ?」

艦長がいぶかしげに問い返した。

「あれは、国旗をあげていなかったぞ」

あのあと、〝王家の旦那号〟は、〝銀星号〟をかなりの間追撃した。貨物船を襲っている海賊船を偶然にも発見した艦長は、その船ごと、海賊の息の根を止めるつもりであった。が、フリゲート艦特有の速力と、夜の到来が戦艦の追撃を挫折させてしまった。

「これは私の考えですが……」

若い士官が、おずおずと口を開く。

「このスループ船が、不運な貨物船をおそっていた。そこへ、あのフリゲート艦が出くわして、海賊に拉致された貨物船と闘っていた。と、そういうことではないでしょうか?」

「ではなぜ、フリゲート艦は堂々と国旗をあげていなかったのだ? 海賊相手に闘っていたのなら、なにも後ろめたいことはあるまい? それに、そうならそうで、わが艦にそれを知らせることもできたはずだ。が、あの船はわが艦から必死になって逃げていったぞ。これはどう説明するんだ?」

艦長の言葉に、士官は言葉をうしなった。彼等の頭に、フランス情報局などという概念はまるで存在していない。

「……まあいい。どちらの船が海賊だったにせよ、取り逃がしたことにかわりはない。いまさらどうにもならん。それにこれ以上の追跡は、任務をおびているわが艦にはゆるされんしな……それでは、本来の航路に戻るとしようか、副長」

やがて、〝王家の旦那号〟は、王の任務を遂行すべく、たたんでいた帆を月夜に広げた。

海賊島

〝旭丸〟は、エメラルドの海に純白の砂浜と深緑の森が美しく映えている、小さな、すばらしい入江に入港しつつあった。すでに、使用できる帆の大部分が折り畳まれており、今は三角形の補助帆一枚で、微速で走行している。が、それもやがて折り畳まれることになる。

「さて、到着したぞ！」

入江の景色を懐かしげに眺めながら、ラカム船長が上機嫌で言った。

「レディス、アンド、ジェントルマン！　我らが海賊島へようこそ！」

と、船橋に集まる人々に、おどけたように島を紹介する。とりあえず、彼は楽しい仲間たちのもとに帰りつくことができたのだ。

ここは、西インド諸島の中の小さな名も無き無人島である。あまりに小さい島だったので、どこの国の開拓団も派遣されず、また原住民もいなかったので、海賊たちにとっては格好の隠れ場所であった。入江にはすでに数隻の船（スループ、またはそれに属するような小型船ばかりだった）が停泊しており、碇を海におとしていた。それらの船上では、当直についているのだろう、少数の海賊たちがのんびりと昼寝しているのがわかった。前日宴会でももよおされたのか、それとも昼間からかっくらっているのか、どの海賊の手にも酒瓶がにぎられていた。中には、遠目にも明らかにわかるくらいに顔を真っ赤にしている者もいる。

その彼等が、接近してくる〝旭丸〟に気付いたとたん、いろめきたつように露骨に警戒しはじめた。

「大丈夫なのか？　こちらをうかがってるぜ」

海賊船からあびせられる視線を気にするクロパトキン船長の言葉に、ラカムが笑い声をあげた。

「ははは！　海賊の持ち船にしちゃでかいからな、この船は！　見慣れねえんで用心してるのさ。何、大丈夫だ。とりあえずは、あいつが面倒を見てくれる！」

と、舳先にはためく黒い長旗を指し示した。ラカムとその手下たちが、船内にある黒布を集めてつくった、彼の海賊旗である。こういうところ、海賊という輩は実にまめであった。クローゼなどは、ちまちまと針をあやつるラカムの似合わない姿に、笑い転げて話しもできなくなる始末であった。

「それに、この俺の顔を見りゃあ、奴等も安心するさ」

そう言うなり、ラカムは帽子をとって前方の海賊船に向けて大きく振った。たちまち、海賊船から発散していた緊迫感が消える。

「陽射しが強いわ！」

アンノワールが暑そうに手で顔を扇いだ。

「暑くて目がまわりそう。いっそ上着をぬいじゃおうかしら」

「いけませんよ姫様。そのようなはしたないまね、なりませんよ」

やはり額に汗を浮かべているクローゼが姫君をたしなめる。

「身嗜みは紳士淑女の神聖な義務ですよ。それに、他の人たちの目もあります」

「あら、他人の目って、私、別にこの下が裸というわけではないのだけれど」

アンノワールがふざけるように言う。

「それとも、あなた、ひょっとしたらその下に何もつけていないのかしら？」

アンノワールの言葉に、その場に集っていた男どもの目が、一斉にクローゼにそそがれた。

「ご、ご冗談はおやめください！」

クローゼの眼帯のまわりがうっすらと赤くなった。

「私だって、ちゃんとシャツくらい着ております！」

「冗談ですよ、冗談」

そう釈明しながら、アンノワールは楽しそうに島をかえりみた。

「ああ、それにしても、ついに来てしまいましたね……ラカム船長の言っていた方々、もう到着なさってるのかしら？」

「来てるよ」

アンノワールの疑問に、ラカムが海賊船を指差しながら答えた。

「あれが〝黒髭〟の船、そのとなりがラウザ、その向こうがロバーツ……」

「よくお分かりになりますわね。私にはどれも同じに見えるのですけれど……」

確かに、どの海賊船もよく似ていた。特徴のないスループ船ばかりである。

「俺は見慣れているからな。でも、素人でも、旗で区別できるよ」

ラカムが海賊船の一つを指し示した。その後部に、黒い大きな旗がはためいている。

「あの船はロバーツの船なんだが、海賊旗が見えるだろう？」

「ええ」

「あれがロバーツの旗だ。ロバーツと骸骨が乾杯してるだろう？」

確かに、旗には言われた通りの図柄が描かれている。

「俺たちの旗は、その海賊ごとに独特のものだ。皆、自分でデザインするんだぜ。〝黒髭〟の旗も、ラウザの旗も、それぞれ柄がちがう。俺の場合は、骸骨に剣だ」

「ふん！　悪趣味なデザインだ！　この入江はすばらしく美しいというのに、あれら汚らしい海賊船と、悪趣味きわまりない旗のおかげで台なしだ！」

　ラカムたちの背後から、高慢ちきな罵声が居丈高にあがった。言わずと知れた、あの貴族先生である。

「まったく、もうちょっと上品にはつくれんものか！　ああいうのはデザインとはいわん。落書きというんだ！」

「おい旦那、そりゃ言い過ぎだぜ」

　クレメンスの悪口に、ラカムが血相をかえた。

「俺たちゃデザイナーじゃあねえんだ！　そううまくいくかい！　それに、あれでも一生懸命考えたんだぜ。そこのところをくんでくれてもいいだろうよ！」

「確かに、一生懸命でしたわね」

　クローゼがそう言いながら吹き出した。ラカムの裁縫姿を思い出したのであろう。

　ラカムはクローゼの笑い声を小癪に感じつつも、しかたなさそうに肩をすくめた。

「まあいい！　俺も、実のところもう少しかっこよくならねえかと思っていたんだ。だが、他の連中の前じゃあ、そういうことは言わないほうがいいぜ。奴ら、俺ほど寛容じゃねえからな」

　そうラカムが言っているそばで、アンノワールの目が海賊旗にくぎづけとなっていた。彼女の脳裏に、あの幼いときの記憶がよびさまされる。

　そういえば、あの方の旗はどんな柄だったのかしら……。

　アンノワールは確かに見ているはずのそれを思い起こそうとした。が、夢のなかでは確かにはっきりとひるがえっているその旗も、思い出そうとすると思い出せない。記憶を手繰ろうとするが、よけい心の中に埋没してしまう。あの、美しく猛々しかった旗は、いったいどんな旗だったろう……。

「よし！　ここらでいい。碇をおろしてくれ！」

ラカムの言葉と同時に、〝旭丸〟の碇が海中へ落下した。海底で、碇が砂煙をあげる。

「おい待て！　約束は守ってくれるんだろうな！」

船橋を降りようとするラカムを、クロパトキンが引き止める。

「約束だから積み荷は全部くれてやろう！　だが、ちゃんと船はかえしてくれるんだろうな！」

海賊と通商業者とのあいだには、すでにある契約が交わされていた。つぎのようなものである。

一、海賊とそれに同行することを望まれるご婦人方のために、〝旭丸〟を一時ジャック・ラカム船長が接収する。

一、真っ正直に稼業をいとなんだ海賊の得られる当然の報いとして、〝旭丸〟の積み荷、すなわち約二百本にわたるワイン樽と、五十本のスコッチ樽は、ラカム船長とその配下たちのものとなる。

一、無抵抗で海賊に降伏し、その要求通りに積み荷をあけわたした〝旭丸〟に対し、ラカム船長は契約の当然として、その命と身の安全、ならびに〝旭丸〟の安全を保証しなければならない。

一、ラカム船長が新しい船を手にいれるか、または買うことのできるくらいの金額を手にするまで、〝旭丸〟はラカム船長と運命をともにするものとする。また、それまでのあいだ、〝旭丸〟の故障箇所を直すのに、海賊側は〝旭丸〟側に手助けせねばならない。

「大丈夫だよ」

ラカムがまかせておけ、とクロパトキン船長の肩をたたいた。

「海賊は盗みもするし人も殺すが、嘘だけはつかねえ。安心しな」

と、海へおろされようとしているボートへと向かった。

「さあ、姉さん方！　こっちへきなせえ。貴族の旦那もだ。連中、もう俺の到着を聞いて集まってるはずだ！」

「……わくわくするわね！」

ラカムに手招きをされて、アンノワールが足取りも軽くボートを跨ごうとする。

「やっと海賊にあえるわ！　きっと、あの方を知ってる人がいるはずよ！」

「よかったですわね姫様。私は、正直のところ不安ですけど……」

最悪の場合を想定してマスケット銃を手にしたクローゼが、笑みをかえしつつも溜め息をつく。海賊に会える！　などといってよろこぶ女性は、世界中探してもアンノワール以外にはいないだろう。

「おい、なんでてめぇが乗るんだ！」

ラカムが、貴族に続いてボートに乗り込もうとしていた〝丸太〟をどなりつけた。

「てめぇなんざこなくていいんだ！」

「そうはいかねえ！　こう見えてもあっしはこの姉さん方の第二の子分だ。みすみす海賊島なんかへやれるかい！」

いきまく〝丸太〟に、ラカムよりもクローゼのほうがあきれた。

「やだ姫様、この男いつの間にか私供の下僕のつもりでいますわよ」

「いいんじゃない。ちょっと下品だけど」

「……第二の子分だあ？」

ラカムがけげんそうに首をかしげた。

「じゃあ、第一の子分てえのは誰だ？」

「そりゃもちろん船長で」

〝丸太〟が、ずる賢くも、ラカムに愛想をおくる。

「俺？　俺がなんで……」

ラカムは言われてとまどったが、まんざらでもなかったらしい。

「まあいい。乗りてえなら勝手にしろ！」

と、〝丸太〟の乗船を認めてしまった。

やがて、彼等を乗せたボートは、海賊たちのたむろする砂浜へと漕ぎ出していった。


「ジャック・ラカムだ！　ラカム船長だ！」

陸の上で〝旭丸〟のことを警戒していた海賊たちが砂浜に乗り上げたボートの乗員を見て、口々に叫んだ。彼等のそばには、一隻のスループ船が引き上げられている。マストや大砲がすべて取り払われ、横倒しになっているその船は、船底掃除がおこなわれていたのだろう。海賊たちは一様に煤とタールで真っ黒に汚れていた。

「おう！　みんな元気そうじゃねえか！」

砂浜に足をつけるなり、ラカム船長はにこやかに声をあげた。たちまち、海賊たちが取り囲む。この、ジャック・ラカムという男、海賊たちの間では随分人望があるらしい。

「お元気そうで何よりでさあ！」

海賊の一人がうれしそうに声をあげた。

「あの船はどうしたんで？　前の船は？」

「ん？　あれか？　沈んじまった。ちょっとやばい仕事でな」

そう言うラカムは陽気である。

「あれはスペイン人からまきあげた実にいい

船だったんだが、まあ過ぎたことはしかたねえ。それより、皆にいい知らせがあるぜ！　あの船……ぶんどったやつなんだが、あの船倉には皆でとりかかったとしても、半年はへべれけのぐでんぐでんになっていられるだけの酒が積んである。欲しい奴は、陸揚げを手伝ってこい！」

「本当ですかい、そりゃあ！」

海賊たちの間から喚声があがる。

「おうよ！　この俺が嘘をついたことがあるか？　さあ、早く行きな！」

「合点でさあ！」

ラカムの言葉に、海賊たちはもう一度喚声をあげると、めいめい自船のボートめがけて走っていった。

が。

突然、何かに取り憑かれたように彼等の動きが止まった。

「あららら」

島に上陸したアンノワールが、砂浜に足をおろしたとたん、酔っぱらったように足をもつらせた。そのまま、フラフラと尻餅をつく。

「姫様、大丈夫ですか！」

マスケット銃を手にしたクローゼが、アンノワールを助けようとした〝丸太〟の横っ面を殴り飛ばし、よろめいた主を抱き起こした。

「大丈夫。ちょっとフラついただけ」

そう笑みをうかべると、アンノワールはその場に立ち上がった。

「ひさしぶりに陸にあがったんで、なんだか床が波うっちゃったの」

「お気を付けください、姫様」

クローゼが、立ち上がったアンノワールの体を心配げに見まわした。

「……女だぜ」

彼女たちの姿に唖然としていた海賊たちの

口から驚愕の言葉がもれた。

「女だよな……」

たちまち、命か女かと問われれば、迷うことなく女と答えそうな何人かの目の色がかわった。

「あー、よしとけ、よしとけ」

海賊たちの雰囲気を察し、ラカムがしょうがなさそうに皆をなだめた。

「お前らの手におえる女達じゃねえよ」

「しかし女ですぜ、船長！」

海賊の一人が目付きも凄まじくいきまいた。

「しかも上玉だ！　目がくらんじまう！　こいつをみすみす見逃すってのは……」

他の大多数も同意見らしい。

彼女たちを遠巻きにしながらじりじりと近付いて行く。

それを見て、ラカムが溜め息をついた。

「そうかい。しかたねえ、好きにしな。でも、怪我しても俺は知らねえぜ」

その言葉が合図となったか。

転んだために衣服についてしまった砂粒をはらっているアンノワールに、海賊の一人が狂喜したように飛びかかった。

が。

「さわるんじゃねえ！」

灰色熊のような咆哮とともに、突然〝丸太〟の拳がその海賊の顔面に炸裂した。たちまち、その体が数メートルもふっとんでいく。

「汚い手で姉さんたちに触れるんじゃねえ！」

二人の令嬢をかばうように、〝丸太〟は海賊たちに向かって立ちはだかった。

「このやろう……」

仲間をぶん殴られて、海賊たちがいきりたった。たちまち、女には無関心だった連中も包囲陣に加わりはじめる。

「姉さん方に触れるのは、この俺がゆるさねえ！　どうしても触りてえ野郎は、この俺をたおしてからにしろい！　わかったかこのゴロツキども！」

　同じゴロツキである自分を棚に上げたのはともかく、ガードマンを気取る〝丸太〟の姿はお世辞抜きに実に頼りがいのあるものだった。数十人におよぶ海賊を前にして、彼は一歩も引こうとしない。

「……さ、姉さん方、ここはあっしに」

　しかし、いいところを見せた、と自分でも誇らしげな〝丸太〟に、アンノワールは意外なくらいにそっけなかった。

「そうするわ」

　彼女は〝丸太〟の献身などまるで関心なさそうに、

「私、先を急ぎますの。ここはお願いするわ」

　と、絶句する〝丸太〟などほったらかしのまま、スタスタと歩いていってしまった。

「……」

　アングリとしてアンノワールの後ろ姿を見送る〝丸太〟に、クローゼが、

「あんた、なかなか役に立つわね」

　と、やはり〝丸太〟を置いてけぼりにしてアンノワールを追って行く。

「まったく……無茶な奴だな、貴様は」

　クレメンス卿までが、あきれ顔をうかべて行ってしまった。

　やがて、一人取り残されてしまった〝丸太〟を、海賊たちがじりじりと包囲しはじめた。

「おーいてめぇら！　何をやってもいいが、そいつも〝契約〟のうちなんだ！　殺すんじゃねえぞ！」

　ラカム船長が、海賊たちの群れに向かって叫んだ。そのまま、アンノワールたちを案内

するべく、先頭にたって内陸へと足を向ける。

「やっちまえ！」

貴人たちのあまりの薄情さに一人唖然としている〝丸太〟に、海賊たちが一斉にとびかかった。


「黒い海賊？」

椰子の木の林の中に建てられたほったて小屋（ラカムは総指令部と言い張った）で、アンノワールたちはラカム船長に、三人の海賊を紹介された。まるで、イタリアンマフィアの大ファミリーよろしくテーブルを取り囲んでいた海賊船長たちは、部下たちと違ってちっとも粗暴ではなく、むしろ笑顔で彼女たちを向かえてくれた。彼らは、恐るべきならず者、というより、むしろ中小企業の経営者のような風貌であった。そんな海賊たちと、アンノワールとクローゼはテーブルをはさんで対峙している。もちろん、ラカム船長の配慮で、クレメンス卿は外で待たされていた。その理由は言うまでもなかろう。

「黒い海賊、か……知ってるか？　ロバーツよ」

「いや。聞いたことがない。はじめて聞く通り名だな」

目元涼しげなジョージ・ラウザ船長の問いに、大海賊の異名を持つバーソロミュー・ロバーツ船長が首をふった。

「ティーチは？」

「いや。聞いたことないな」

「黒髭」の異名の通り、立派すぎるほどの黒髭をたたえたエドワード・ティーチ船長が、ロバーツ同様やはり首をふった。存外、髭などないほうがいい男のように思える。

「以前、地中海にいたことだけは確かなんです！　でも、いろんな人に聞いても誰も知らなくって……」

　そう言うアンノワールの顔は真剣そのものである。

「ここにいるクローゼが、海賊のメッカはカリブだ、と言ったので、ここまでやって来たのですけれど……」

「……申しわけない、お嬢さん。我々には心当たりがない」

　ラウザ船長がつつしみながら言う。

「……ラカムにも聞いたと思うが、我々もこの界隈ではかなりの情報通で通っている。だが……」

「黒い海賊船など聞いたことないな」

　ロバーツ船長が言葉をひきついだ。

「だいたい、戦列艦並の船で海賊稼業を営むなんて、我々には信じられん！　本当なのかね？」


「本当です！」

　アンノワールの言葉には切実なものが含まれていた。

「私が乗っていた船を、そのお方が救ってくださったんです！」

「……実に美しい話ではあるが」

　ティーチ船長が、パイプをふかしながらつぶやいた。

「なおさら不可思議だよ。海賊が、他の海賊の手から客船を助けるなど……」

「でも本当なんです！」

　アンノワールは懸命に繰り返した。

「あの方がおいでにならなかったら、私、きっと生きてはおりませんでした……」

　そう言いながら、アンノワールは再度の失望に悲しげにうつむいた。またも情報を得られなかった不幸な主の肩に、そばにいたクローゼがなぐさめるように手を乗せた。

やっぱり、駄目なのかしら……もう一度あの方に会うなんて……。

下を向くアンノワールの瞳に涙がにじんできた。

そんな悲痛なアンノワールに、船長たちは同情するように顔を見合わせる。

やがて、ラカムが気まずそうに声をかけた。

「姉さん、ご期待に添えなくてすまねえなあ。この連中なら知ってると思ったんだが」

謝罪するラカムに、アンノワールは弱々しく首をふった。彼女にも、ラカム船長の親切心はよくわかっていたのだ。が、その姿がよりいっそうに船長たちの同情をよんだ。

「こうしたらどうだろう」

口を開いたのはラウザである。

「しばらく、この島に滞在するといい。まだ我々の仲間がすべてそろったわけではないんだ。近いうち、全員顔を見せるだろうから、彼らから話を聞くといいだろう」

「そうだな、それがいい」

ロバーツも賛同の声をあげる。

「それに、そんなに悲観することもない。カリブは広いんだ。たとえ我々の仲間が知らなくても、まだまだこの海には大勢の海賊がいる。希望を捨てるにはまだ早いよ」

「本当ですか！」

海賊たちの言葉に、うつむいていたアンノワールが顔を輝かせた。

「ここにいてよろしいのですの？」

「ああ、よろしいですよ。我々はちっともかまわない」

ティーチ船長が微笑みをうかべた。

と。

「あなた方が構わなくとも、こちらが構います！」

クローゼが、事の進展にとんでもないと声

をあげた。

「姫様、まさか本気で御逗留されるつもりではないでしょうね？」

「あら、いけないの？」

「と、とんでもありません！　外の連中を見たでしょう！　あんな連中と、こんな小さな島で寝起きするなんて、姫様の貞操の危機です！」

「ひどい言われようだな」

ロバーツが笑う。

「あら失礼。でも、外の方たち、船長方のような紳士には、とても見えませんもの」

と、言っているクローゼの目は、あきらかに船長たちをも疑っていた。

「とても姫様をこのような所に滞在させるわけにはいきませんわ！」

「このようなところって、あんた、力競べで自分たちが負けると思っているのかい？」

ラカムがあきれた。

「これだけは保証するがね。姉さん方の喧嘩っぷりをお見受けしたところでは、この島にいる全員が一度にかかっても、姉さん方のそのおみ足に、触れることさえできんだろう。もちろん、蹴り飛ばされる者をのぞいてね」

ラカムの言葉に、〝旭丸〟での一件をすでに耳にしていた船長たちが、おかしげに笑い声をあげた。クローゼが憤慨するようにムッとする。

「よし、こうしよう」

ロバーツが提案する。

「あなた方の身の安全を保証するため、身の代金を頂戴したい」

「身の代金？」

「ああ、身の代金だ。契約書をかわして、身の代金をいただければ、あなた方は立派な客人だ。捕虜という名のね。この島の誰も、あなた方に不埒な振るまいにでることはない」

「信用できないわ」

「海賊は一度とりかわした契約は、状態が維持されるかぎり死んでも守るよ」

ラカムがクローゼを諭す。

「現に、ここまであんたらを連れてきたろう？　役人とちがって、俺たちゃ約束は守るぜ」

ラカムの言葉に、クローゼがなおも反論しようとしたとき。

「でも……」

アンノワールが困ったようにラカムの顔をうかがった。

「私、お財布持っておりませんの」

「あ！」

アンノワールの言葉に、ラカムは愕然として顔をしかめた。ティーチ船長がみとがめる。

「ん？　どうかしたのか、ラカム」

「いや……ちょっとな……」

ラカムが渋い顔で答えた。……そうだ。あの時、俺が財布を受けとらなかったんで、この姉さん、泣きながら財布を甲板の上に取り落としちまったんだ。たしか、あの後すぐに私掠船が……。

「こまったな……」

と、ラカムがもらしたとき。

「財布はありやすぜ！」

突然、小屋の外から息を切らして〝丸太〟が飛び込んで来た。海賊たちとの乱闘のためか、満身創痍でアザだらけコブだらけである。

「あら、あんた生きてたの？」

〝丸太〟の姿に、クローゼが冷たく言い放つ。小屋の外では、〝丸太〟に飛び掛かった海賊たちが累々と転がっており、最後の一人を、小屋のすぐ外でクレメンス卿が汚なそうに爪先でつついていた。

「何だ貴様は！」

ロバーツが職業顔で〝丸太〟をにらみつける。が、〝丸太〟はそんなことにも構わず、何をする気かいきなり懐に手をつっこんだ。

「！」

船長たちが反射的にピストルを抜くのと、〝丸太〟が大きな革袋を取り出すのとは、ほとんど同時だった。

「ど、どうでえ！」

四丁のピストルを突き付けられながら、〝丸太〟はその袋をテーブルの上におき、強がるように啖呵をきった。

「姉さんの財布、その他、だ！」

〝丸太〟の言葉に、ラカムの手が袋へと伸びた。はたして、その中にはアンノワールの財布と、彼女の装身具類が入っていた。

「本当だぜ！　ぜんぶある！」

驚愕するラカムの言葉を聞き、ホッとしたように船長たちはピストルをしまった。

「どうしてこんなものをてめぇが持ってるんだ？」

「あの騒動のとき拾っておいたんでさぁ」

「拾った？」

「へい。あのまま、甲板に置きっぱなしにしたんじゃ、あのゴタゴタでどこかへいっちまうかもしれなかったでがしょう？　それに、船には手癖の悪い奴もいまさあ。で、あっしがちゃんと掌握しておいた、てわけで」

「あんたネコババする気だったたんじゃないの？」

クローゼが、アンノワールのブローチをとりあげながらあきれた顔で言った。

「手癖が悪いって、案外あんたのことなん

じゃ……」

「めっそうもねえ！　俺ぁ、姉さんたちに命を助けられてるんですぜ！　恩人の物を盗むなんて……」

「じゃ、どうしてすぐに持ってこないの」

「だって、姉さん、あっしが近付くと怒るじゃないですか」

事実である。

「で、つい出しそびれて……」

「私が悪いっての！」

クローゼは肩をいからせて立ち上がろうとした。

「いいの、クローゼ」

アンノワールが、自分の財布を手にとりながらクローゼをなだめた。

そして、〝丸太〟にむかって、

「ありがとう」

と、やさしく目礼する。

「へ？」

アンノワールの瞳を真っ向から見て〝丸太〟は絶句してしまった。まさか、このすぐ目の前にいる、花も恥じらうご令嬢が、自分のような人間に向かって礼を言い、頭を下げるなどとは思いもしなかったのである。

……なんて綺麗なんだろう……なんて、透明な目をしているんだろう……。

〝丸太〟は、呆然としたまま、おずおずと頭を下げ返した。

実は、クローゼの言葉は一部あたっていた。〝丸太〟は、アンノワールの指輪をくすねていたのである。

確かに、その指輪は豪華なものであった。〝丸太〟が、たとえまっとうに働き続けたとして、一生かかっても買えるような品物ではない。質種にでもすれば、すぐに豪勢な屋敷か、たいした農園の一つも買えるくらいのものである。

しかし、〝丸太〟がそれをくすねたのは、そんな俗物的な理由からではない。彼は、このアンノワールという、彼が今まで出会った女性たちのなかでも抜群にすばらしいご令嬢と、ずっと離れたくないという感情から犯行におよんだのだ。つまり、彼女の形見のつもりで指輪を隠しとったのである。この騒動が終われば、おそらく一生、会うこともないのだ。そのことが、彼のような人間にもよくわかっていたのだ。

彼は、存外、人情味を隠し持つ小悪党だった。

「これで金ができましたな」

ロバーツが二人に笑みをうかべた。

「さあどうします？　さきほども言ったが、金を貰い、契約書さえかわせば、あなたがたの身の安全は保証しましょう」

「ぜひ……」

と、アンノワールは言いかけて、チラリとクローゼを返り見た。しばし、二人の目が交差したが、結局、クローゼが折れた。

お好きに、とクローゼが肩をすくめる。

「じゃあ……ぜひお願いしますわ！」

アンノワールの笑顔に、ラウザ船長がさっそく紙とペンを取り出した。

「よろしい。そうと決まれば、さっそく契約書を作成しよう。これから書かれる条文に異議のある場合は、遠慮なく申し出てもらいたい」

契約書の作成にとりかかったアンノワールと海賊たちをながめながら、クローゼが溜め息をついた。……どうして、姫様はこう、行き先不安になるということがないのだろう。いつも、悲しむか、喜ぶか、それとも希望に満ちているか……もっとも、そこが姫様が姫様たるゆえんなのかもしれないけど……。

クローゼは、そばに立っていた〝丸太〟を邪魔臭そうに手で追い払うと、右手でもてあそんでいたアンノワールのブローチをテーブルの上にほうった。

「?」

契約書作成に加わっていたティーチ船長が、ふと、音をたてて転がったブローチに目をとめた。そしてそのまま、驚愕したようにその目を見開かせる。

「……こんなものですかな」

ペンを走らせていたロバーツが、アンノワールに書式を差し出した。

「我々としてはこれでいい。あなたの方で、何か言いたいことは?」

「……この別紙というのは?」

書類に目を通すアンノワールの問いに、ラカム船長が答える。

「全員に支払うべき金の請求書のことだ。あんたの財布だけではさすがに足りんだろう? 後日、不足分が請求されるのさ」

「わかりましたわ。じゃ、私はどこにサインを?」

海賊に促されて、アンノワールはペンをとった。

「……このブローチはなんだ?」

その時、ティーチ船長が震える手で、テーブルの上に転がっているアンノワールのブローチをつまみあげた。

「……まさか、あんたのか?」

「ええ、そうですわ」

契約書に署名しながら、アンノワールは顔もむけずに答えた。

「私のです」

「……どうしたティーチ? 顔が真っ青だぞ?」

ティーチ船長のただごとではなさそうな様子に、ラカム船長が心配そうに首をかしげた。

「これでいいわ。じゃ、もう一枚の書類を」

署名を終えたアンノワールが、請求書へとペンを移す。

「このブローチは……」

ティーチの口から、絞りだされるように声がもれる。

「このブローチの紋章は……」

その、呆然としたような様子に、アンノワール以外の全員がけげんそうにティーチをうかがった。

「さあ、これでいいですわね?」

書き込みを終えたアンノワールが、晴れ晴れとした顔で書類をロバーツに返した。

「ん? あ、ああ」

ティーチの顔を覗き込んでいたロバーツが、我に返ったように書類に目を通す。

「ええと……差出人、海賊船船長バーソロミュー・ロバーツおよびその仲間」

と、声にだして読み上げていく。

「受取人は……!」

書類に目を走らせていたロバーツが、驚愕に一瞬言葉を失った。

「……べ、ベルターナ王国国王、ネイ・ベルターナ!?」

ロバーツがそう読み終えたとたん、聞いていたラカムとラウザが仰天したように声をあげた。

「国王? そんな馬鹿な!」

呆然としているロバーツの手から、ラウザ船長が書類をひったくった。そのまま、サッと目を通す。

はたして、署名の欄には、美しい文字で、ベルターナ王国第三王女、アンノワール・

ド・ベルターナと、書かれていた。

「……このブローチに刻まれている紋章は、ベルターナ王家のものだ！」

それまで呆然としていたティーチ船長が、ようやく言葉をはきだした。どうしたのか、ブローチを持つ手がワナワナといきどおるように震えている。

「……あんた、まさかベルターナの王族なのか？」

目を剥く海賊たちを代表するように、ロバーツ船長が書類を握り締めたまま声をあげた。

「ええ……それが？」

キョトン、と答えるアンノワール。

「何か不都合でも？」

「不都合も何も……」

ロバーツはあきれるように溜め息をついた。

「あんた、俺たちをかついでいるのかい？」

「どうしてです？」

「どうしてって……よりにもよって王族とはね！」

信じられん、と首をふる。

「こりゃあ契約にはならんな」

「どうしてですか！」

アンノワールのかわりに、クローゼが憤然として身を乗り出した。

「あなた方が言い出したことでしょう！」

「そりゃそうだがね。信じられんよ。言うにことかいて、ベルターナ王国とは……」

「そうだ。我々は身元の確かな者としか契約は結ばん。王族などと、偽りもはなはだしい」

とうてい信じようとしないラウザやロバーツ船長に、クローゼはなおも口を開こうとした。

と、そのとき。

「……契約は有効だ。このお嬢さんは本物のお姫様だよ」

抗議しようとするクローゼを、ティーチ船長がさえぎった。

「確かに……本物だ……」

「そりゃ本当か！」

ラカム船長が問い返す。

「……まちがいない。すくなくとも、このブローチは本物だよ」

と、苦虫を噛んだように答えるティーチの瞳は、うつろにブローチを見据えている。

「確かに、ベルターナ王家の紋章だ……」

ティーチ船長の言葉に、ラウザ船長が驚愕の声をあげた。

「これはたまげた！　本物の姫殿下とはな！」

「確かに。これは大変なことだぞ！」

そう同調しながら、ロバーツが契約書のサインに目をおとす。

「おいラカム、お前さん大変なものを拾ってきたな！」

「ものとはなんです！　拾ったとはなんです！」

クローゼが顔をいからせた。

「姫様をもの呼ばわりするなど！　私が許しませんよ！」

「いや、申し訳ない。しかし、あまりのことだったのでね」

ロバーツが謝罪する。

「ふむ。しかし、本当にそうなら、この署名だけでも万金の価値がある！　これからは、殿下、とお呼びせねばならんな」

「当然です！」

クローゼがそう言った。が、ラウザがはげしく首をふる。

「そりゃいかん。手下どもにバレりゃ、大変だぞ！」

船長の言葉ももっともである。相手が王族となれば、せっかく手に入ろうとしている、金貨で保証された身の安全など、たちどころにどこかへふっとんでしまうだろう。

「このことは、俺たちだけの秘密にしておいたほうがいい」

「……そうだな。そのほうが無難だな」

ロバーツは書類をおくと、もったいつけるようにアンノワールに向き直った。

「では、いままでどおり、お嬢さん、とお呼びしてもよろしいですかな……殿下」

「ええ。どうぞ、お好きなように」

アンノワールが、この、案外と物分かりのよい紳士的な海賊たちに微笑んだとき。

突然、ティーチ船長が物々しい様相で立ちあがった。見れば、その表情は何かを思い詰めたように堅く引き締まっている。

人質達が目を丸くするなか、彼はそのまま踵もかえさず、大股に掘っ建て小屋を出て行ってしまった。

「あら、あの方……」

アンノワールが心配気にティーチの後ろ姿を目で追った。

「あの……私、何かいたらぬことを……」

「心配しなさんな。奴については……しょうがない」

ロバーツのとりなしに、クローゼが警戒するようにベルトに差していたピストルに手をのばした。

「何なのです？　だいじょうぶなのでしょうね！」

彼女がそう警戒するほど、ティーチの様子は憤然としていたのだ。

が。

「心配ないよ。やつはああ見えても紳士だ。一度とりかわした契約を破るような奴じゃない」

ラウザ船長が、どこか悲しげに溜め息をついた。

「……奴はね、共和主義者なんだ」


ほどなく、四船長によって、アンノワールたちと彼等との間にかわされた神聖なる契約についての発表が行われた。船にいた当直もふくめた全員の前で、ロバーーツ船長が空樽の上で条文の取決めについて布告したのだ。おおむね次の通りである。

まず、絶対条件として、当根拠地にてしばらくの間滞在されることになった、うるわしき二人のご婦人に、誰であろうと失礼なふるまいをしてはならない。下劣、猥褻、卑猥な言葉をはくことは禁止され、事に及ぼうなどと考えることは言語道断である。もし、そのような事柄が発覚、または告発された場合、被告は死をもってご婦人方に詫びねばならない。また、もし、ご婦人方がご自身の名誉と、その御身を守るため、被告に対し負傷させるか、または死に至らしめたとしても、我々海賊船の代表者たちは一切関知しないものとする……。

実際は、このような官吏じみた堅っくるしい言葉ではなく、水夫たちに最も分かりやすいであろう言語、つまりがなり声で水夫たちに説明された。ロバーツ船長の口から発せられる、耳障りで聞いたこともないような下品な話し方に、その場に居合わせた二人の令嬢は、本当にさきほど会見したときと同じ人物なのだろうかと、樽の上にいる人物を疑いたくなる始末であったが、ともかく、船長が話した内容は以上のようなことである。

ここまで、ロバーツ船長が一気にまくしたてたとたん、海賊たちのあいだから激しいブーイングが沸き起こった。それはそうだ。この布告は、彼ら海賊水夫たちの得られる当然の権利(と、彼らは言い張った)と、彼らの人権を完全に無視しているのである。だいたい、負傷または死に至らしめて、娘二人に何のお咎めもない、などということは、海賊たちとしては、とうてい黙っていられるわけがなかった。

が、激しさをきわめつつあったブーイングも、とりあえずは治まった。場の険悪なムードを察した船長たちの合図と当時に、他の海賊たちとは一線をしいて布告に聞き入っていたラカム船長の手下たちが、うむをいわさずマスケット銃を群衆にむけて構えたのである。彼らは、他の海賊たちよりも、少しだけ令嬢たちとの付き合いが長かった。

「つぎに……」

激しい怨嗟の視線をあびながら、ロバーツ船長が言葉を続けた。

この契約は絶対神聖なものであり、けっして破られてよいものではない。

故に、もし、この契約が守られるならば、ここにおわすうるわしきアンノワール嬢は、感謝の印としてただちにそれぞれの海賊船にたいし金貨十枚を支払い、各船の代表者たちは、このこころづくしの金貨を、船と、その乗員のために使用することを約束する。また、アンノワール嬢ならびにクローゼ嬢が滞在を終え、この島をあとにする時点までつつがなくこの契約が守られた暁には、憐れなる海賊たちに尊い自制心を与えてくださった神に感謝の意を込めて、アンノワール嬢はこの島にいる者全員に、一人当たり金貨五枚を支払うものとする。

ここまでまくしたてると、ロバーツは殺伐として疑わしげな目で睨み付ける海賊たちに、サッと契約書をかかげた。全員の目にふれるよう、ゆっくりと左右にふる。

「金貨五枚？　本当かよ！」

景気のいい言葉に、険悪な雰囲気につつまれていた海賊たちが、急に沸き立つようになごやかになった。彼らが海賊行為という危険きわまりない労働に従事しているのは、もっぱら報償を得んがためなのだ。何もしない、ということで、金貨が五枚も手に入るなどとは、儲け話もいいところである。

な、俺の言ったとおり、我慢してよかったろう？

マスケット銃を手にしたラカムの手下が、ほくそ笑んだ他船の水夫の肩をたたいた。

「よーし、野郎ども！」

楽しげに金の使い道を考え始めた海賊たちに、ロバーツ船長が声をはりあげた。

「ラカムがかっぱらってきた酒樽を持ってこい！　今から、この気前のいい姉さんたちの歓迎会だ！　手打ちの杯だ、けちるんじゃねえぞ！」

と、ピストルを抜くなり、景気づけに一発空めがけて撃ち放った。

「おー！」

轟く銃声に海賊たちは喚声をあげると、一斉にボートめがけて飛び付いた。瞬時に、何槽ものボートが〝旭丸〟目指して殺到していく。

「フン！　あいかわらず下品な奴等だ！」

アンノワールとクローゼのそばに立っていたクレメンス卿が、軽蔑するようにつぶやいた。

アノワールから海賊たちに支払われた身の

代金とは別に、クレメンス卿も自身の身の代金を支払っていた。あの総指令部から二人の令嬢が出て行ったあと、彼は海賊船長たちに呼び入れられたのだ。残念なことに、海賊たちはアンノワールのときと違い、クレメンス卿にはうってかわった態度をしめした。さすがのクレメンス卿も、四周からピストルを突き付けられてしまっては、言われた額を払う他なかった。彼の支払った身の代金は、令嬢たちの払った額よりむしろ多かったのである。

が、そんなことは、今、酒を求めて修理中の〝旭丸〟をよじのぼっている連中にしてみれば知ったことではなかった。確かに、淫猥な悦楽を得られなくなったのは残念だが、かわりに金が手に入るのである。おまけに、勇敢なラカム船長が、あの娘たちといっしょにワイン樽をしこたま連れてきた。手に入れられないものとは言え、女性を席に交えての一杯はまた格別である！

飛び込むように獲物の船内に乗り込んだ海賊たちは、愛船を修理していたクロパトキンや船員たちの抗議になどまるで耳を貸さず、酒樽の居並ぶ船倉へと飛び込んでいく。

たちまち、甲板から大きなワイン樽が姿をあらわした。

「歓迎してくれるのは、うれしいのですけれど……」

海賊たちの行為をたのしげに眺めている船長たちに、アンノワールが困ったような顔をした。

「宴会には少し早すぎません？　まだお昼ですよ」

確かに、天頂付近の陽射しはまだ強い。

「だからやるんですよ。昼ですからな」

ロバーツが、ふたたび掘っ建て小屋のとき

と同じ口調で言った。

「昼だから飲む……まあ、夜中の十二時にはおわるだろう」

「そんなに飲むんですの！　あきれた！」

クローゼが、神よ！　と空をあおぐ。

「とても私どもは付き合えませんわ」

「承知しているさ。何、我々は飲む理由が欲しいだけだ。あなた方は、おりをみて退散するといい」

ラウザが言った。

「どのみち、二時間もすれば皆へべれけになる。そうなったら宴会も何もなくなるよ」

「そうそう。ただ飲んで、わめいて、ぶったおれて、寝るだけさ」

そうおどけるラカムに、アンノワールは笑みをうかべた。

実の所、船長たちにはもう一つ考えがあった。これは、アンノワールやクローゼのためでもあるのだが、彼らは、皆が得られるであろう、一人当たり金貨五枚という富を守るため、ごく少数の者たちに対し、処置をほどこすつもりなのだ。海賊の好きなものは四つあり、酒と女と博打と金であるのだが、博打というのはこのさい抜きにして、酒や金より女がいい、という輩が手下の中にはいるのだ。すでにチェックリストは作成してある。そういう輩が、いらぬことをして金貨をだいなしにしてしまう前に、しばしのあいだ海賊船の船倉でおとなしくしていてもらうのだ。方法は簡単。酒を飲んで我を失っている所へ、船長たちが喧嘩をふっかけるのだ。そして、こともあろうに船長に喧嘩を売ったとんでもない奴として、酔っ払ったまま船倉に放り込んでしまう。彼らがふたたび外の光をあびれるのは、二人の令嬢が島を去って行った後のことになるだろう。

あきれたことに、船長たちは憐れな犠牲者たちがしらふに戻ったときのことまで打ち合わせしていた。それによると、船長たちは、それぞれ別の船の水夫たちをしとめていくのである。そうすれば、別の船長に青アザを作られた自分の手下にたいし、彼らはこう言えるのだ。お前、とんでもないことをしやがったな。俺の親友に喧嘩を売るなんざ、本来ならこの俺の手で始末をつけるところだが、親友が許してやってくれ、酒の上でのことだからと言ってくれてるから許してやる、と。これで、娘たちの名誉も、海賊たちの収入も、船長たちの人望も守られるのである。

海賊とは、なんとひどいことを考える連中であろうか。

「……失礼する」

酒樽が列をなして浜へと流れてくるさまを見ていたとき、ふいにティーチ船長が踵をかえしてその場を離れた。呼び止めるラウザの言葉にも耳をかさず、スタスタと椰子林の中へと消えて行ってしまった。

「しょうのないやつだ」

心配気にティーチの後姿を見ていたアンノワールの横で、ロバーツが溜め息をついた。

「やはり、奴はお嬢さんと同席したくないらしいよ」

「そんな……」

悲しげな表情をうかべたアンノワールに、ラカムが慰めるように言った。

「気にしなさんな。奴はああいう奴なんだ。前にも言ったが、共和主義とやらにかぶれてる」

「海賊になったのも、その辺が理由らしいが……」

ラウザが溜め息をついた。

「まあ、あんたが気にすることはない。王族であるのは、あなたの罪ではない」

そう言い残すと、船長たちは陸揚げされた酒樽の方へと足を向けた。

「……姫様？」

いつまでもティーチの消えて行った椰子の林の方を見ているアンノワールを、クローゼが促した。

「まいりましょう」

「……わかったわ」

やがて、クローゼに伴われるようにして、アンノワールは船長たちのあとを追った。


「本当の所、俺たち海賊は、酒と女が大好きなんだ」

ラカム船長は、水で割ったワインをなみなみと注いだ深皿に、自分の杯を浸しながら上機嫌で言った。


「とりわけ酒とくりゃ……酒さえ飲んでれば、俺たちも手下たちも、いやな思い出を忘れることができる！　前に乗ってた商船や、醜悪残虐な船長たちのことなんかをね」

「そうそう。酒さえ飲んでりゃ、懐かしい思い出にひたっていられる。生れ故郷に響き渡る教会の鐘の音、丘を行く牧童と羊たち、テムズのせせらぎ……」

ラカムの横で、ラウザ船長が相槌をうちながら杯をあおぐ。

「そういう思い出にひたってられるとくりゃ、とりあえずまた一杯、となる」

「あら、〝旭丸〟のクロパトキン船長は残虐なんかではなくってよ」

焚き火をかこんで、砂の上に腰を下ろしている船長たちにまじっていたアンノワールが、沖に浮かぶ〝旭丸〟をしめした。明りのともっている甲板からは、砂浜同様、酔っ払い特有の喧騒が流れ出ていた。船を接収され、積み荷をうばわれてしまったクロパトキンが、半分やけくそになってワイン樽を水夫たちにふるまっているのだ。

「そりゃあまた、髄分と奇特な話だ！」

アンノワールの言葉に、ラウザ船長が感心したように杯を〝旭丸〟にささげた。

「あの船長、どうみてもそうは見えなかったが、どうやら意外なほどの人格者らしい」

「乱暴者に違いはないぜ。船が沈んだ時、俺は一発ぶんなぐられた！」

「あなたが彼の船を横取りしたからでしょう！　姫様と二人して……」

いきまくラカム船長に、頬を薄桃色に染めているクローゼがあきれたような視線をあびせた。

「だいいち、あなただって殴ったじゃないの」

「あれは慣習だよ。ああしとかないと示しがつかんのだ」

ラカムはそういうと、ふたたび杯をあおった。

砂浜で催されている宴会が始まって、すでにどれほどたったのであろう。日も随分水平線近くになり、砂に押し寄せる波もだんだんと静かなものになってきている。

海賊たちはといえば、訪れる黄昏などちっとも気にせず、ラカム船長の戦利品を次々に空にしていった。すべての水夫たちがすでにへべれけになっており、浜のそこかしこから、彼ら特有のだみ声やわめき声、へたくそな音楽に、時にハッとするくらいに上手な歌声が流れてくる。皆、しばしの間得ることのできる快楽に、上機嫌になっていた。

「ともかく、商船の船長たち、ていうのは、俺たちのような紳士ではないと相場は決まっとる！」

「そんなにひどいものですの？」

杯をすするアンノワールの目が興味深げになった。

「私、船旅というのは今回でまだ二度目でしょう。よくわからなくて……」

「そりゃあ、ひどいものさ。商船というものはね！　平手打ち、棒打ち、鞭打ちに、あげくは鎖打ちときたもんだ！」

「そうそう。飯はまずいし酒は飲めんし、あげくに重労働ばかり待ってやがる。それに、航海士たちは水夫のことを人間とは思っていない。船の付属品くらいにしか考えちゃおらん」

ラカムの言葉に、ラウザもしたり顔で賛同する。

「その上、身に覚えのないことで因縁をつけられ、言い訳する暇もなく、大砲にキスさせられる。ひどいものさ」

「大砲にキス？」

「大砲に縛りつけられるんだ。上半身裸にされてね」

アンノワールの質問に、ロバーツが何気なく鞭をふるう動作をしながら答える。

「惨劇はまず、そこからはじまる」

「大砲くらいじゃ、まだ可愛いげがあるぜ！」

ラカムがふたたびワインを注ぎながらいきまいた。

「俺の知ってる奴なんざ、碇を抱かされちまったんだ」

「碇に縛りつけて鞭うつの？」

「そのまま沈めるんだよ」

無邪気な質問に、ラウザが笑いながら答えた。

「寄港したときなんかにね……次に出港する

とき碇を引き上げて、もしまだ生きてたら許してもらえるんだ」

「そんな！」

クローゼがワインを含んだ口元を押さえた。生きていられるはずがない。

「……憐れなそいつは、かわいそうに半魚人じゃなかったよ」

ラカムが胸を痛めるように両目をつぶった。そして、杯をあおる。

アンノワールが納得したようにうなずいた。

「そうなの。そんなことが、船の上では罷り通っているのですか……」

「それだけじゃない。それだけ酷い目にあわされて、命からがら国にたどりついても、船から支払われる賃金は雀の涙ほどだ。帰ってこれるほど長生きできたんだから我慢しろ、なんて言われてね」

ラウザが、火に炙った亀の肉を引きちぎった。

「家族に土産を買ってやることもできんよ」

「商船はまだましな方かもしれんぞ」

ロバーツが煙草に火をつけながらつぶやいた。

「軍艦は、士官が乗ってるからな。俺に言わせれば、奴等こそ世界最大の汚物だよ。人類史始まって以来の汚点だ。奴らを目にするたびに、むなくそ悪くなる」

「まったくだ。奴らは、商船の船長たちと違って自分じゃ手を汚さんからな。憐れな下士官にやらせといて、何かのきっかけで水夫たちが爆発したときにゃ、その下士官を生け贄にしちまうんだ。もっとも、それに騙される奴もいないがね」

「そんな目にあうのに、どうして船なんかに乗るのです？」

杯をかたむけながらクローゼがそう問いかけたとき、彼女の背後から、その臀部の柔らかい感触を楽しもうと何者かの手がこっそりと忍び寄って来た。あと十センチというところで、クローゼの手がすかさずその不心得者の顎にピストルをつきつける。

ロバーツ船長がゆっくりと立ち上がった。

「……乗るんじゃない。乗せられるんだ」

ラカム船長が、ロバーツ船長に気絶するまでぶんなぐられる水夫をながめながらつぶやいた。

「貧困、離婚、借金に就職難。いろいろの厄災によってね」

「イギリスにはもっとひどい連中がいる」

水夫が気絶しているのを確かめながら、ロバーツが言った。

「水兵強制募集隊といってね、港町を徘徊して、水夫と見たら所かまわずひっくくる奴らがいるんだ。気絶するまで袋叩きにして……」

「……目が覚めてみたら海の上、てわけさ」

ラウザがそう言いながら、比較的酔っ払っていない水夫を二人ほど呼び付けた。二人の水夫は、憐れ鼻血だらけになった不心得者の水夫を海賊船に監禁すべく、その体を海に向かって引き摺っていった。

「……チェックは充分したつもりだったんだがな……」

「……でも、海賊船も似たようなものなんじゃありません?」

クローゼが、杯をあおりながら言った。彼女、海賊たちほどとは言わないまでも、もう随分と飲んでいる。

「今しがたのロバーツ船長を見てると、そう思わずにはいられませんわ」

「あなた方を守るためだ。我々は約束は守

る」

　ロバーツはクローゼの失礼な質問に、そっけなくそう答えながら、ふたたび煙草をくわえた。

「それに、奴はもう正体不明になるほど飲んでたんだ。目が覚めたって、誰に鼻を折られたか、なんてわかりゃしないさ」

「そうさ。だいたい、俺たち海賊ってのは商船の待遇がいやで海賊になったんだぜ。そんな連中が乗ってる海賊船が、商船や軍艦なんかと同じなわけないだろう」

　ラウザ船長が、焚き火をつつきながらさとした。

「海賊になった者の多くが、同じ辛苦をなめてきた者たちだ。仲間思いだし、親切な奴もいるし、だいいち嘘をつかない。商船の船長たちに比べれば、ずっと人格者だよ」

「その通り。ここにいるロバーツなんかはその最たる例だよ。勇敢だし、人格者だし、おまけに俺たちと違って信心深い。何しろ、この男は酒を飲まねえんだ！」

「本当ですの？」

　アンノワールが興味津々で、煙草をくゆらせているロバーツの杯を覗き込んだ。

「お褒めいたみいるがね」

　ロバーツが、杯の中身――椰子の実からとったジュースをすすりながら、謙遜するように言った。

「俺なんかは、ディビス船長に比べれば、なんでもない男だよ」

「ディビス船長か……」

　その名がでたとたん、ラカムもラウザも懐かしげに空をあおぎ見た。すでに、あれほど青かった空が藍色に染まりはじめている。

「誰ですの、そのディビス船長、て？」

　アンノワールが首をかたむけながら身を乗

り出した。

「ハウエル・ディビス。俺たち海賊の大先輩さ」

ラカムが焚き火をみつめながら答えた。

「勇敢で、思いやりがあって、おまけに金惜しみをしない、いい人だった」

「そう。何しろ、ピストル一丁で、ガンビアの砦を征服しちまったんだ。策略をつかって砦の指令室に乗り込み、あんぐりとする司令官に向かって、さっさと降参しやがれ！　てね。まったく肝が太いよ。その司令官は言われた通りに降伏し、船長はまんまと山積みになった金の延べ棒をせしめたってわけさ」

「すごいわ！　モーガン卿みたい！」

クローゼがそう簡単の声をもらしたとたん、どうしたことか突然海賊たちがいろめきたった。

「モーガン！　あんな奴といっしょにしないでくれ！」

ロバーツ船長が満面に朱を注いでいきまいた。

突然の怒声に、クローゼが面食らう。

「ど、どうしたのです？　何か失礼なことでも言いましたか？」

「モーガン！　ヘンリー・モーガン！……うむ……」

首をかしげるアンノワールとクローゼに、ロバーツは自らをなだめるように息をととのえる。

「いや……大声を出したりしてすまなかった。あんたらが何も知らないのは、あんたらのせいではないのにな」

「いったいどうしたのです？」

アンノワールが心配げに問いかける。

「何か、私どもが失礼なことでも……」

「いや、いいんだ。気にすることはない」

ラウザがわざとらしい微笑みをうかべた。だが、彼の指先は、隠そうとしている憤激に細かくふるえている。

「……思いもかけず、モーガンなんて名を聞いたんでね」

そういうと、彼は高ぶる己れをおさえ込むように杯を飲み干した。

ヘンリー・モーガン。ウェルズで生まれたといわれる彼は、二十歳のころに初めてカリブ海に姿をあらわした。その後、各地を遍歴し、彼自身も気が付かないうちに、海賊の中の海賊として、知らない者はいないほどになっていたが、ここにいる三人の海賊たちが問題にしているのは、その後のことである。

「奴は裏切り者なんだ」

ラカム船長が不機嫌そうに杯を傾けた。

「奴は、俺たちと同じ海賊の分際で、こともあろうに貴族なんかになりやがったんだ！」

「知ってますわ。彼が騎士に叙せられたときは、私の国でもその話題でもちきりでしたもの」

アンノワールが杯をすすった。

「でも、彼の海賊行為は、英国王のためと聞きましたけど」

「王のため？　とんでもない、奴はただ金が欲しくて海賊になったような野郎だぜ」

ラウザが不作法に唾を吐く。

「俺たちのように、自由を求めて海賊になったのとは訳がちがうんだ。俺たちは、こうして酒と食い物さえあれば、それで満足な真っ当な海賊だが、奴は違う。貪欲に金品を略奪し、降伏した者には助命もゆるさなかった極悪人さ」

「ちまたで言われているパナマ攻略の話にしても、大半が奴のでっち上げだ。イギリス軍として攻撃した、なんて言ってるが、そうじゃない。奴は、スペイン人が、何トンもの金塊を南米からパナマに持ち込んだとどこかで聞きつけ、それを手に入れようといきりたっただけさ！」

「おまけに、パナマに入ってみて、その話が根も歯もないデマだったと知るやいなや、奴はこともあろうにパナマの街に火をつけちまったんだ。俺はパナマに行ったことがあるが、あの美しい街が、もう焼き払われて無くなっちまったなんて、正直信じたくないよ」

「まだあるぞ」

激しくいきまいているラカムとラウザに、落ち着きを取り戻したロバーツが口をはさんだ。

「貴族となった奴は、そのままウェルズ辺りで土でもいじってりゃいいものを、どういうつもりか、また、この美しいカリブの海に舞い戻ってきやがった。そのうえ、かつての同業者である俺たち海賊を、眼の敵にするように追い回しはじめたんだ。奴に殺されたかわいそうな仲間の数は、ここにいる全員より何倍も多いんだ！　神はなぜ、あのような男に生存を許しておられるのだ」

ロバーツの言葉に、ラカムもラウザも、まったくだ、と首をうなずきあった。

「そうなのですか。そんな話があるなんて、ちっとも知らなかったわ」

アンノワールが感心したように言った。

「イギリスから大使が送って来た新聞には、カリブの英雄、なんて書かれていましたけど、全然ちがったのですね。皆様方のお話って、勉強になりますわ」

アンノワールの言葉に、三人の海賊船長たちは話を詰まらせた。三人とも、誓って言うが、王族に褒めてもらったことなど一度もない。

彼らの顔に、一様に照れがうかんだ。

「ま、とにかく、モーガンてのはそんな野郎だ」

ラカムが機嫌をなおしたように杯をすする。

「それより……どこまで話したっけか？ ディビス船長の……」

「砦を降伏させたとこ」

クローゼが杯を含みながら声をあげた。彼女の目は、酒のせいなのだろう、なんだかトロンと潤んでいて、そばで見ているアンノワールが心配になってしまうほどだ。

「そうだった。で、ディビス船長は、手に入れた金塊を公平に分配すると、そのあとも愉快で楽しい航海を続けたんだ。船を見付けりゃ積み荷を頂戴し、仲間に会えば船底掃除にかこつけて、今みたいにランチキ騒ぎ。まったく、あの頃が一番楽しかったな」

「うむ。俺もあの頃船長の船に乗ったんだ。実に楽しい日々だった……プリンシペ島に行くまではな」

ロバーツがそう相槌をうったとたん、船長たちの間に沈鬱な空気がただよった。皆、うつむいて黙りこくってしまう。

「どうしたのです、そのプリンシペ島で？」

問いかけるアンノワールに、ロバーツが重々しく口を開いた。

「プリンシペ島でね……また策略をもちいたんだ」

そうつぶやくロバーツの目はどこか悲しげだった。

「……最初のうちはうまくいってたんだが……船長、運がなかったんだな」

「そうじゃない、島の総督がずる賢かったのさ」

ラウザが小枝を焚き火に放り投げた。

「かわいそうな船長……騙すつもりが騙されて……上陸したところを、集中砲火をあびせられたんだ」

「まあ……」

アンノワールが声をもらす。

「それは悲運ですわね」

「でも、さすがは、ハウエル・ディビスだよ」

ラカムが、自分のことのように誇らしげに胸をはった。

「彼は、死ぬまぎわまで、ピストルを手から離さなかったんだ。それどころか、もう全身の血が体の外に流れ出ていたというのに、ただでは死ねぬとばかりに、そいつを敵に向かってぶっぱなしたんだ」

「俺はそのとき実際に見ていたんだが……」

ロバーツが、もう何服目かの煙草に火をつける。

「あれはまるで軍鶏のようだったよ。猛々しくて、死ぬことをちっとも恐れてなくて……」

ゆっくりと煙りが吐き出される。三人の海賊は、ふたたび懐かしげに空をあおいだ。

「……でも、わかりませんわ」

しばらくして、アンノワールが船長たちに首をかしげた。

「確かに、商船での生活は過酷でしょうし、それにくらべて海賊業というのは自由奔放でしょうけど……どうして、死ぬとわかっていて海賊になどなったのです？　捕まれば縛り首だし、ディビス船長のように騙し討ちに会うこともあるのでしょう？」

ワインを一口すする。

「……好んで犯罪者になるなんて、理解できませんわ」

アンノワールの言葉に、船長たちはしばら

く顔を見合わせたが、やがて笑い声をあげた。

「まだ分かっていないようだね。まあ、お姫様ならしょうがないだろうが……」

ラウザが、キョトンとしているアンノワールに言う。

「確かに、海賊稼業は死と隣り合わせだ。あなたの言う通り、捕まれば縛り首だし、襲った船から逆に返り討ちに会うこともある。我々を専門に狩るための船団が派遣されることもあるし、そうでなくても列国の海軍はすべて敵だ。我々を見つければ、所かまわず攻撃してくる。その他にも、嵐もあれば船に疫病が蔓延することもあるし、海の真ん中で凪にでもなれば、皆で仲よく飢え死にするのを待つしかない」

「でもね」

ラウザの話を、ロバーツ船長がひきついだ。

「……赤ムケになるまで鞭打たれながら、死ぬまでこき使われ続けるのと、たとえ罵られながら縛り首なるとしても、それまでは好き勝手にしほうだいとじゃあ……断然、こちらを選ぶ者の方が多いと思うんだがね」

そう言うと、三人はひとしきり笑い声をあげた。

「……そういうものかしら？」

なおも納得のいかないアンノワールは、首をかしげながら杯に口をつけた。

その時。

「あら……」

彼女たちから少しばかり離れた所で、海賊水夫たちによって昼間の仕返しに〝丸太〟がワインの一気飲みをさせられていたのだが、そのさらに向こう側を、あの、黒髭の海賊船長が一人歩いているのがアンノワールの目にとまった。

彼は、盛り上がっている酒宴にはまったく加わろうとせず、そのまま波打ち際の方へと去って行った。

「ん？　何だか場の盛り上がりが足らんぞ！　おうい、誰が一丁踊りでも踊れ！」

ラカム船長の呼びかけに、水夫たちのなかから足取りも怪しい数人が名乗りをあげた。例のへたくそな音楽が、テンポもよく流れ始める。

「駄目よ、駄目！　そんなの踊りじゃないわ！」

水夫たちの踊りを見て、すっかり上機嫌になっていたクローゼが飛び出した。

「私が見本を見せてあげる！」

と、あきれたことに、いやがるロバーツ船長を引っ張り出して、足取りも軽くリズムを取り出した。たちまち、周囲から楽しげな喝采があがる。

「いいぞ、船長！」

おぼつかない足取りのロバーツ船長を、水夫たちがはやしたてる。かわりに、見事なまでに飛び回るクローゼ嬢には、やんやの喝采が送られた。

その喧騒の中で、アンノワールが静かに席を立ったことに気づいた者は、一人もいなかった。


酒宴を五十メートルほど離れたところで、アンノワールは〝黒髭〟の姿を見失ってしまった。浜の上に足跡を探そうとしたが、空はすでに暗くなっており、どれが砂の隆起でどれが足跡なのかよくわからない。それでも、目を凝らしながら、それらしい跡をたどった。

彼女は、ティーチ船長のことが気がかりであった。もちろん、契約はすでになされており、海賊たちともお互いを尊重しあえる関係をつくることができたが、それでも、あのティーチの不機嫌そうな様子は、アンノワールを憂えさせるのに充分であった。

「奴は共和主義者なんだ」と、船長たちは言っていた。共和主義という言葉はクローゼからも聞いていたし、オランダやイギリスの共和運動についても家庭教師から教わっていた。だが、その言葉の意味する所は彼女にはわからず、まして共和主義と専制主義の長年にわたる反目など理解できようはずもなかった。

自分が何かしたのなら、船長があんな態度をとるのもわかるけれど、何もしていないのだ。

彼女には、共和主義者というものが、王権に歯向かう反逆者程度にしか理解できていないのである。まだ、思想というもの自体が、未発達な時代の話であるから無理はない。

「あ」

十メートルほど離れた波打ち際に、人影が立っているのを彼女は見つけた。その影は彼女には気付かず、腕を組み、ぼんやりと波の音を聞きながらオレンジ色に染まる水平線をながめている。

「……どうしてそんなに不機嫌なのです？」

人影に近付きながら、アンノワールは伺いをたてるように、つとめて親しげに声をかけた。

「もし、あなたの不満の原因が私にあるのなら、それをお教えねがえませんか？　そんなに邪険にされては、私どうしたらよいか困ってしまいます」

「……別に私は機嫌など悪くもないし、ましてあなたのことを邪険にした覚えはありませんよ、マドモアゼル」

アンノワールの接近に気が付いた人影が、居丈高に返事をした。聞き覚えのある高慢な物言いである。

「……いや、もう、殿下、とお呼びせねばなりませんな」

「クレメンス卿！」

アンノワールの言葉にいぶかしげに答える貴族の顔を見て、彼女はびっくりした。

「どうしてこのような所に……」

「あのランチキ騒ぎも悪くはないが……」

クレメンスが宴会の方を示す。

「少々、やぼったすぎますな。私の趣味ではない……それに、たまにはこうして風にうたれているのも気持ちのよいものです」

「随分風流ですこと」

水平線に目を細めるクレメンス卿に、アンノワールはからかうように言った。

「それより、お聞きしたいのですが……今しがた、どなたかここを通りませんでしたか？」

「……いや、気が付かなかったが」

首をふるクレメンスに、アンノワールは少々落胆した。

「そうですか……では、クレメンス卿」

たたずむ貴族にアンノワールは会釈をすると、ティーチ船長を探すべくさらに先へと進もうとした。

が。

「お待ちなさい、殿下」

通りすぎようとしたアンノワールを、クレメンス卿が腕組みしたまま呼び止めた。

「何か？」

「クローゼ嬢はご一緒ではないのですか？」

「いいえ」

唐突なクレメンスの問いに、アンノワールはいぶかしげに首をふる。

「……どうしてですの?」

「いや、彼女はいつもあなたのそばにいましたから……あなたの一人歩きなど、めずらしいこともあるものだと」

「……私だって一人歩きぐらいしますわ」

アンノワールがムッとしたように言い返した。

「もう子供ではないのです」

「これは失礼しました、殿下」

クレメンスがおどけるように会釈しながら謝罪する。

「ならば、お言葉の一つもかけて参られたのですか?」

「いいえ。今も申しました通り、私は子供ではありません」

そう答えるアンノワールの口調は高慢である。

「彼女もすっかり酔っていましたし、私も何から何まで彼女の手をわずらわせるつもりはありません」

「……何を呑気なことを言っているのです。殿下」

クレメンスの言葉づかいが、急にきついものになった。

「ここは海賊島なんですよ。もし、一人で歩いていて、あなたの身に何か起これば、どうするつもりですか」

「何が起こるというのです。私と彼らは、すでに安全を保証する契約を締結ずみですわ」

クレメンスの諭すような物の言い方に、アンノワールは怒ったように言い返した。

「それに、剣だってピストルだって、身から離してはおりません。万が一、何かあったとしても、自分で自分の身ぐらいは守れます」

「それは傲慢というものですぞ、殿下」

剣とピストルを身振りでしめすアンノワールに、クレメンスが戒めるように言う。その口調は、いつものような軽薄なものではない。

「私掠船に襲われた時にも申しましたが、しょせん女であるあなたが、どんなに小技を繰り出そうと、本気になった男にかなうべくもないのです。あなたの剣さばきなど、たちまち封じられて終りとなってしまう。それが分かりませんか？」

「何を……」

「それに、クローゼ嬢は主であるあなたのことを、大変心配しておられます。あのような忠誠心厚い方を家臣にできるとは、願ってもできることではないのですよ。その彼女をないがしろにして勝手にふるまうなど、たとえ王族であっても許されてよいことではない」

「……ひとこと声をかけないくらいで、クローゼは怒ったりはしません。彼女は分かってくれています」

「そう。彼女はあなたに対して決して怒ったりしないでしょうし、あなたのことを理解してくれているでしょう。わかっていないのは、多分あなただけだ」

「な！」

クレメンスの放言に、アンノワールは憤激した。

「無礼な物言いは許しませんよ！」

「許してもらわなくて結構です、殿下」

姫君の頭に血が上るのにもかまわず、クレメンスは続ける。

「あなたは王族だ。国をたばね、民を繁栄させねばならぬ、栄光ある血統の一人だ。それなのに、あなたはそのことを自覚しようとせず、軽挙盲動もはなはだしい。どうして、そのように無謀で危険なことばかりなさるのです？　あなたの御身が、あなたの国民やクローゼ嬢にとってどれほど大切なものかお分かりなのですか？」

「〝君主論〟ですか？　マキャベリなら私も目を通しました。それくらいのこと、ちゃんと分かっております！」

「いや、やはり分かってはいませんな。もし、本当に分かっているというのなら、一人でこのような所にいるはずもない。たとえ仲よくなったとは言え、彼らは海賊です。道徳などとはまるで縁がない、海のならず者なのですよ。その海賊のいる小さな島内を、たった一人で歩こうなどとは思わないはずだ。考えたことがおありですか？　あなたにもし万が一のことがあった時のクローゼ嬢の心を。あなたを失ってしまったベルターナ国民たちの心を」

「……分かっております」

が、そう答えるアンノワールの言葉は、心なしか細くなっている。

しかし、クレメンスは容赦もなく続けた。

「……あなたが身につけておられるその衣服、あなたが身を守るために下げている腰の剣やピストル、すべてあなたに対する国民の期待なのですよ。しかもそれらは、期待することを強制されたが上でのことなのです。誰も税金など払いたくはない。多くの者が、その日食べるだけでも精一杯なのですぞ。そんな彼らが、あなたに対して何を期待しているのか、考えたことがおありですか？」

クレメンスの辛辣な言葉に、アンノワールはただの一言も答えられなかった。目の前にいる貴族の言葉一つ一つが、彼女の薄羽のような良心を鋭く貫いて行く。

「……あなたが今日、海賊たちに気前良く支払った身の代金は、そんな彼らの血税なのです。そのことをわきまえねば、あなたは真に王族にふさわしいとは言えませんな！」

「！」

クレメンスの最後の言葉に、アンノワールが奮起するように目を見開いた。反射的に、手が腰の剣へと伸びる。

「……」

が、彼女の目は、悠然とのぞむクレメンスを見返すことができなかった。まるで、自責の念に耐えるかのように、彼の足もとにそむけられている。

やがて。

アンノワールは、責め付けられることに耐えられなくなったか、いたたまれなくなったようにその場を駆け出した。クレメンス卿が呼び止めるのにもかまわず、岬のほうへと駆けていく。

「……薬が過ぎたかな？」

クレメンスは肩をすくめると、ふたたび海の方へと目を向け、打ち寄せる波の音に聞き入りはじめた。

アンノワールは、いつしか海賊船が一望にできる岬のてっぺんに来ていた。小高い丘を駆け上ってきたので、息を切らし、肩を上下させている。やがて、力つきたように、すぐそばの大岩の上にゆっくりと腰を下ろすと、そのまま手を膝の上におき、うつむいた。

私にだって分かっていることです。

アンノワールにとって、さきほどのクレメンスの言葉は痛烈であった。まるで、醜女が鏡を見せ付けられたに等しいだろう。

私だって……私がこのようにふるまってよいかどうかくらい分かっています。

そう。彼女にはよく分かっていた。たとえ、それを言葉にできなくとも、ずっと以前から分かっていたことだったのだ。賞金稼ぎに身をやつし、夜な夜な街を徘徊していたときも、そのつど王宮に引き戻され、父王から大目玉をくらっていたときも、態度は反対であったが、心のどこか、もう一人いる自分には充分すぎるほど分かっていたことなのだ。

ただ、いままではそのことに蓋をかぶせてきた。彼女を責め立てるそれらのことがら……クローゼや、両親や、大勢の家臣たち、そしてもっと大勢の国民たちから、ずっと目をそらし続けて来たのだ。そしてこれからも、そのままでよいと思っていたのだ。

が、今日、そのことを面と向かって一つ一つ糾弾されてしまったとき、彼女は良心の呵責に押し潰されそうになってしまった。彼女の心は、自分の責任にたいして永遠に無関心でいられるほど、丈夫にはできていなかったのだ。クレメンス卿は、決して彼女をいじめるつもりであんなことを言ったわけではないだろう。そのことは彼女にもよく理解できた。が、彼の言葉の一つ一つが、アンノワールのガラスのような良心を、抜き身のナイフのように痛々しくつつきまわしたのだ。

これは、じっとしていられるほど容易なことではなかった。

でも……。

アンノワールは拳を握り締めると、悲しげに自分の額に押し付けた。

あの方に会うまでは……あの方に、一目だけでも会うまでは……。

引き下がるわけにはいかない。黒衣をまとったあの方に会うまでは。

そう、アンノワールが大儀滅親の決意を新たにしたとき。

「ギャー！」

　突然、彼女が腰をおろしている大岩の陰から、すさまじい叫び声があがった。びっくりして振り返ったアンノワールの足元に、追い立てられるかのように、岩陰から水夫が一人ころがり出てくる。思わず飛び下がりながら、彼女の手が腰の剣へとのびた。

　よくみれば、水夫の顔には苦悶の表情がうかび、その抱え込む左膝は、おびただしい血で染まっていた。

「この大馬鹿野郎が！」

　罵声とともに、岩陰から別の人影が、姿をあらわした。手に、先の方を赤く染めた剣を持っている。

「今度こんなことをしてみろ！　足を抱えるだけじゃすまねえぞ、ハンズ！」

「ティ、ティーチ船長！」

　ハンズと呼ばれた水夫を罵倒する〝黒髭〟の姿に、アンノワールは呆然と声をあげた。

「どうしてここに……」

「やあお嬢さん。見苦しいものをお見せした」

　ティーチはかぶっていた帽子をつまんで軽く会釈すると、まだ苦痛に顔を歪ませているハンズの体を蹴り飛ばした。

「ど、どうしたというのです？」

　ティーチのあまりに惨いあり様に、アンノワールは懐疑の声をあげた。

「この人が何かしたのですか？」

「何かしたんじゃない。しようとしたんだ！」

　ふたたび蹴りを入れるティーチ。

「……こいつは、こんな所に一人でいる無防備無頓着な娘さんに、不埒なことをしようとしたのさ」

　ティーチの言葉に、アンノワールの脳裏に

クレメンス卿の言葉が思い起こされた。海賊は所詮ならず者なのですよ……。

「やい！　これ以上俺の中の爆弾が破裂しねえうちに、とっとと船にもどっておとなしくしてやがれ！」

ティーチの羅刹のような形相に、水夫が足を抱えながらはいつくばって逃れていく。

なめくじの這ったあとのように地面に印されていく血の筋を、アンノワールは呆然としたまま見送った。

「まったく……何でこんな所にいるんだね？」

血を拭った剣を鞘に戻すと、ティーチは叱り付けるようにアンノワールを諫めた。

「確かに、我々とあんたとの間には契約がなされたが、万が一ということもある！　今後、こういうことはなしにしてもらいたい！」

「……申し訳ありません、ティーチ船長」

アンノワールはうつむくように詫びをいれた。

「少し……風をあびたかったものですから……」

「風に？　ふん、王族というものは誠に呑気なものだな」

ティーチはあきれたように肩をすくめる。

「おかげで、よりにもよってこの俺があんたを助けることになろうとはな」

「……どうして助けてくれたのです？」

ティーチの言葉に、アンノワールが問いかけた。

「船長は、私をお嫌いなのだと思っておりましたが……」

「あんたが嫌いなわけじゃない。私が気に入らんのは王公諸侯だ」

ティーチが面白みもなくぶっきらぼうに答

える。

アンノワールがふたたび問う。

「なぜ……王侯が？」

「ん？」

「なぜ、王侯が嫌いなのです？　船長が共和主義者だからですか？」

アンノワールの言葉に、ティーチの頬がピクンと動いた。

「なんでそんなことを……」

「ラカム船長がおっしゃっておりましたわ。ティーチ船長が不機嫌なのは、船長が共和主義者だからだって」

「……あいつらよけいなことを」

舌を打つティーチに、アンノワールはかまわず続けた。

「でも、私には分かりません。共和主義、と言っても、私はベルターナ人です。わが王家は共和主義者に忌み嫌われる覚えはありません」

「それとこれとは関係ない。すべての王侯が私にとっては敵なのだ」

「どうしてです？　私の国はここ数百年、反乱など起こりようもないくらいによくまとまっています。それなのに、なぜ、他国の人であるあなたが私のことをそんなに……」

「あんた、共和主義者をなんだと思っているんだ？」

あきれたような顔をうかべ、ティーチがアンノワールの言葉をさえぎった。

「まさか、ただの農民反徒くらいにしか思っとらんのか？」

「……違うのですか？」

窺い見るアンノワールに、ティーチは溜め息をついた。

彼はしばらく考え込んでいたが、やがて、

「……あんたは、なんで王族なのかね？」

と、アンノワールに質問した。

唐突な質問に、アンノワールは一瞬めんくらったようにキョトンとしたが、すぐに、

「ベルターナ王家の者だからですわ」

「つまり、王家の生れだからか？」

「ええ」

「それだ」

ティーチがわが意を得たというように、王女に問い詰めた。

「王家に生まれた者が、国を統べる王たらんと、いったい誰が決めたのかね？」

「誰がって……」

「国を動かし、国民を動かす者を、血統なんかで決め付けるなんて、少々おこがましいとは思わんかね？」

「だって……」

アンノワールは必死に言葉を探した。

「……選ばれた者だからですわ」

と、果敢に反論する。

「王家の者は、選ばれた者だからですわ」

「選ばれたって、いったい誰に？」

「神です」

「はん！」

アンノワールの言葉に、ティーチはあきれたように手をふった。

「王権神授説か！　あんたらがそう言っているだけさ。神によって選ばれたとかいう、王家の人間だけがな。しかし、神に選ばれたにしちゃ、俺にはあんたはごく普通の娘さんにしか見えんがね」

ティーチの言葉に、アンノワールはしばし言葉を呑んでしまったが、

「……でも、国を統べる者は必要でしょう？　国民をまとめ、社会を構成するということは、誰かがやらねばならぬことです」

「そうだ。そして国家の行く末というもの

は、たかが個人が決めてよいものではないよ」

目の前にいる王族に、ティーチは諭すように言った。

「……たった一人の者に、その他の人々の将来を賭けるなど、危険きわまりないことだ」

「でも、それが調和でしょう？　王によって国がまとまり、はじめて国は平和を得ることができるのです。そのため、王家の者は、選ばれた者として他の人々とは違う教育をうけているのです」

「……しかし、その資格のない者が王位につく事が多々ある。むしろ、そのほうが多いよ。ろくでなしに率いられるはめになった民衆ほど哀れな者もない」

ティーチの言葉に、アンノワールは図星をさされたように愕然とした。クレメンスの言葉がふたたび思いおこされる。あなたは王族であるにふさわしくない……。

「でも」

アンノワールは声をあげた。

「でも、統率者としての教育をうけていない者を、国家の頂点に立たせることはできないでしょう？　人は皆、愚かで間違いをおこしやすいのです。そういう人たちのかわりに王は……」

「支配者たちがよく使う詭弁だよ。民衆は、あなたが思うほど憐れでもないし、愚かでもないよ。最初のうちは間違いも起きるだろうが、そのうち、何事も話し合いで決めることができるようになる、と私は信じてる」

ティーチはそういうと、優しく付け加えた。

「……これが、共和主義だ」

「でも、」

アンノワールは躍起になって反論した。

「でも、あなただって支配者じゃないですか！　海賊船の船長なんでしょう？」

「そうだ。だが、俺は指揮官ではあるが、専横家のつもりはないよ」

「あなたがそう思っているだけだわ！」

「いや、たぶんそんなことはないよ。俺が船長でいられるのは、船に乗ってる皆の意思なんだ」

テイーチはそう言うと、海賊たちの酔っぱらった歌声の聞こえる篝火の方をしめした。

「ああやって大酒を食らっている連中を見れば、とても信じられんと思うが、俺たちは、何をやるにしても、何を決めるにしても、まず全員で話し合うんだ。それが海賊共通の掟だ。もちろん、船長を決めるのもね」

「そんなこと……」

「信じられんだろう。だが、これは本当のことだ。船の行き先、獲物の算段、喧嘩の仲裁……全部話し合いで決める。船長である俺が勝手に決める事なんて、何もないんだ」

ティーチの言葉に、アンノワールは言い返す言葉を必死で探したが、やがて、諦めたようにかなしげな色をうかべた。黙りこくったままふたたび大岩の上に腰をおろすと、そのままうつむいてしまう。

「ふむ」

アンノワールのそんな様子に、ティーチはこまったように鼻先を指で掻いた。見るも可憐なアンノワールが、悲しげに押し黙ってしまうと、彼にしてみても少々気がひけてしまった。

「……」

やがて、彼はいたたまれなくなったのか、踵を返すように海の方へ目を向けた。すでに日は没しており、空は満天の星々でうまっていた。ガラス片のような星の輝きの中を、流れ星が一筋尾を引いて行く。

共和主義……か。

ティーチの中に、忘れようと心掛けていた遠い記憶が呼び覚まされてくる。たまらなく懐かしいそれらへの思いが、〝黒髭〟の口を自然に開かせた。

「俺はね……クロムウェルの鉄騎兵にいたんだ」

海を遠く望んでいる海賊の呟きに、アンノワールが顔をあげた。

「……知ってるだろう？　英国王を殺した議会軍。俺は、その兵士だったんだ」

そう言いながら、ティーチの目が追懐に細くなる。

「……俺たちは、あの時、自分たちの信仰と、自由と、万民の平等のため、神の名において闘った。まったく、長くて苦しい日々だったよ。ニューベリーやネーズビーでは、親友たちが大勢死んだ。大勢の親が子を失い、大勢の子が親を失ったんだ。でも、俺たちは歯をくいしばって闘いつづけた。それこそ泥を噛む思いで闘いつづけたあげく、俺たちはようやく勝利を手にすることができたんだ。俺たちの志に、英国王はついに屈服したんだ！」

そう話し続けるティーチの瞳は、星明かりのなかで爛々と輝いていた。蘇る青春の記憶が海賊の心を席捲する。

「……だが、その勝利もほどなく無駄になっちまった。俺たちがあれほど苦労し、辛い思いをして闘いつづけたというのに、王を倒したあとに出来上がったのは、共和国の名をかたった専制国家にほかならなかったんだ。死んだ仲間たちは、皆、神と自分の信念のために闘ったんだ。けっして、俺たちのことを焚き付けてまわったあの男のためなんかじゃない。なのに、あの男は革命が成功したとたん、議会内の自分以外の勢力を根絶し、護国卿という名の王になりやがったんだ！」

気の高ぶりを見せていたティーチは、ここでいったん言葉を止めた。落ち着きを取り戻すように、二、三度、鼻息をもらす。

「……俺はね、クロムウェルという男に愛想がつきたんだよ。だから、鉄騎を飛び出し、それでもあきたらず国まで飛び出した。その時はまだ夢見てたんだな。自分たちの理想が達成できなかったのは、クロムウェル一人のせいだとね。だから、時と場所さえ変えれば、まだ可能性はある、と思っていたんだ。俺はアメリカ行きの船に乗った。アメリカには王はいないし、だいいち国自体がまだないからね。あそこなら実現できると思ったんだ」

「……それが、なんで海賊に？」

アンノワールが問いかけた。すでに悲壮感は消え去り、その目はやさしげに往年の鉄騎兵をみつめ、じっと話しに耳を傾けている。

「どうして、海賊になったんですの？　あなたも、他の人たち同様、商船での勤務がいやで……」

「いや。今も話した通り、俺は陸兵だったんだ。たしかに、アメリカに渡るのに船に乗ったが、それは乗客としてだ。おれは水夫じゃあないよ」

ティーチはそう答えると、何を思い出したかクスリと含み笑いをもらした。

「……俺の乗っていた船がね、襲撃をうけたんだ。当時その辺りを荒らし回っていた海賊にね。その海賊船の船長てのが、ハウエル・ディビスといったんだが、こいつがとんでもない男だったんだ」

「そのお方のことなら聞きましたわ」

アンノワールの顔に楽しげな雰囲気がうかんだ。

「ピストルだけで砦を陥落させた人でしょう?」

「よく知ってるな。ロバーツたちに聞いたのか?」

「ええ」

「フン、まあいい。で、そのディビス船長が、客船に乗り込んで来て俺のことを一目見るなり、君いい体してるねえ、海賊船に乗ってみないか? と俺の肩を叩いたんだ」

ティーチの口から楽しげな笑みがもれる。

「フフフ、わかるかい? 勧誘されたのさ。 こともあろうに海賊にね。確かに俺は鉄騎あがりで、船の乗客の中じゃ一番体格はよかったがな」

「それで海賊に?」

「もちろんことわった。何せ、俺には共和国の建設という使命があったからね。だが、ディビス船長、肩を叩いた時と同じ屈託のない笑顔をうかべたまま、君、もう決まったことなんだよ、て後ろ手に隠したピストルを俺の胸板に突き付けやがったんだ」

「まあひどい!」

その時の様子を想像してアンノワールがあきれたように笑った。それを見て、ティーチの顔にも笑みが浮かぶ。

「確かにひどい話だ……だが、今は船長に感謝している」

ふたたび、ティーチの顔に懐かしげなものが浮かんだ。

「海賊船に乗ってみて、はじめて出会ったんだ。俺がそれまで望み続けて手に入れられなかった、俺の理想そのものにね。海賊船には、王もいなけりゃ農奴もいない。それどころか、皆敬けんなクリスチャンで、お互い誰のことをも尊重する。まさに、俺が作ろうとしていた社会がそこにあったんだ。あんた知ってるかい？　海賊船には壁がないんだ。誰もが、分け隔たりなく、てわけさ！」

そうアンノワールに話かけているのは、理想だけに凝り固まった、かつての共和主義者ではなかった。まるで自慢話でもするように言葉をつづけているのは、新天地カリブ海で夢を見つづけることのできた、幸運な海賊そのものだった。

「まったく……実際、目の当たりにしてみると何のことはなかった。あんなに苦労して、ついに手に入らなかったというのに、この海にはこんなにも簡単に理想が現実化していたんだ。いったいなんだったんだ？　あの馬鹿馬鹿しいドンチャン騒ぎは？　死んでいった仲間たちにもこのカリブを知ってほしかったよ。世界にはこういう所があるんだぞってな。国王も、議会も、クロムウェルも関係ない、まさに自由そのものの場所があるんだぞってな」

懐かしげにそう言うと、ティーチはアンノワールの顔をみつめた。匂うばかりの王女の顔をみつめる海賊の瞳が、しだいに思い詰めるように真剣味をおびてくる。

やがて。

「……そうだ。ここでは何も関係ないんだ」

ティーチは、そう悟ったようにつぶやくと、自分を見詰め返すアンノワールに微笑んだ。

「あんたは王族で、俺は共和主義者。俺は確かに王族ぎらいだが……王族であるのは、別にあなたの責任ではないな」

「……ありがとう、ティーチ船長」

ティーチ船長の好意にアンノワールは一礼した。二人は、互いに理解できるはずのない立場の代表のような存在であったが、そんなことは、現在の二人にとって関係ないことだった。ティーチ船長もアンノワールも、互いに詮索し、対立することを、この瞬間に放棄したのだ。

そのことをようやく理解することのできた互いの顔に、同時に平和な笑みがうかんだ。と、その時。

「姫様！」

突然、二人の間にわって入るように、あわただしいありさまのクローゼが姿をあらわした。よほど急いだのだろう、ぜいぜいと息をしている。

「クローゼ！」

突然の家臣の出現に、アンノワールがびっくりする。

「どうしたのですか、いったい？」

「お姿が見えないので心配いたしました」

アンノワールを探し回ったのだろう。クローゼの額には、アルコールの匂い漂う汗がうかんでいた。

「大丈夫でございますか？　どこかお怪我などは……」

「いえ、どこも……」

と、アンノワールが答えるさなか、クローゼはすぐそばにつっ立っている海賊船長の姿に気が付いた。

「あ！　お前は！」

と、サッと身構え、手を剣にかける。

「貴様、どうしてかような所に……さては姫様に不埒な考えを！」

「え？　俺が？」

鬼神のように睨みつけてくるクローゼの言葉に、ティーチは憤慨したように言い返した。

「ふざけるな！　俺がそんなことをする

か!」

　が、クローゼは聞かない。酒のせいもあるだろう。目が異常なまでに血走っている。

「この狼藉者!」

　と、言うやいなや、剣を抜きざま海賊めがけて切りつけた。あわてて飛び下がるティーチ船長。

「ま、待て! 話を聞け! 俺はこの人と……」

「だまれ! 聞くも汚らわしい!」

　必死になって制止するティーチに、クローゼは聞く耳も持たない。

「天誅ー!」

　と、クローゼの剣がティーチの喉ぶえを裂かんとくりだされたそのとき。

「クローゼ!」

「は、はい!」

　隻眼の女剣士の背後から、一喝するような声があびせられ、烈火のような剣撃が瞬間的に停止した。何ごとがおきたかとクローゼがアンノワールへ振り向く。

「姫様?」

「クローゼ……」

　やがて姫君の口から出てきたものは、クローゼに対する謝罪の言葉であった。

「クローゼ……すみませんでした。あなたに心配をかけてしまって……私がわるうございました」

「……姫様?」

　申し訳なさそうに目に涙を浮かべて頭をさげる主君の様子に、クローゼは唖然としたように目を丸くした。しばらくのあいだ、そのまま凍り付いたように静止してしまう。

　が、やがて。

「な、何を言うのです!」

　と、恐縮しながら主のそばに駆け寄った。

「この私にそのように頭を下げるなど……姫様がやってよいことではありません！」

「でも……」

クローゼのことを申し訳なさそうにみつめるアンノワールの脳裏には、またもクレメンス卿の言葉が思い出されていた。こうして自分のことを必死になって心配してくれるクローゼに、私は今までどんなことをしてきたのだろう……。

「ごめんなさい、私、今まであなたのことなんか全然考えずに……」

「よいのです、それでよいのですよ」

涙ぐむアンノワールを、クローゼがやさしく諭す。

「私のことなど、姫様は気になさらなくともよいのです。姫様は黒い海賊のことだけを考えてくだされば、それで私は満足なのですよ」

そう語りかけるクローゼの目は、やさしく、慈愛に満ちたものだった。

「ありがとう……クローゼ」

「……それにしても」

クローゼは、ふたたび剣を握る手に力を込めた。そして、あっけにとられたままたたずんでいるティーチ船長に向き直る。

「姫様が突然にかような様相をお見せになられるとは、ただ事ではない！　貴様！　姫様に何をした！」

そうティーチを睨み据えるクローゼの目には、ふたたび修羅のごとく炎がもえさかっていた。

「よいのです、クローゼ」

ティーチに詰め寄ろうとするクローゼを、アンノワールの声がふたたび制した。こんどは、いつもの口調にもどっている。

「ティーチ船長は私を助けてくださったので

す。ですから、この方に無礼なまねはなりませんよ」

「は？」

アンノワールの言葉に、クローゼはいぶかしげに問い返した。

「この男……がでございますか？」

「ええ」

「ふむ……」

と、クローゼはしばらくティーチのことを睨み付けていたが、やがて、

「姫様がそうおっしゃるなら……」

と、不承不承に剣を収めた。

「……姫様」

しばらく後、砂浜に向かって戻り始めたアンノワールに、クローゼが注進した。

「姫様、もう夜もふけてまいりました。ここは〝旭丸〟に戻られたほうが……」

と、伺いをたてるようにアンノワールをのぞく。

「……よもや、この島に宿泊なさるおつもりでは……」

「大丈夫です。私は、それほど勇敢ではありません」

心配げに問いかけるクローゼに、アンノワールはうなずいた。

「正確には、今はあの船も海賊船に違いはないけれど……あの船なら、あなたも安心でしょう？」

「はい、姫様。少なくとも、あの船なら不測の事態を防ぐ手立てもございますし、水夫たちにも若干は安心できます」

「わかりました。では、そうすることにいたしましょう」

と、アンノワールがうなずいたとき。

「……何だてめぇら！」

二人のすぐ背後を歩いていたティーチ船長

が、突然だみ声をあげた。

「手前ぇら……身内のもんじゃねえな！」

「！」

異変を察知した二人の令嬢が振り返ったときには、すでにティーチの体は何者かに打ち倒されていた。そのそばに、正体不明の人影がたたずんでいる。

「何奴！」

突然の襲撃者に、クローゼがアンノワールをかばいながら腰の剣を抜き払った。

「何者だ！　名乗れ！」

「……ワイルド・ギース」

影が低い声で答える。

「ワイルド・ギース……それが我らの名だ」

「ワイルド・ギース？」

影の言葉に、クローゼが問い返したとき。

突然、二人のそばの茂みの中から、もう一つ別の影が飛び出してきたかとおもうと、反撃も許さずクローゼを殴り倒してしまった。

「クローゼ！」

突然の事態に、アンノワールが血相をかえて、地に倒れこむクローゼに駆け寄ろうとした。が、背後からその体を強引に引き戻されてしまう。

「無礼者！　はなしなさい！　クローゼ！　クローゼ！」

自分をはがいじめにする影に必死の力で抵抗しながら、アンノワールは叫んだ。が、畦地に伏せたまま、クローゼの体はピクリともしない。

「クローゼ！」

「……お静かに、殿下」

抵抗を続けるアンノワールに、影の一人がささやくように言い放った。

「我々と、ご同行ねがいます」

忠臣の名をしきりに叫ぶアンノワールの口

元に、何か、ハンカチのようなものがかぶされる。

「クロー……」

布に染み込ませてあった薬品の臭気を嗅いだとたん、アンノワールの意識はたちまち混沌とした闇の中におちていった。


「やあ、こんな所におったのかね」

一人、波の音を聞き入っていたクレメンス卿に、クロパトキンが声をかけてきた。

「何をしとるんだ?」

「……別に。星と、海を眺めていただけだ」

クレメンス卿の答えはそっけない。

「それより、あんたは何でここにいるんだ? 船にいたんじゃないのか?」

「ああ、そうだよ。つい今まで船にいた」

と、返事をするクロパトキンの口から酒臭い息が吐き出される。

「あんたも飲むかい?」

船長は、右手に持っていた酒瓶をクレメンスに差し出した。がクレメンスは、結構、と断る。

「どうして?」

「……それは〝旭丸〟の積み荷だろう? 私が飲むわけにはいかんよ」

「フフン。あんた、人に気前がいいわりには、自分じゃこまかいことを気にするんだな」

あきれ顔をうかべ、船長はグビリと瓶をあおった。

「フフ。責任者の俺が、こうして飲んじまってるんだ。あんたが気に病むことでもないのに」

が、それ以上は無理強いしない。

「で、その、船で飲んでいた人間が、どうしてここに？」

クレメンスの問いに、船長はそうだった、と指をたてた。

「あの二人を探しているのさ。いくらなんでも、女二人が海賊島で夜は過ごせんだろう？」

「確かに」

クレメンスが相槌をうつ。

「で、向かえにきたのか」

「そう。海賊どもに接収されちまったとはいえ、あの船は俺の船だ。あの二人が俺の乗客であることに、今もかわりはあるまい」

「ご苦労なことだ……あんた、見かけより真面目なんだね」

「見かけよりとは何だい。俺はいつだって真面目な男さ。常に、船と乗客の安全を第一に考えてる」

「それはどうも」


笑みを浮かべながら抗議の声をあげるクロパトキン船長に、クレメンスは謝罪の会釈をした。

「だがね……」

クロパトキン船長が、急にしんみりと言った。

「……ここにきて考えるようになったよ。海賊に襲われるわ、私掠船に襲われるわ、海賊島に連れてこられるわで、短いあいだに随分いろんなことがいっぺんにあったんだが……」

船長の口から軽い溜め息がもれる。

「正直な話、俺はなんだか楽しいんだ。とんでもない話だが、あの娘たちといっしょに海賊や私掠船と渡り合った時には、まるで胸が躍るようだったよ。今でもそうだ。次は何かと心のどこかで期待している」

「それは確かに問題だな」

そう言い返すクレメンスに、船長はうなずきながら続けた。

「そう……問題だ。まっとうな船乗りなら、避けて通りたいと思うはずの事柄に、俺は心踊らせているんだ。まったく、こまった話さ」

船長はそう言うと、ふたたび瓶をあおった。中身をすっかり空にすると、自分の気持ちを振り払うように、それを海めがけて放り投げた。

「……俺は、ひょっとしたら海賊になりたがってるのかもしれんな」

先に海賊船長たちが述べていたとおり、この時代の船長というのは、まことに野蛮な人種が多かった。人を人とも思わず、平気で部下を打ち殺す海の暴君だったのだ。

だが、このクロパトキンという男は違っていた。確かに、水夫たちをまとめる以上部下を殴ったこともあるし、人を殺したこともある。だが、神かけて、人を人と思わなかったことなど一度もない。ラウザ船長が言っていた通り、彼はこの時代には似つかわしくないほどの人格者だったのだ。彼が海賊稼業に憧れを抱きはじめ、冒険を我知らず求めるようになったのが、何よりの証拠である。もし彼が暴力的で、残忍で、なのに臆病きわまりない他の船長たちと同じなのなら、こんな考えを抱いたりはしないだろう。決して、今のような状況下で、楽しい、などという言葉を使ったりはしないだろう。

彼は、真に勇敢で、豪胆で、積極的で、事にのぞんで決して諦めることのない、本当の海の冒険家であるのかもしれない。

しかし、その可能性に、自分でも気付いていなかった。

「あんたはどうなんだ？」

ふいに、船長はクレメンスに問いかけた。

「同じ船乗りとして、あんたはどう思ってるんだ？」

「何を言っている。私は船乗りなんかじゃあ……」

否定しようとするクレメンスを、船長はあきれるようにさえぎった。

「嘘を言うなよ、嘘を。他の奴らはごまかせても、俺はごまかされんよ。船乗りでなくって、どうして舷側砲なんかを指揮できるんだ？　あれは陸のものとは全然違うんだぜ。経験者でなくって、あんなもの扱えるわけがねえ」

船長の問い詰めに、クレメンスは言葉を失ったように押し黙った。

その様子に、船長が含み笑いを浮かべる。だが、その笑みは意地悪なものではない。

「フフフ。何を隠してるのか知らんが、今の沈黙が何よりの証拠だよ。まあいい、秘密にしときたいんなら、それもよかろう。俺も黙っとこう」

と、懐から煙草入れを出し、パイプに葉っぱを詰めはじめた。火をつけ、大きく吸い込む。

「フウー……一つだけ教えてくれんか？　乗ってたのは商船かね？」

「……戦艦だ」

隠蔽することをあきらめたクレメンスが、しかたなくつぶやく。

「……戦艦〝雪風〟だよ」

「〝雪風〟？」

船長がパイプをくわえたまま首を傾げた。

「聞いたことないな……どこの船だ？」

「リベンダだ」

「リベンダねえ……」

船長はもう一度首を傾げたが、それ以上は

詮索しなかった。

「まあいい。黙っといたほうがいいなら、俺はこの件については忘れるよ。そんなことより……」

と、思い出したようにパイプをクレメンスに軽く突き付けた。

「うちのぼんくらを知らんかね？　お嬢さん方といっしよに、船に戻そうと思っとったんだが……」

「〃丸太〃なら、あそこで飲んでいたが……」

「いや、奴じゃない。奴なら、もうボートに放り込んである。副長が見当たらんのだよ。船にいないんで、てっきりこっちに来てると思ったんだが……」

と、その時、ふいに背後に人の気配がした。反射的に、クレメンスが周囲に目を走らせる。

「ん？　どうした？」

クレメンスの素振りに、船長が、けげんそうに問いかける。

その時。

「……！」

彼等からそれほど離れていない椰子の林の中から人影が二つ、もつれるようによろよろと現れた。

「何だ？」

クレメンスと船長の二人が、何者かと人影の方へと走り寄った。彼等の到着を待たず、その二人組は砂の上に倒れこんだ。

「……クローゼ嬢じゃないか！　それにティーチ！」

二人組の正体を知り、クレメンスがあわてて助け起こそうとする。

「どうしたのですそのなりは？　アンノワール嬢は？」

「大変です、クレメンス卿！　姫様が！　姫様が！」

　クローゼが必死の様相で訴える。

「姫様が！　姫様が！……」

　クローゼのただならぬ様子に、クレメンスの顔色が一変した。

「姫様？　姫様がどうしたのだ？　はっきり申せ！」

　取り乱したように繰り返すクローゼの肩を、クレメンスがいらだたしそうに激しくゆすった。

「アンノワールがどうしたのだ！　申せ！」

「……かどわかされた！」

　クローゼのかわりに答えたのはティーチである。

「岬で、突然何者かに襲われて……」

「何だと！」

　クレメンスの顔が、驚愕に凍り付く。

「どんな奴らにだ！」

「わからん。黒ずくめで、いきなり殴り倒された」

　ティーチの言葉に、クレメンスの拳がワナワナと震える。

「……姫様が……姫様が！」

「だまれ！　お前がついていながら、おめおめとさらわれおって！　これ以上醜態をさらすな！」

　砂に手をついて嘆き悲しむクローゼを、クレメンスは仁王立ちに一喝した。

「一刻も猶予はならん！　急ぎ取り戻さねば……」

「あんたいったい……」

　そばにいたクロパトキン船長が、けげんそうに問いかけた。この男のこの怒りようは……。

　が、クレメンスはクルパトキンの問いなど

無視し、膝をつくティーチに詰め寄った。

「船長、船は出せるか！」

「何？　俺の船？」

「そうだ。姫を連れ去った者たちを追跡する。急ぎ、出港の用意を」

クレメンスがティーチの腕をつかんで無理やりに立ち上がらせた。

「……しかし、手下どもがあの様子では……」

「かまわん！　私も海軍士官だ。あんたらのスループやブリガンティンくらい、一人でだって動かせる！」

「しかし、いくらなんでも一人や二人では……」

「たのむ！　奴らの追跡には、あんたらの船のように、足の速い船が必要なんだ！　事は一刻を争う！」

「……よ、よし！」

クレメンスの必死の様子に、ティーチは意を決したようにうなずいた。海を指し、

「あれだ。あれが、俺の〝黒鯨〟だ」

と、沖にうかぶ海賊船のうちの一隻を示した。たちまち、クレメンスがティーチを無理強いするように引っ張って行く。その後をクロパトキンが追っていった。クローゼだけが、その場に手をついたまま、一人取り残される。

「姫様……姫様……」

アンノワールを守れなかった。

クローゼは、自分のふがいなさに絶望した。女だてらアンノワールの近衛兵を気取って得意になっていた自分が腹立たしかった。

私がいたらぬばかりに姫様が……。

クローゼの心に、さきほどのクレメンス卿の言葉が鋭く付き刺さる。

お前がついていながらおめおめと……。

まったくだ！

クローゼの口から、絞り出されるような嗚咽がもれはじめた。姫様……。と。

クローゼ……。

ふいに、彼女の脳裏にアンノワールの姿が呼び覚まされた。

クローゼ。あなたに心配をかけてすみませんでした……。

その姿に、クローゼは我を取り戻したようにハッとなる。

クローゼ！。

クローゼの脳裏で、いつもの笑顔を満面にうかべたアンノワールが彼女の名を親しげに呼んだ。

クローゼ……。

……私は何を取り乱しているんだ！

憔悴しきったようにその場に手をついていたクローゼが、ゆっくりと顔をおこした。

こんなことをしている場合ではない！　こんな、嘆き悲しんでいる場合ではない！

クローゼの目に、ボートへと向かう三人の船乗りの姿が写った。

一刻も早く、姫様をお助けせねば！

そう思った瞬間、クローゼの体が黒豹のように三人に向かって駆け出していった。


「きました」

〝銀星号〟の上で、海面をうかがっていた見張りが艦橋にむかって報告した。

「ボートです」

〝銀星号〟は、すべての明りを消し、灯火管制のまま微速前進中であった。さざ波のなか、遠目に入江で飲んでいる海賊たちの明りが見える。

「〝案山子〟だな？」

着替えを終えたウオン少佐が、艦内から艦橋へと登ってきた。暗がりの中とはいえ、彼の頬の傷は目立って確認できる。

姿をあらわした司令官に、デブリン艦長が海から目を離さないままに会釈した。

「姫君はいかがいたしました？」

「うむ。まだ眠っておる。よもや、フランス艦に虜となっているとは思っとらんだろう」

艦長の問いに、ウオンはそっけなく答えた。

「……随分簡単だったよ。こんなことなら、海上での奪取など考えるべきではなかったな。君の船を傷付けずにすんだのに……」

「しかたのないことです。こういうことは、予想できませんからな」

そういいながら、艦長は海を指し示した。

「それより〝案山子〟です。接舷しました」

やがて、舷側の搭乗口から、一人の男が姿をあらわした。彼の乗ってきたボートはそのまま遺棄され、後方へと流れていく。

「〝案山子〟です、閣下」

男は、ウオン少佐の前までくると、カツン、と敬礼した。

「これより、閣下の指揮下にはいります……で、首尾は？」

そう、ウオンに問いかけた男は、〝旭丸〟の副長だった。

「ウム。君がよくやってくれたおかげで、うまくいった。すでに、姫君には当艦に乗船されておる」

ウオンは楽しげにそう言うと、〝案山子〟の労をねぎらうように、肩をポン、と叩いた
ヨーロッパ各国の動向を探り、その情勢をつかむため、フランスが各国に送り込んでいる情報工作員というのが、副長——〝案山

子〟の本当の正体だった。鳩を使ってアンノワールの〝旭丸〟への乗船を知らせたのも、海賊島の位置を同様に知らせたのも、すべて彼の仕業である。

もっとも、アンノワールの乗船については、彼にとっても寝耳に水のことだった。彼の任務は、本来差し迫ったようなものではない。民間に紛れ込んで得られるかぎりの情報を収集し、それを本国に送る。そして、ときたま下達される命令をひたすらに待つだけ、といったものである。その、退屈きわまりない任務を一生続けるはずだった彼のもとに、アンノワールに関する命令が届いたのは、クローゼが〝旭丸〟への乗船を求めて来たその日の朝のことであった。

「……で、君のほうの首尾は?」

不動の姿勢のままでいる〝案山子〟に、ウオン少佐が問いただした。

「は! 万全です! 入江の海賊船は、ほどなくすべて無力化します!」

〝案山子〟が報告する。

「これで、何人も追跡できません。当艦は安全です」

「そうか、よくやった」

ウオンはもう一度親しげに〝案山子〟の肩を叩くと、艦長の方にふりむいた。

「……よし。では、行こうか、艦長」

やがて、〝銀星号〟は、畳んでいた帆を全開にした。

突然、闇を切り裂く閃光とともに、〝黒鯨〟が爆発炎上したのは、クレメンスたち四人が、まさにボートを押し出そうとしたときだった。

「ああっ!」

燃え上がる海賊船に、クローゼが驚愕の声をあげる。そのあいだに、他の海賊船たちも次々に火柱をあげていった。〝案山子〟がしかけた爆薬が、計画通りに引火しているのだ。

「くそ！」

炎上するスループ船団を前に、クレメンス卿が腹立たしそうに、手にしたオールを投げ捨てた。

「何たることだ！　どこかに工作員がまぎれこんでいたな！」

「工作員？」

クレメンスの言葉に、クローゼが問い返した。

「どういうことですクレメンス卿？　何か知っておられるのですか？」

が、クレメンスはクローゼを無視し、自船が燃え上がるのを呆然とみつめているティーチの腕をつかんだ。

「船長、他に船はないのか！　足の速いやつは！」

「あるにはあるが……陸にあがってる。船底掃除のためだ」

と、ティーチは、突然の爆発に騒然となっている浜辺の海賊たちの方を指差した。見れば確かに、お流れになってしまった宴会場の向こうがわに、小型のスループ船が引上げられている。が、マストをふくむすべての艤装がとりはらわれており、すぐには出港できそうもない。

「くそ！」

クレメンスが舌を打った。

「なんたることだ！」

「……とにかく、準備だけはしてみよう！」

ティーチはそう言い残すと、口々に叫びあっている海賊たちめがけて飛び出していった。

「とうてい間に合わん！　くそ、こうなったら……」

駆けていくティーチの後ろ姿を見ながらクレメンスはそういうと、やにわにボートから離れ、懐から何かを取り出した。

あっけにとられているクローゼとクロパトキンの前で、クレメンスはそれを砂の上に突き立てると、ポケットの中から火口を取り出した。やがて、点火されたそれが、おそるべき早さで上空へと発射された。

「近くに、私の船がいるはずだ」

百メートルほど上空で、太陽のように光を発散しはじめた信号弾の明りの下で、クレメンスが言った。

「この信号ですぐにやってくるだろう……しかし時間が……」

「船？　船ってなんなのです？　クレメンス卿、あなたはいったい……」

クローゼがいぶかしげに問いかけたとき。

「〝旭丸〟は無事だ！」

クロパトキン船長が、狂喜するように沖を指差した。

「俺の船は無事だ！　まだ浮かんでるぜ！」

「何！」

船長の言葉に、クレメンスの顔に喜々としたものが浮かぶ。

見れば、確かに、あの愛すべき老朽船が、いまだメインマストも建っていないありさまのまま、海賊船の燃える明りに浮かびあがっていた。宴会でへべれけになった船員たちが、何ごとが起きたのかと、片舷に集まっているのが遠目に見える。

どのような感情が働いたのかは分からない。皆と同じ船に乗っていて、彼らに同情でもしたのか、あるいは〝旭丸〟に愛着を持っていたのか、それともただたんに、古びた貨客船など脅威にはならないと思ったのか。とにかく、〝案山子〟は〝旭丸〟に爆薬をしかけるほど冷酷無比なスパイではなかったようだ。

「あそこ！」

今度はクローゼが声をあげた。〝旭丸〟のすぐ脇辺りを指差す。

「船がいるわ！」

確かに、〝旭丸〟のはるか沖の方を、一隻の大型船が帆走しているのが小さく浮かびあがっていた。

「あの時の船だぜ！」

クロパトキン船長が驚愕の声をもらした。彼の言う通り、その船はあのとき彼らを襲撃したフリゲート艦だった。

「奴ら、なんだってこんな所にいるんだ！」

「奴らだ！　奴らが姫をさらったんだ！」

クレメンスが、いまいましそうにフリゲート艦を睨みつけた。

「あの卑怯者どもが、アンノワールを……」

「奴ら？　奴らとは何なんです？」

クレメンスの言葉に、クローゼが問い返す。

「あなたはいったい……」

「フランスだ！」

「え？」

「フランス人だ。奴らが、姫君をさらったんだ！」

クレメンスはボートを沖に押しだしながら、絞り出すように言った。

「ベルターナとオランダの同盟を危ぶんだフランスが、アンノワールを人質にしようとしてるのさ」

「まさかそんな！」

クローゼが驚愕に沖を振り返る。〝銀星号〟

はすでに姿を消していた。

「いなくなったわ！」

「いかん！　急がんと！」

クレメンス卿は、ボートの底で眠りこけている〝丸太〟の顔面に腕をのばした。ボコッと手早く殴り付ける。

「な、なにしやがる！」

ものすごい形相で起き上がった〝丸太〟の顔を、クレメンスがもう一度殴り飛ばす。

「起きろ〝丸太〟！　貴様も押せ！」

満身の力をこめながら、クレメンス卿は〝丸太〟をどなりつけた。

「アンノワールの一大事だ！　お前も手伝え！」

「え、姉さん！」

いまだ酔っ払って何がなんだか分からないまでも、アンノワールの名を耳にしたとたん、〝丸太〟はたちまち奮起した。すかさず飛び下り、クレメンスの横に並んでボートを押し始める。

「あなたは何者なのです？　いったい、なぜそのようなことを知っているのです？」

ボートを押し出すのを手伝いながら、クローゼがいぶかしげに問いかけた。

「あなたはいったい……」

「今はそんなことよりあいつの追跡だ！」

海に重量をまかせはじめたボートにつかまりながら、クレメンスが答えた。

「あいつを見逃すと、私の艦で追跡できなくなる！　このさい〝旭丸〟でもかまわん！ことは一刻を争うんだ！」

やがて、クレメンスたちを乗せたボートが、沖に投錨している〝旭丸〟にむかって漕ぎ出していった。

甦る波頭

彼女を包囲していた海賊たちは、すでに消えていた。口々に何かを叫びながら、自分たちの船とアンノワールの船との間に、無理やり船体を捩じ込ませた黒い海賊船めがけて、怒り狂ったように殺到していく。

あの夢だ……。

辺りを席巻する銃声におののきながらも、アンノワールは、それが夢であることを認識した。それは生々しく、叫び声や硝煙の匂いまでもが現実くさかったが、すでに遠い昔となってしまった事柄だ。

あの旗は……。

夢の中で、彼女は漠然と頭上を見上げた。黒い海賊船のマストに、はたしてあの旗がはためいている。うるわしきあの方の海賊旗……。

そうか、こんな柄だったんだわ……。

骸骨と百合の花をかたどった海賊旗をみつめながら、アンノワールは思った。ラカム船長やティーチ船長たちの物より、ずっと上品でセンスがある……。

と、ふいに彼女の上に影がさした。おもわずドキリとする。

あの方だわ……。

期待に胸の膨らませながら、ゆっくりと影の主の方へと振り返るアンノワールの頬は、すでに上気したように熱く染まっていた。

「もう大丈夫ですよ」

黒い海賊がやさしく微笑みかけた。

「お怪我はありませんか。姫君」

ガタン！

ふいに天井で何かが叩き付けられたような音がした。同時に、調度のよい高級船室で、アンノワールが目を覚ます。

「……」

夢の世界から強制的に引き戻されたアンノワールは、呆然と自分が今いる場所を見回した。体重が、ゆっくりと上下している。どうやら海の上らしい。

「船？」

いったいどこの？

愕然とするアンノワールの目が、壁の一角に釘付けとなった。とたん、彼女は自分がフランスの船に乗せられていることを理解する。

そこに飾られていたのは、貫禄を充分に見せ、胸をはってアンノワールを見下ろしている、若い、フランス王の肖像画であった。

「フランス海軍？　どうして……」

窓の外は、すでに白みはじめている。


「遅い！　遅すぎる！　どうにかならんのか！」

滑走する〝旭丸〟の舳先で、クレメンス卿が後方の船橋めがけて叫んだ。

「こんなことでは見失ってしまう！　何とかしろ船長！」

「無理だよ！　メインマストが無いんだ、これ以上早くはならん！」

いまだ酔いの覚めていない水夫たちを忙しく指図するクロパトキンが、クレメンスに怒鳴りかえした。

「これでも積み荷がなくなって随分と早くなってるんだ！　少しは理解しろ！」

「くそ！」

船長の言葉に、クレメンス卿は船首マストをささえている静索の滑車を、いまいましそうに叩いた。

彼らの遥か前方、水平線上に、〝銀星号〟が帆走しているのが見えた。海賊島を出て以来、もう随分と時間もたっており、空も白みはじめているのだが、いっこうに両船の間は縮まらない。むしろ、引き離されているのではないか。

「なんとかならんのか！」

船長の言ったとおり、積み荷であったワイン樽は、すべて海賊たちによって降ろされていた。〝旭丸〟の船倉はすでにすっからかんになっており、船を軽くして船足を稼ごうにもその手段がない。せめてメインマストがあれば、速力も増せるのだが、マストは無残にもへし折られたまま修理されていない。今〝旭丸〟は前部マストとその他の補助帆だけで帆走しているのだ。

「ティーチ船長たちを待っていればよかったのでは？」

クレメンスに付き従うように立っていたクローゼが言った。

「海賊船なら、この船よりも速度が……」

「だまれ！　連中の様子を見ていなかったのか！　あんな様子では、いつになっても出港できん！」

女剣士の言葉に、クレメンスがいらだたしそうに怒鳴りつけた。確かに、ぐでんぐでんに酔っ払った海賊達の足取りは、〝旭丸〟の船上から遠目に見てもおぼつかないものだった。アンノワール救出のために頑張ってくれている船長たちの号令で、陸にあげられていたスループ船を艤装しようとしたのだが、バキバキバキ！　と、何かを壊してしまう始末である。

「準備の終わるのを待っていては、奴らを見失ってしまうわ！」

「……申し訳ありません」

いらぬ諫言を入れたクローゼが縮こまるように詫びる。そのシュンとなったクローゼの様子に、クレメンス卿は少し後ろめたさを感じたのか、ふたたびいらだつように船体をたたいた。

くそ！　何とかならんのか！

その時。

「後方に帆船！」

マストの上の物見が、大声で叫んだ。

「大型船です！　追い上げてきます！」

「何！」

物見の声に、船内がいろめきたつ。一斉に、船の後方へと目を向けた。

「やっときたか！」

〝旭丸〟を追いかけて来る船影を目にし、クレメンスが喜々とした声をあげた。

「……あれは戦艦じゃないか！」

船橋から後方を望んでいた船長が、見る見るうちに接近してくる艦影に驚嘆の声をもらす。

「なんて早さだ！　どういう操船をしたらあんなに早くできるんだ？」

船長の言うとおり、戦艦は恐るべき早さで〝旭丸〟を追跡していた。たちまち、その全容が誰の目にもわかるほどに接近してくる。

「海賊船だ！」

追い上げてくる戦艦のマストを見て、物見が恐怖の声をあげた。

「ほら！　マストの上に黒旗が！」

「……なんたることだ！　こんなときに」

船長が苦々しげにつぶやく。確かに、戦艦の上には、とてつもなく大きな、黒々とした旗がはためいていた。

「まさか……そんな……」

怪船を目の当たりにしたクローゼが、ワナワナと震えながらやっとのことでつぶやいた。が、それは海の無法者と出くわしてしまった恐怖からではなく、何か、信じられぬものを目の当たりにした、驚愕に満ちたものである。

「そんな……あの船は……」

「そうだ。私の船だ」

接近してくる戦艦に、クレメンスがうれしげに言った。

「私の〝雪風〟がやっと来てくれた！」

「じゃあ、あなたが姫様の言っていた……」

笑みをうかべながら戦艦の勇姿へ目を向けるクレメンスの横顔に、クローゼは信じられぬ、と首をふった。彼女が驚きのあまりに言葉を失ったのも無理はない。〝旭丸〟の後方、すでに目と鼻の先にまで近付いていたその戦艦の船体は、タールを塗り込めたように、黒々と彩られていたのである。

「……姫様の探していた……黒い海賊！」

〝雪風〟は、すでに〝旭丸〟を追い抜くように平走していた。そのまま、減速しようともせず、〝旭丸〟の船体にぎりぎりのところまで接近してくる。

「船長！」

クレメンスが、〝雪風〟の威圧するような姿に唖然としているクロパトキン船長にむかって叫んだ。

「このまま追跡を続行してくれ！　君が追い付くまでには姫を取り戻す！」

そう言うやいなや、クレメンスは突然、躊躇することもなしに〝旭丸〟の舷側を飛び出した。驚いた船長が呼び止める間もなく、波頭砕ける海上を、危険なほど接近した〝雪風〟めがけて飛び移る。

「！」

それを見たクローゼも、反射的に〝旭丸〟から身をおどらせた。クレメンスを追うように、戦艦の船べりにしがみつく。同時に、二隻の船体が間一髪でわかれていった。

「お前も来る気か！」

〝雪風〟の船員に助けられながら、クレメンスは手摺を乗り越え艦内へと入った。

「もちろんです！」

クローゼが手摺をよじ登りながらいきまく。

「姫様をお助けするのは私の務めです！」

「……まあいい」

クレメンスは、度重なる活劇にボロボロになった上着を脱ぎ捨てながら笑みをうかべた。

「そのほうが、姫も喜ばれるだろう……艦長！」

「ここに」

クレメンスの声に、見るからに老練そうな男が進みでてきた。手に、海軍士官の上着と軍帽を持っている。

「よく来てくれた！　ありがとう！」

そう礼を言うクレメンスに、男は上着を手渡しながら会釈を返した。以前小さな港で、釣糸を垂れながらアンノワールに哲学を語ったあの老人である。

「間に合わなくなるところだったが、これでどうにかなる！　よく来てくれた！」

「〝銀星号〟に見付からないように提督を追跡するのは骨でしたよ」

艦長は軍帽を渡しながら笑みをうかべた。

「いっそ、〝銀星号〟を撃沈してしまっていたほうが簡単だったのでは？」

「私は姫に勉強してもらいたかったのさ」

クレメンスは軍帽を受けとると、さっそうとそれをかぶった。

「……それに、この旅が終わればとうぶんの間、そうそう旅行なんぞにも行けなくなる。

最後のいい機会だ。姫も、充分に楽しまれたろう」

「旅行ですか……まったく、提督は呑気ですな」

艦長があきれ顔でクレメンスに指揮刀を渡した。

「お仕えする我々は、おかげで休まる暇もない！」

「それはどうかなニコラス艦長」

それまで腰に吊っていた派手な剣をとり、かわりに新しい剣へと取り替えるクレメンスの顔がいたずらっぽく微笑む。

「……かつて〝海の狼〟とまで言われたあなたが、〝銀星号〟を沈めたくなったというのは、何も私や姫君のことばかりが理由ではあるまい？」

クレメンスはそう言うと、さっそうと艦橋へと甲板を駆け昇っていった。黒ずくめの軍服をまとっている乗員たちの前に姿をさらし、たった今得たばかりの指揮刀をサラリと抜きはらう。

「当艦はこれより、ベルターナ王国第三王女アンノワール殿下を奪回に向かう！　目標は前方のフランス艦〝銀星号〟！　総員が奮闘してくれることを期待する！」

そう声高に言い放つクレメンスと、あっけにとられたようになっているクローゼの頭上で、骸骨と百合の花を染め抜いた海賊旗が、来る闘いに奮起するようにさん然とはためいていた。


「姫がお目覚めになりました」

艦橋でぼんやりと水平線をながめていたウオン少佐に、若い甲板付士官が報告した。

「ん？　ああ……そうか」

我に返るように返事する。

「ここへお連れしろ」

ウオンの言葉に、甲板付士官はクルリと回れ右した。

「……いかがいたしました?」

思いにふけるようなウオン少佐に、デブリン艦長が気遣うように声をかけた。

「何をお考えで?」

「ん? ああ……何でもない」

が、艦長にもウオンの心中はわかっていた。

「奴ですか」

ウオンの心を見透かすようにつぶやく。

「とうとう、現れませんでしたな」

「ああ」

力なくウオンがつぶやいた。

「機会はいくらでもあったように思えた。が、ついに奴はあらわれん。奴が本当にこの件に関係しているとすれば、その傾向くらいは感じられそうなものだがまるでない。姫君を一度でも襲撃すれば、すぐにでも会えると思っていたんだが……」

彼らの言う、奴、とは誰のことでもない。ウオンの顔に深い傷をつけ、艦長の〝銀星号〟を大破させた、あのふざけた黒い海賊のことである。

「やはり、奴はただの海賊に過ぎんかったのかな? もしそうなら、奴と雪辱戦を交えることもできんか……」

もし、あの海賊が、情報局やウオンの考えているような組織的なものではなく、単なる海賊に過ぎなかったとしたら、もう奴と出会えることもあるまい。奴と闘ったのは随分前のことだ。あれだけ派手な船に乗っている海賊が、列強の艦隊がさかんに活動する大西洋や地中海で、今にいたるまで生き延びていられるはずがない……。

「まだわかりませんよ」

なぐさめるように艦長がつぶやき返す。

「まだ、フランスまではだいぶあります。それまでに姿をあらわすかもしれません」

「……そうだな」

ウオンがさびしげに相槌をうつ。

そのとき、階下から先程の甲板付士官が姿をあらわした。

「お連れしました」

彼の背後には、二人の兵士に挟まれたアンノワールが小脇に抱えられるようにして立っていた。

「うむ。お通ししろ」

士官に促されて、アンノワールがウオンと艦長の前に進み出る。

「これは、アンノワール殿下にはお初にお目にかかります」

顔をこわばらせるアンノワールに、ウオン少佐はわざとらしく会釈した。

「当〝銀星号〟にご乗船いただけて恐悦に存じます」

「私をベルターナのアンノワールだと知っているのですね！」

アンノワールの目に怒りの炎が燃え上がった。

「フランスが、私に何の用があるのです！」

「ほ！　当艦の船籍をすでにお知りになられておる。たいした御高眼だ」

アンノワールの怨嗟の視線などまるで意に介さず、ウオンはふざけるように驚愕を演じた。

「ふざけるのはおよしなさい！」

アンノワールが我慢ならぬと詰め寄った。

「部屋に飾ってあったのは、太陽王の肖像画でしょう！」

「確かに、我艦はフランス海軍の船です、殿下」

ウオンが冷たく言い放つ。

「我々は、ルイ十四世陛下にお仕えする憂国のアイリッシュです。ワイルド・ギースとも呼ばれますが……」

「ワイルド・ギース！」

ウオンの言葉に、アンノワールがまるで汚いものにでも触れるような口ぶりで言った。

「英国王を裏切ったアイルランドの傭兵ね！　以前、国の陸軍大臣から聞いたことがあるわ！」

「黙れ！　我々は始めからイギリス王の臣下などではない！　奴らは我々の敵だ！」

アンノワールの言葉に、ウオンがも凄まじい形相になった。そのありさまに、アンノワールが思わずたじろぐ。

が、ウオン少佐はすぐに落ち着きをとり戻した。

「……これは失礼を、殿下」

「……フランスがこの私に何用なのです？」

ウオンの剣幕に、いまだどぎまぎしながら、アンノワールはかろうじて威厳をたもちながら問う。

「私をどうするつもりです？」

「……フランス王国に来ていただきます」

ウオンが答える。

「しばらくの間、パリに御逗留していただく。よいところですぞ、ルーブル宮は」

「なにゆえ私がパリなどに行かなくてはならないのです！」

アンノワールが声を高ぶらせた。

「いったい、何の目的があって……」

「……国王陛下はネーデルランドをご所望しておられます」

食いかかってくるようなアンノワールを、

ウオンがさえぎった。

「そのためには、オランダと事を構えねばならない……フランスとオランダとの戦いに、ベルターナ王国がどのような動きを見せるか、陛下は大変憂慮されておられるしだいで……」

「私を餌に、わが国とフランスを同盟させようというのね！」

アンノワールがあきれたように声を返した。

「馬鹿な！　父はそのようなことで国策をかえたりするような人ではありませんよ！　むしろフランスに対し、宣戦布告するわ！」

「どう判断するかは、私の権限ではありません。私は、ただ命令通りに、殿下をフランスまでお連れするだけです」

ウオンの冷徹な言葉に、アンノワールがなおも抗議の声をあげようとしたとき。

「後方に艦影！」

ふいに、マストの上から声があがった。

「何ごとだ！」

「戦艦です！　追い上げてきます！」

見張りの報告に、ウオンが遥か後方をかえり見る。そのすぐ横で、艦長が望遠鏡をのばした。

「戦艦だと？」

見れば確かに、はるか水平線上に、一隻の艦影が見えた。見る見る〝銀星号〟に接近してくる。

「あれは……」

望遠鏡をのぞいていた艦長の口から驚愕の声が絞りだされた。

「奴だ！　ついに奴があらわれた！」

「何！」

表情を変えるウオン少佐に、艦長が望遠鏡を手渡した。少佐が、ただならぬ様相のまま慌ただしくそれに目をあてる。

はたして、鏡内に写る戦艦の頭上には、あの忘れようもない海賊旗がひるがえっていた。

「ついにあらわれたか！」

望遠鏡をおろしたウオン少佐が、狂喜するように叫んだ。

「忘れるはずもない！　確かに、あの旗には見覚えがある！」

すでに、黒い戦艦は望遠鏡なしでも確認できるほどの所にまで接近していた。アンノワールの目にも、その戦艦の姿がはっきりと入った。

「あ！」

とたんに、アンノワールの顔が驚愕に息を呑む。

「あの旗は！」

戦艦のマストにひるがえっている海賊旗に、アンノワールの目が釘付けとなった。

「あの旗はまぎれもなく……」

夢の中で彼女を助け出した旗だ。黒地に骸骨と百合の花が描かれている。

「じゃあ、あの方があの船に！」

アンノワールの顔に、歓喜が満ち溢れた。驚愕と喜びが、同時に彼女の心を席巻する。

信じられない！　あの方が、探し求めていたあの方が、こうして私の前にあらわれてくださった！　あの、黒い海賊船に乗って、囚われた私を、あの時のようにふたたび助け出そうと追いかけてくる……。

彼女の中で、打ち震える夢が暖かく膨らんでいく……。

「戦闘準備だ！」

感きわまっているアンノワールの横で、ウオン少佐が惨忍な笑みをうかべながら言い放った。

「迎え撃つぞ！」

「よいのですか？」

デブリン艦長が、最後の確認をするように問いかける。

「当艦には姫君が乗っておられるのですぞ。敗北は、任務の失敗を意味します」

「かまわん！」

そう答えるウオンの声には闘志がみなぎっていた。

「……どうせ、君もそのつもりなんだろう？」

そう問い返すウオンに、艦長はしばし言葉を閉ざしたが、やがてニヤリと笑みを返した。

「もちろん」

次の瞬間、〝銀星号〟内を、戦闘準備を叫ぶ艦長の激がとんだ。たちまち、艦内がわきかえったように奮起した。


「ようやく姿をあらわしたな……待ち兼ねたぞ」

ウオンが、牙を剥く狼のように接近してくる〝雪風〟を睨んだ。

「今度こそ決着をつけてやる！」

と。

そのとき、ウオンのそばに立っていたアンノワールが、突然何かにかられるように舷側のほうへと飛び出した。兵士たちが止める暇もなく、彼女は艦橋に備え付けてあったバタレーロ小口径砲にすがりつくと、それをクルリと艦内のほうへ向け、あろうことか、うむを言わさず発射した。

「何をするか！」

轟く砲声に一瞬身をすくませたアンノワールの頰に、ウオン少佐の平手が飛んだ。鞭のような音と同時に、火砲にすがりついていたアンノワールの体がその場に打ち据えられる。

「とんでもない女だ！」

ウオン少佐がいまいましそうに、膝をつくアンノワールに悪態をつく。

「何をするかと思えば、こともあろうに大砲を撃つとは！　自分が虜だということを自覚しろ！」

ウオンの怒声をあびながら、アンノワールは打たれた頬に手をあてながら砲弾の行方を追った。見れば、甲板では突然の砲撃に身をふせていた水兵たちが、ようやく身をおこしはじめていた。何人かの者は、怪我を負ったのか腕や足を抱えている。が、〝銀星号〟の艤装設備に、何らかの被害が生じた様子はない。

彼女は、追ってくる黒い海賊と早く会いたいため、〝銀星号〟の機動力を奪わんとしたのである。彼女の目論見どおり砲弾は確かにメインマストに命中した。が、残念なことに彼女が発射したバタレーロ砲というのは、白兵戦のときなどに使用する、対人殺傷用の散弾火砲だったのである。鉄片をくるんだ麻袋が命中したマストには、わずかに傷が数箇所ついただけであった。

試みの失敗を知り、アンノワールは落胆した。

「連れて行け！　船室でおとなしくしていたくんだ！」

ウオンの命令で、屈強な二人の兵士が、がっくりとした様子で呆然と頬に手をあてているアンノワールに手を延ばした。自分にふれようとする手にアンノワールが健気にも抵抗する。

が、ほどなく、まるで組み伏せられるように拘束されてしまった。なおも抵抗をやめないアンノワールの脳裏に、訓練し修行した男には所詮勝てない、というクレメンスの言葉がはがゆく思い出される。

「回頭！」

艦橋から連れ出されて行くアンノワールのすぐ脇で、艦長が部下たちに号令を発した。

「取り舵一八〇度だ！　迎え撃つぞ！　砲戦用意！」

やがて、〝銀星号〟の船体が大きく傾いた。せまり来る〝雪風〟へと、舳先が向けられる。


「向かってきます」

〝銀星号〟を望んでいた老艦長がつぶやいた。

「挑戦してくるつもりです」

「ふん！　こちらとしては都合がいい。砲戦のあと、突入といこう」


クレメンスは楽しげに言うと、その横で心配げに〝銀星号〟に目をむけているクローゼに向かった。

「お前、陸軍大臣の娘だったな」

「どうしてそれを……」

「私はなんでも知ってるさ。それより、海戦の経験はないだろうな？」

首をふるクローゼ。

「じゃあ、陸戦は？」

やはり、首をふる。

クレメンスはあきれた。

「〝旭丸〟では随分手慣れた様子で小銃兵を指揮していたが……意外だったな」

が、すぐに楽しげに、

「まあいい。すぐに楽しい思いができるぞ！　海賊船なんかのケチな戦いじゃない。海軍と海軍のぶつかりあいだ！」

「海軍？」

が、問い返すクローゼにクレメンスはもう答えなかった。接近してくる〝銀星号〟を見据え、盛んに動き回る水兵たちを叱咤している。

「海軍ですって?……この船が?」

姫様のことといい、フランスのことといい、知るはずのないことを知っているこの男はいったい……。

「回頭!」

ふいに、艦長の口から、老人とは思えないほど猛々しい号令が響き渡った。

同時に、巨大な船体が軋みながらゆっくりと傾いていく。

「斉射用意! 目標フランス艦!」

〝雪風〟はゆっくりと向きを変え、接近してくる〝銀星号〟にその右舷をさらしはじめた。それにつられるかのように、フランス艦も同一方向に向けて回頭しはじめる。

「撃て!」

ついに、戦砲隊長らしい海軍士官の口から、戦いの号令が発せられた。同時に〝雪風〟の砲列が仮借なく火をふく。放たれた砲弾が、うなりをあげて海上を突っ走った。

「次弾装填! 第二射準備!」

戦砲隊長の号令で、各砲が装填動作に移ったとき、〝銀星号〟の船体に次々と砲弾が命中した。もちろん全弾ではない。むしろ火線にくらべて命中弾はわずかだ。しかし、粉砕される〝銀星号〟の船体は、見るも恐ろしげに木の粉をまきあげた。

「姫様が死んでしまいます!」

戦闘艦の持つ圧倒的な火力を、始めて目の当たりにしたクローゼが悲痛な声をあげた。

「やめてください! 姫様にもしものことがあったら……」

「黙れ小娘! 余計な口を挟むんじゃな

い！」

抗議するクローゼに対するクレメンスの態度はガンとしたものだ。

「これは海軍の戦だ！　お前はおとなしく見物しておれ！　奴等にとっても姫は大事なんだ、これくらいで命の危険にさらされるような所には監禁しとらん！　それに」

クレメンスの口元に笑みが浮かぶ。

「……こっちだって危険なことにかわりはない」

クレメンスが言い終えたとたん、〝銀星号〟の舷側が、今の砲撃に答えるように火を吹き出した。〝雪風〟めがけて、砲弾の雨がふってくる。

「〝雪風〟で経験ずみだろう？　フリゲート艦の火力もあなどれんのだ！」

そう言っている間に、〝銀星号〟の砲弾が〝雪風〟に次々と命中した。甲板が砕け、静索がちぎれ飛ぶ。

クレメンスたちの頭上にある帆桁《ブーム》の一本が、命中弾をうけて断ち折れた。思わず、その場に伏せるクルーたち。その頭のすぐまぎわ、艦橋の手摺の上に、帆桁《ブーム》は音をたてて落下すると、そのままバランスを失って海の上へと転がっていった。木の破片が、伏せるクレメンスやクローゼにふりかかる。

「いいぞ！　興奮してきた！」

立ち上がるなりクレメンスが船員たちに向けて叫んだ。

「射撃を続行しろ！　つるべ撃ちに撃ちまくれ！」

その号令に答えて、〝雪風〟の砲列が、さらに苛烈に炎を噴き出した。負けじと〝銀星号〟も撃ちかえしてくる。

砲弾の応射で船体が削り取られるように砕け散っていくなか、クローゼはなすすべもなくガタガタと震えているしかなかった。

「よい朝だ。いい風が吹いている」

艦長はそうつぶやくと、大西洋を遥かに望んだ。ゆっくりと、水平線から太陽が姿をあらわしはじめている。

「任務も無事に終えた。あとは国に帰るだけだ」

「私は早く子供の顔を見たいですな。わが二世殿が、どんな顔をしているのか楽しみで楽しみで……」

「そうか。君には子供ができたんだったな。本国に着くまでに、何かよいプレゼントを考えておこう」

そばに立つ若い副長に、艦長は親しげな笑みをうかべた。わが子誕生か。こんな幸せなことはない。

イギリス海軍〝王家の旦那号〟は、その任務を終えて一路イギリスへと向かっていた。順風満帆、このまま天候がよければ予定よりも早くテムズに入ることができるだろう。

「艦長にとっては最後の航海ですね」

副長が寂しげにつぶやいた。

「もっと、お教えいただければよかったのですが」

「何、もう君に教えることはないよ。君も、次からはいよいよ艦長だ。がんばりたまえ」

「……ですが、私にはまだ自信がありません……果たして、艦長のように立派に船を統率できるかどうか……」

「フフフ。はじめは誰でもそうだよ。何事も経験だ。艱難、汝を宝玉にする、という言葉もあるだろう」

艦長は教えさとすように副長の肩に手をおいた。

「この私も、最初に艦長を命じられたときにはどうしようかと思ったもんだ。小さなブリガンティン船でね。今思えば恥ずかしい話だが、正直海軍から逃げ出そうかとも思ったよ」

「まさか艦長が」

いぶかる副長に、艦長は笑いながら続けた。

「いや、本当だよ。逃げだしたくてしかたなかった。本当に自分なんかに船の指揮なんかができるのだろうか、いざという時には取り乱してしまって役には立たないんじゃないだろうか、なんて考えてね。だが、私は逃げなかった。いや、逃げ出せなかったんだ。私は一四のときから船に乗っていて、その頃にはもう船無しではいられなかったんだな。海に出ずにはいられなかったんだな……」

艦長の目が遠くをみつめる。

「……それから随分といろんな船に乗った。〝イルカ丸〟、〝荒鷲号〟、〝大いなる遺産号〟、〝王子号〟……それらをへて、長い経験を積み重ねて来たあげくに、今の私があるんだ。君ももっと自信を持ちたまえ。経験を積めば、今感じている不安なんか、すぐに恥ずかしいだけの記憶になる」

「……はい」

副長が会釈した。

そうだ……艦長は過ぎ去りし懐かしい日々を思い起こした。もう、随分と船に乗った。今でもありありと思い出せるぞ。〝銀河号〟、〝幻想号〟、〝女王号〟……〝女王号〟で、はじめて戦艦の指揮官になったんだ。あれはいい船だったな。失敗も多かったが……それから、〝聖なる王家号〟、〝鴎号〟、〝秋月号〟、〝海の大神号〟……そして、この〝王家の旦那号〟か。まさかこの船に乗るなんて、この船をはじめて見たとき……あれは一八のときだったか……あの時には思いもせんかった。まさかこの、〝黄金の悪魔〟なんて異名を持つ船の艦長になるなんてな……人生とは不思議なものだ。だが、その海の上での人生も間もなく終わる。この航海が終われば、私の長かった艦隊勤務も終了する。寂しいが、寄る年波には勝てんか……。

艦長が追憶の思いをこめて溜め息をついたとき。

「左舷に艦影！」

メインマストから声があがった。

「二隻、平走しています！　戦闘中のもよう！」

「何だと！」

副長が声をあげた。

「確かか？　確認しろ！」

「確かです！　砲戦を交えてます！……あ！」

見張りが一瞬息を飲んだ。

「一隻は海賊船です！　マスト上に、黒旗がひるがえっています！」

「何！」

艦長と副長が、同時に望遠鏡をかざす。

確かに、遥か水平線で二隻の船が、盛んに大砲を撃ちあっていた。

「この前にも遭遇したばかりだぞ。カリブとは何と海賊の多いところだ！」

そうぼやく艦長の声は、しかし何かに奮い立つように高ぶっていた。

「見ぬふりもできん。最後に、一仕事といくか！」

艦長はそういうと、号令をかけるべく息を吸い込んだ。

「まだ見えんか?」

〝旭丸〟では、クロパトキン船長が苛立つままにマストの見張りをどなっていた。揚げることのできるすべての帆を風にさらし、〝旭丸〟は帆走している。うまく風を捕らえることのできた〝旭丸〟は、懸命に速度を上げていたが、だいぶ前に見失ってしまったフランス艦と、それを追って行った黒い戦艦の姿はいまだ見えない。

「くそ! せめてメインマストがありゃあなあ!」

船長が悔しげにぼやいたとき。

「せ、船長!」

舷側にいた水夫から、驚愕の声があがった。〝丸太〟である。

「船長、あれ!」

「何だ?」

船長が、〝丸太〟の指差す方向に目を向ける。

とたんに、その顔が凍り付いた。

「あれは!」

遥かな海上を、一隻の大型艦が突き進んでいるのが見えた。

「〝王家の旦那号〟じゃねえか!」


〝雪風〟と〝銀星号〟の熾烈な闘いはまだ続いていた。両艦ともすでにボロボロの状態で、〝銀星号〟などは後部マストが船上に倒れこんでいる有様である。

が、両艦ともなおも闘うことをやめず、それどころかしだいにその距離を縮ませつつあった。

「なかなかやるな! わが艦をここまで痛め付けてくれたのは、あの時の艦以来だ!」

もつれるように落ちて来る静索をよけなが

ら、クレメンスは楽しげに言った。

「ひょっとして同じ船かもしれんな！」

「敵の火力が落ちてきています！」

老艦長が大砲風から身をかばいながら声をあげた。

「すでに半分の火砲が射撃不能の様子です！　どうします、やりますか！」

「当然だ！　火力が衰えてきているのは当方もおなじだ！」

クレメンスは、瓦礫の中にうずくまり呻き声をあげている砲兵たちに目を向けた。衛生兵たちが、てんてこまいになって処置しているが、散々たる状況である。

「どうするのです？　まだ撃ち合うのですか？」

手摺に身を隠しながらクローゼが二人のそばによってきた。そうこうしている間にも、次々と砲弾が命中してくる。もちろん、〝銀星号〟とて同様だ。

「このままではさすがに姫様が……」

「わかっている！　心配ない！」

クレメンスはそう言うと、スラリと指揮刀を引き抜いた。

「切り込みだ！　銃士隊を準備しろ！」

とたんに、艦内に待機していた兵士たちが、ゾロゾロと甲板にあがってきた。硝煙の渦巻く中、整列して突撃準備の隊型になる。

「私も！」

と、クローゼが剣を抜いた。過烈きわまりない砲撃戦の恐怖に、いまだ顔は青ざめてはいたが、その目は囚われの姫君を助け出すべく、爛々と燃えている。

「よく言った！」

クローゼの顔を見て、クレメンスが頼もしそうに声をあげた。

「だが、命の保証はせんぞ！　連中、海賊や水夫たちとちがって、訓練された正規の兵士だからな！」

「構いません！　姫様をお助けするんです！」

そういきまくクローゼのすぐ目と鼻の先を、〝銀星号〟から放たれた銃弾が、うなりをあげてかすめていった。が、腹を決めたクローゼは顔色一つかえない。

「フン、吹っ切れたようだな！　いいぞ！」

クレメンスは楽しそうに艦長に振り向くと、

「接舷だ！　フランス艦を制圧する！」

「了解！」

艦長の口から、操舵員に激がとぶ。

「接近してきます！」

顔中血だらけの水兵が、マスケット銃を片手に舷側を指差した。

「……いよいよ切り込んでくるつもりだ。待っていたぞこの時を！」

ウオン少佐が嬉しげに剣を抜いた。

「各員、白兵戦用意！　剣を持てる者はすべて闘え！」

〝銀星号〟の甲板は、すでに言語に尽くせぬありさまであった。船体は激しく破損し、瓦礫の山は足の踏みいれる隙間もないほどである。その上、そこかしこに負傷兵たちが折り重なるように倒れていた。

が、なんということだろう！　そんな状態でも、ウオン少佐の声に答えるかのように、兵士たちは次々に剣を抜きはじめた。もちろん負傷者もふくめてである。恐るべき結束力といわねばならない。

「艦の損傷が激しく、これ以上進路を維持できません！」

艦長が右耳を押さえながらウオンに言った。〝雪風〟の攻撃で、破片をうけてしまったのだ。指の隙間からおびただしく血が流れている。

「姫君が乗っているというのに、まさかこのように激烈に砲撃を加えてくるとは……奴は狂っています！」

「そうだ。奴はロクデナシだ。あの時もそうだったろう！」

二人の脳裏に、あの時の情景がうかびあがった。あの時、奴の船は接舷していた二隻の間に割り込むように突っ込んできたのだ。正気のさたで、できることではない。

「これで決着をつけてやる！　艦長！　こちらからも接近しろ！」

「は！」

艦長の号令がとび、〝銀星号〟の船体が大きく傾いた。急速に両艦が接近していく。


やがて、激しい衝撃とともに、〝雪風〟と〝銀星号〟は接舷した。


「きゃ！」

船室に閉じ込められていたアンノワールは、突然の激しい衝撃に、腰掛けていたベットから投げ出された。床の上に、叩き付けられるように両手をつく。

「……衝突したんだわ！」

今の衝撃は、さきほどから轟音とともに繰り返されていた、着弾によるものとはあきらかに違っていた。船全体が、大きく揺さぶられるようである。

「砲声がやんだ！」

かわりに、大豆桶がひっくり返されるような音が、天井の向こうから響いて来た。銃撃戦のようである。

両艦は接舷したらしい。

「あ！」

起きあがったアンノワールは、彼女を閉じ込めていた部屋の扉が、大きく傾いているのに気付いた。衝突のショックで蝶番いがはずれたらしい。傾いた隙間から、薄暗い通路が垣間見えた。

「！」

アンノワールは、その壊れかけた扉に駆け寄ると、迷うことなく重厚な建材を蹴り崩しはじめた。


「突撃！」

ひとしきり制圧射撃を加えたあと、〝雪風〟の舷側から、一斉に戦闘桟橋が突き出された。間を入れず、剣を手にした黒い兵士たちが、〝銀星号〟めがけて雪崩れ込んでいく。

「撃退しろ！」

〝銀星号〟側も果敢に応戦した。艦内にいるすべてのアイルランド人が、剣を手に〝雪風〟の兵士たちを迎え撃った。両軍の間に、たちまち喚声と剣撃の音がわきあがる。

「行くぞ！」

クローゼを引き連れ、クレメンス卿も桟橋の上を駆けた。白く砕ける波の上を、二人の体が軽快に駆けていく。

「姫はどこだ！」

クレメンスが〝銀星号〟へと飛び込んだ。が、すでに艦内は繰り広げられる白兵戦に騒然となっていた。彼の足が甲板を踏むかふ踏まないうちに、〝銀星号〟の兵士たちが獲物に群がる狼のように殺到してくる。

「この！　邪魔をするな！　下がれ！」

闘いを挑んでくる何本もの剣先に、クレメンスの剣がたくみに振るわれた。二、三の鍔ぜりあいのあと、次々に兵士たちが甲板の上に崩れ落ちていく。

「イヤー！」

クレメンスのすぐ近くで、クローゼのすさまじい気合いが彼女に挑む兵士達を圧倒した。たちまち、彼女の倍ほどもある兵士の体がその場に倒れ込む。強敵を倒したクローゼを休ませる間もなく、新手の兵士が必殺の突きを繰り出して来たが、それもすぐに打ち据えられてしまった。

「なかなかやるな！」

胸甲兵の脇腹を刺し貫いたクレメンスが、鬼神のように暴れ回るクローゼの姿に口元をゆるませた。

「女だてらに帯剣しているだけはある！　さすがは、音に聞こえるバーニッシュ一族の娘だ！」

が、そんなクレメンスの賛辞も、剣をふるうクローゼの耳には入らない。

こいつらが姫様を！

主をかどわかした憎むべき敵勢に対し、ベルターナ陸軍大臣の娘は、一心不乱に剣先を血に染めていった。

こいつらが姫様を！

クローゼの激しい攻撃に、彼女に立ち向かっていた兵士の一人が、足をすくわれたようにその場に倒れ込んだ。見ればまだ年若く、顔のどこかにあどけなさが残っている少年兵である。

が、復讐に燃えるクローゼの目には、相手のそんな幼さなどは写らなかった。恐怖に顔を歪ませる憎々しい少年の喉を、クローゼの剣が冷酷に貫こうとした。

その時。

キーン！

繰り出されたクローゼの剣が、突然横合い

から鞭打たれたように弾かれた。突然の打撃と、そのすさまじい威力に、クローゼは思わず剣を取られそうになる。が、かろうじて剣の柄を握り直すと、サッと飛び下がり、ふいの妨害者に警戒する。

彼女の前に姿をあらわしたのは、頬に古い裂き傷を持つ、この艦の高級指揮官とおぼしき男であった。

「いつも姫君にくっついている、クローゼとかいう女だな」

ウオン少佐は若い同胞を助け起こしながら、クローゼに剣をかまえた。

「女だてらに剣をとり、このような所までわざわざ赴くとは……戦場は女が遊んでよいような場所ではないぞ！」

「黙れ！」

ウオン少佐の言葉に、クローゼが激しく言い返した。

「遊びに来たのではないわ！　姫様を返せ！」

すさまじい殺気を帯びたクローゼの剣が、ウオン少佐の喉元に繰り出された。が、ウオンの剣が、その攻撃を難無く払い除ける。

「返せと言われても、すなおに返すわけもない」

簡単に攻撃をふせがれてしまったクローゼに、ウオンは冷淡な笑みをうかべた。

「だが、すなおに引き下がれんのはそちらも同じようだ……ここは一つ、手合わせ願うとしようか！」

そう、言うか言い終わらないうちに、ウオンの剣がすさまじい早さでクローゼの喉笛めがけて繰り出された。クローゼの剣がとっさに払い避けるが、次の瞬間には別の方向からウオンの剣がうなりをあげた。

「く！……」

右、左、右、右、上、下、と、ウオンの剣は電光石火で繰り出された。その攻撃を、クローゼの剣が間一髪で払い除けていく。が、激しい連撃を繰り返すウオンの剣さばきはたくみで、クローゼが反撃に転じる隙間もない。

キン！　キン！

と、金属音の響く中、クローゼの顔がしだいに歪んでいく。

「そらそら！　どうした！　そんな剣じゃ、残った一つ目も失うことになるぞ！」

クローゼを激しく攻め立てるウオン少佐の口元に、余裕の笑みがうかんだ。

「そんなことで、今までよくも姫君の警護役がつとまったものだ！」

「何！」

ウオンの言葉に、クローゼの頭に血がのぼった。

「黙れ！」

と、防戦一方だった彼女の剣が、突然火がついたようにウオンめがけて突き出された。

「！」

感情的になったクローゼの攻撃に、ウオン少佐が一瞬のスキを見出だした。彼の剣が易々とクローゼの剣を払い飛ばし、同時に彼女の腹部に強烈な打撃が打ち込まれる。

「ふっ！」

と、クローゼの体がくの字に折れ曲り、そのまま、甲板へと倒れ込んでしまう。

「女を殺すのは主義に反するが……」

腹を蹴り飛ばされ、いやな涎を吐き出すクローゼに、ウオンの剣先が構えられた。

「今は邪魔されては困るのでな。覚悟！」

姫様！

恐ろしげな光を放つ剣先に、クローゼが観念したように目を閉じた。

その時。

キーン！

クローゼを刺し貫かんとしていたウオン少佐の剣が、先程のクローゼ同様、突然横合いから弾き飛ばされた。

「！」

予想外の妨害に、ウオンの体が反射的に飛び下がった。そして、妨害者を目にしたとたん、ウオンの顔に驚愕がうかびあがる。

「……剣士にとって感情的になるということは、即敗北を意味する」

ウオン少佐の剣を弾き返したクレメンスが、クローゼの身をかばうようにウオンの前にあらわれた。

「貴様も姫の警護役を勤める者ならば、簡単に激情に陥らんように気をつけろ」

そうクローゼをさとすクレメンスの目は、しかし彼女の方には向けられていない。

剣をつがえてウオンに立ちはだかる彼の口元が、楽しげにゆるんだ。

「……それにこの男の相手は私だ……そうなんだろう？」

「おうよ！」

クレメンスの問いに、ウオン少佐が狂喜したように残酷な笑みをうかべた。

「俺が探してした相手は……貴様だ！」

ウオン少佐の目に復讐の炎がもえあがる。剣を手に身構える彼の体から、はたから見てもわかるくらいに、すさまじい殺気が発散しはじめた。

同じように、クレメンスの目からも、激しい気迫が輝きはじめた。必殺の構えをとり、じりじりとウオン少佐に対峙する。

決して合い入れることのない、積年の感情が積もりに積もった、宿敵同志の再会であった。

「クレメンス卿！」

九死に一生を得たクローゼが、クレメンスに助太刀せんとあわてて剣を構えた。が、クレメンス卿がそれを叱咤する。

「馬鹿者！　何のつもりだ！」

「ご助勢を……」

「馬鹿！　貴様には耳はないのか！　この男の相手は私だ。女が横から口を挟むんじゃない！」

そう叱責するクレメンスの目は、いつ飛び掛かって来てもおかしくないウオンの方から決して離れようとしない。

「貴様はひっこんでろ！」

「し、しかし……」

剣を構えたまま、クローゼはなおも離れようとしない。

ふたたびクレメンスが声をあげた。

「本来の任務を忘れたか！　お前には大事な仕事があるだろう！」

その言葉に、クローゼの顔がハッとなる。

「貴様は姫君を捜し出せ！　なんとしても無事助け出すんだ！」

そう言いながらも、クレメンスとウオンの爪先がじりじりと寄って行く。

「それがお前に与えられた任務のはずだ！　この男は俺が相手をする！」

クレメンス卿……まさか、私に名誉挽回のチャンスを？

クローゼの目が、問いかけるようにクレメンスに向けられる。

姫をお守りできなかった私にもう一度チャンスを……？

そうさとった瞬間、クローゼの体が奮い立つようにその場から飛び出した。一瞬だけ立ち止まり、クレメンスに感謝の視線をなげかける。

が、次の瞬間には、彼女はそのまま乱戦にごったがえしている艦内へためらうこともなく飛び込んでいった。

「……これで邪魔者が消えた」

クレメンスが猛虎のような眼光で言った。

「これで心置きなく闘える」

「そうだ。これで積年の恨みが果たされるというもの」

クレメンスの眼光を、ウオン少佐が龍神のような目で弾き返した。

「……すでに遠い日となりし、あの日の決着をつけんがため……！」

やがて、ウオンの体がクレメンスめがけておどりかかった。

「艦長！」

戦闘くりひろげられる甲板のはるか上、マストに設けられた見張り台にいる物見から、やはり剣を手に敵の手から〝銀星号〟の操舵室を守り抜いているデブリン艦長にむかって叫び声があがった。

「あそこに艦影！」

「何！」

艦の自由を奪わんと、さかんに群がって来る黒衣の兵士を殴りとばしながら、艦長は見張りの指す海上へと目を向けた。

「あ！」

とたんに、艦長の顔が凍り付いた。目に写った物の正体に、彼の口から苦々しげな声がもれる。

「何てことだ……よりにもよってこんな時に」

艦長が目を向けた方向、二隻の軍艦が死闘を演じている海上から約二千メートルほど離れたところを、一隻の大型艦が彼らめがけて突進していた。あきらかに戦闘体制に入っているとおぼしきその軍艦のマストには、英国王の旗が燦然とはためいている。

言うまでもなく、〝王家の旦那号〟であった。

「姫様！」

艦内では、敵兵を切り開いていたクローゼが、崩れ落ちた瓦礫の隙間から這い出そうとしているアンノワールを発見した。その姿を目にしたとたん、血相を変えて駆け寄る。

「姫様、大丈夫ですか！」

そう問いかける忠臣の姿を目にし、アンノワールが唖然とした。

「クローゼ！　どうしてあなたがここに？」

が、クローゼは答えるのもまどろっこしく、大急ぎでアンノワールの体を引っ張り出した。そして、いまだ不思議そうな顔をするアンノワールを懐かしげにみつめ、やがて愛おしそうに抱きすくめた。

「姫様、よくご無事で……」

そう嬉しげに言うクローゼの一つ目は涙ぐんでいる。

「お許しください、姫様！　私がいたらなかったばかりに……」

「いいのです、クローゼ。こうしてまた会えたのですから」

クローゼの体をアンノワールがやさしく引き剥がす。

「それより、どうしてあなたが？　接舷しているのはあの方の船だとばかり……」

アンノワールの疑問に、クローゼが祝福するように顔をほころばせた。

「そうです！　そうなんですよ！　とうとう、姫様がお探しになられていたお方が、あられましたのよ！」

　もう一度、今度は嬉しそうにアンノワールを抱きしめる。

「驚かないでください。実は、姫様の探していた黒い海賊というのは……」

　と、クローゼが言いかけたとき。

　艦内を走り回っていた敵兵の一人が、手を取り合っているアンノワールとクローゼを見とがめた。一瞬後には、すさまじい形相で二人に対し剣をふりかぶる。電光石火の一撃を、言葉途中のクローゼの剣が間一髪でうけとめた。

「クローゼ！」

「お早く！　姫様！　ここは私が……」

　敵の剣を払いながら、クローゼがアンノワールに叫ぶ。

「早く！　早く行くのです！」

「でも……」

　アンノワールは気がねするようにクローゼから離れようとしない。

　それを見てクローゼがなおも叫んだ。

「何をなさっているのです！　早くお行きください！」

　クローゼの剣が、敵の左肩を切り裂いた。敵兵の体が力尽きたように崩れ落ちる。が、間をいれず通路の向こうから新たなる敵が姿をあらわした。

「お願いです！　早く行ってください！」

　第二の敵に剣撃を加えながら、クローゼはいまだ離れようとしないアンノワールを叱咤した。

「ここは私一人で充分です！　姫様は早く上へ……」

「できません！　あなたを置いてなんて」

　死闘をくりひろげるクローゼを前に、アンノワールの顔は悲壮である。

「私も闘います！」

と、倒れた敵兵の剣に手をのばす。

「いけません！　ここは私におまかせください！」

敵に圧倒されながらも、クローゼはなおも叫んだ。

「何を躊躇しているんです！　あの方にお会いになりたくはないんですか！　あの方は、もうこの上に来ておられるのですよ！」

クローゼの言葉にアンノワールの顔色がかわった。あの方がここに……。

「早く！　姫様！　早く！」

クローゼのせがむような嘆願の声に、アンノワールはついにうなずいた。後ろ髪を引かれる思いではあったが、それを振り切るようにクローゼに背を向ける。

「早く！　姫様！」

クローゼがもう一度、アンノワールに向かって叫んだとき。

アンノワールは意を決しもはやためらおうともせずに、その場から駆け出した。瓦礫の山をかきわけ、ただ一心に甲板へと向かう。

あの方がここにいる！

クローゼを取り残してしまったことに後ろめたさを感じながらも、アンノワールの心は期待と喜びにはやっていた。砕け散った梁を乗り越え、倒れ臥す敵兵をまたぎながら、しだいに彼女の心は周囲の人々を犠牲にしてまで貫き通して来た、黒い海賊へのはげしい思いに満ちはじめていく。

大丈夫ですか、姫君……。

埃と硝煙にまみれながら、ひたすらに突き進むアンノワールの脳裏に、あの海賊のやさしげな微笑みがうかんだ。

あの方がここにいる！

希望と歓喜に心を溢れさせながせら、アン

ノワールは兵士たちが折り重なるタラップを駆け登った。

「！」

アイルランド人たちの体を乗り越え、ささくれだった手摺に指を傷付けながらも、ようやく登り詰めたアンノワールの前に、戦場の地獄絵図がひろがった。傷付いた兵士たちが艦内以上に折り重なり、辺りには吐き気のするくらいに硝煙の匂いがたちこめている。その阿鼻叫喚の中を、生き残っている人々はなおも闘い続けていた。刃零れした剣を必死にふるい、あらたな絶叫がそこかしこからあがっている。

が、アンノワールの目は、そんなものには、いっこうに構っていなかった。ただひたすら愛すべき人の姿を探し求めた。

あの方はどこ？

と、周囲を探すアンノワールの目が、ある方向に向けられた時。

「！」

アンノワールの目が、その一点に釘付けとなった。唖然とするように、瞳が大きく見開かれる。

まさか……あの方が……？

次第に、彼女の顔に驚愕のいろが浮かぶ。

まさか……。

メインマストを挟んだ向こう側で、黒い海軍士官の軍服をまとった男が、頬に傷のあるあのアイルランド人と剣を交えていた。両者とも相当の手練れで、すさまじいばかりの死闘を演じている。

まさか……そんな！

その、黒衣の姿に、アンノワールは愕然とした。あきらかに〝銀星号〟に接舷した黒い海賊船の船員、それも指揮官クラスと思われるその男は、驚くべきことに、いつもふざけた態度で水夫たちを怒らせ、海賊島ではアンノワールに無礼な口を平気で聞いてきた、あのクレメンス卿だったのである。

あまりの事実に、アンノワールはその場に呆然と立ち尽くしてしまった。

あの人が……黒い海賊……。

「いいぞ！　それでこそ私が探し求めていた男だ！」

剣の火花を飛び散らせながら、ウオン少佐が命がけのゲームを楽しんでいるように叫んだ。

「それでこそ、黒い海賊だ！」

風を切るウオンの剣をよけながら、クレメンスが応じる。

「痛み入る！　私も、君と闘えてうれしい！」

クレメンスの剣が、ウオンの胸板を刺し貫こうとする。

が、ウオンの剣がぎりぎりの所でそれをはらった。

「何せひさしぶりの対決だ！　時を経た殺しあいは、宿敵同志の感情を恨みによって熟成させる！」

跳ね返されたクレメンスの剣が、間髪いれずそのままウオンの顔を切り払おうとする。

「ワインのようにね」

「笑止だな、海賊！」

クレメンスの言葉をあざけるように、ウオンが襲いくる剣先を弾き飛ばした。

「いや、海賊ではあるまい。あの時といい、今回といい、ベルターナの姫君を襲うたびに姿をあらわす貴様は……」

と、ウオンの剣がクレメンスの足を突く。

「……ベルターナの秘密警察か！」

が、突き出されるウオンの剣を、クレメンスは飛び上がってかわした。そのまま後方に飛び下がり、おどけるように肩をすくめる。

「秘密警察？　ベルターナ王国の？　失礼な、私はただの海賊だよ」

そう言うと、クレメンスはふたたび剣を繰り出して来た。

「……栄光ある、黒百合の海賊だ」

「海賊だと？　あくまで言い張る気か！」

クレメンスの言葉に、ウオンは悪態をついた。

「よかろう！　そのように望むなら、海賊として死ぬがいい！　あの時の恨みを、私は卑しい海賊に晴らすこととしよう！」

ウオンの剣が、勢いもよく大ぶりに払われた。クレメンスの首筋めがけて、うなりをあげて刃が空を走る。

「……それはお互いさまというものさ」

間一髪で斬撃を避けたクレメンスが、お返しにウオンの胴を払った。

「貴様は卑劣にも、か弱い殿下をかどわかした。紳士として……いや、男として、決して許される行為ではない」

飛び下がるウオンに、クレメンスはふいに手を止めた。

「……しかしね、そのことは別にしても、私も君には悪いことをしたと思ってはいたんだ」

「何をだ！」

「君のその傷さ。私のためにせっかくの美男子が台無しだ……その御面相では、相手にしてくれる女性などいなかったろう？」

クレメンスが、ふざけるように剣先でウオンの傷跡を指し示す。

「……今まで、君は随分と寂しい思いをしてきたんじゃないか？」

「だ、だまれ！」

クレメンスの辛辣な言葉に、ウオン少佐が

猛り狂ったように剣をふりかぶった。

「貴様なんぞ、細切れにしてくれる！」

その時。

すでに〝銀星号〟と〝雪風〟のすぐ間際にまで接近していた英国戦艦〝王家の旦那号〟から、とてつもない砲声が轟いた。すさまじい数の砲弾が、我を忘れて闘い続けている海賊船〝雪風〟の上にふりそそいでくる。

その流れ弾が、クレメンスたちのいる〝銀星号〟をも襲った。

「あ！」

激情したウオン相手に切り結んでいたクレメンスの足が、着弾の衝撃にわずかにもつれた。そのスキをついて、ウオンの剣がクレメンスの顔を襲う。

「く！……」

クレメンスの頬に、ウオンと同様の、しかし生々しい裂き傷がつけられた。あおりをくらったように、クレメンスの体が甲板にくずれる。

「もらった！」

恨み重なる相手に、自分と同じ傷をつけることのできたウオンが狂喜の笑みをうかべた。倒れた海賊に止めをささんと、剣を斜に構える。

その時！

「！」

復讐を果たさんとしていたウオン少佐めがけて、鋭い光を放ちながら一条のナイフが空を引き裂き飛来した。その気配をさとったウオンが、常人ばなれした太刀さばきでそのナイフを弾き飛ばそうとする。

「！」

が、なんということであろう！　見事ナイフを弾かんとしたウオンの剣を、そのナイフは遮られるどころか砕くように断ち折ってしまったのだ。

「ぐ！」

一瞬後、ウオンが自らの左頬を押さえた。

その指の隙間から、おびただしい鮮血が流れ出る。障害を粉砕したナイフが、そのままウオンの頬に新しい傷をつけたのだ。

「！」

アイルランド人が見せた一瞬の怯みを、クレメンスは見逃さなかった。自らも頬を血に染めながら、必殺の一撃をウオンめがけて突き出した。

「あ！……」

脇腹を背中まで貫かれ、ウオンが刃のとぎれた剣を取り落とした。その目が、一瞬だけ驚愕するようにクレメンスにたいして見開かれる。

「この！……」

が、それ以上言葉を続けることはできない。

やがて、ゆっくりとその場に崩れ落ちた。

「……」

勝利を得たクレメンスが、倒れたウオンに、何か共鳴するような目をなげかけたとき。

「クレメンス卿！」

必死の様相をうかべたアンノワールが、剣を手に駆け寄ってきた。可憐な姫君の姿を目にし、クレメンスも宿敵のそばをあとにする。

「クレメンス卿！　大丈夫ですか！」

歩み寄ってくるクレメンスに、アンノワールは心配げに問かけた。そして、クレメンスの頬から止めどめもなく流れ出している血を目にしたとたん、彼女の顔に悲痛なばかりの驚愕がうかんだ。

「大変！　血が……」

「ん？　何、大丈夫だ」

慌ててネクタイをはずし、クレメンスの頬にあてようとするアンノワールをクレメンスがなだめた。

「このくらい……何ともない」

介抱を断るクレメンスから、アンノワールの手がゆっくりと戻される。

やがて。

「……あなただったのね」

アンノワールの口から、ゆっくりと言葉がもれ出た。

「あなただったのね、クレメンス卿！　あなたが、私の探していた……」

「そうだ。私が、あなたの言っていた黒い海賊だ」

呆然とみつめるアンノワールの手からネクタイをやさしく取り上げると、クレメンスは自ら血に汚れた頬を拭った。

「……あなたが探しもとめていた男だ」

「!!」

クレメンスの言葉を耳にしたとたん、アンノワールの心に大輪の花のような感情が咲き乱れた。たまらない、とても我慢することのできない、あの暖かい感情が、血塗られた戦場にいるアンノワールの心にふくらんだ。

「！」

クレメンスが戸惑う暇すらあたえず、アンノワールは手に持っていた剣を投げ捨てると、感きわまったようにクレメンスの体に飛び付いた。そのまま、歓喜に震えるその顔を、黒い海賊の胸にうずめる。

「会いたかった！　会いたかったの！」

アンノワールの口が、繰り返し自分の思いを告げる。

「会いたかった……会いたかった……」

それは、実に単純で芸のない言葉ではあ

る。だが、その言葉の中に込められた彼女の思いは、誰にでも理解でき、また、誰にも説明できない種類のものである。

「……殿下」

しばらくの間、海賊は姫君の望むままに、やさしくたたずんでいた。が、やがて、クレメンスの手がやさしくアンノワールを引き剥がす。

「……ナイフを投げてくださったのは殿下ですか?」

クレメンスの問いに、目元を潤ませたアンノワールがコクリとうなずいた。英国艦からの砲撃で、窮地に陥ってしまったクレメンスを目の当たりにしたとき、彼女は思わず誰かが忘れていたらしい、すぐそばに突き立っていた小型ナイフをウオンめがけて投げ付けたのだ。

「そうか……」

アンノワールの返答に、黒い海賊の感謝の視線が彼女の瞳にそそがれた。

「ありがとう……姫君」

「……!」

そう礼を言うクレメンスの目には、彼女が幼い日に見たあの時とまったく同じ微笑みがうかんでいた。

「……いかん!」

圧倒的な敵兵を相手に慣れない剣をふるっていたデブリン艦長の目に、ウオン少佐が倒れ臥すのが入った。

「少佐!」

襲い来る黒い兵士たちを切り開きながら、艦長はうずくまるウオンのそばに駆け寄った。

「少佐、しっかり!」

と、ウオンの体を抱き起こす。ウオンの顔には苦悶の表情が浮かんではいたが、幸いなことに息はあった。が、頬にできた新しい傷と脇腹の辺りからはおびただしい血が流れ出している。このままでは、まちがいなく命はないだろう。

「く……」

司令官の負傷と、愛艦の損傷の激しさに、艦長は断腸の思いで決断をくだした。

「ワイルド・ギース！　集え！　ワイルド・ギース！」

艦長の口から、切実な叫び声があがる。

「ワイルド・ギース！　我の元へ！　ワイルド・ギース！」

突然、艦内に異変がおこった。艦長の声が、艦内に響き渡ったとたん、それまで一心不乱に闘っていたアイリッシュたちが、踵を返しその場から駆けだしたのだ。

「集え！　ワイルド・ギース！　集え！」

艦長の声に答えるように、ワイルド・ギースたちは己の闘いを次々と放棄し、艦長とウオンのいる場所へぞくぞくと馳せ参じはじめた。中には、そのふいを突かれて倒れる兵士もいたのだが、彼ら漂泊の傭兵たちは集合することをやめようとしない。ただひたすら、声のあがる、彼らの名を呼ぶ者のところへと駆けて行く。驚いたことに、とっくに死んでいたのでは、と思えるような重傷者までもが、這うようにして彼らの集うべき地点へと向かっていた。その中には、頭からおびただしい血を流している〝案山子〟の姿もあった。

「ワイルド・ギース！　ワイルド・ギース！」

艦長のそばへと集合した彼らは、驚くべき早さでたちまち防御陣形を形成した。皆、堅城鉄壁な表情をうかべ、マスケット銃を槍衾のように構える。

「危ない、姫様！」

艦内の修羅場から、ようやく血路を切り開き甲板へと姿をあらわしたクローゼが、今まさに火を吹かんとするアイリッシュたちの陣形を目にし声をあげた。

「伏せて！」

その声を聞き付けた黒い海賊がアンノワールの体をかばうように引き倒すのと、ワイルド・ギースの一斉射撃とは、ほとんど同時であった。

「姫様！」

轟く銃声に、よもや！　と、クローゼの顔色がかわった。が、ほどなく、黒い海賊とアンノワールが、怪我のないことを証明するようにムックリと起き上がった。

「くそ！　連中の結束力と、奮闘精神は尋常ではないぞ！」

銃弾を再装填しはじめているアイリッシュたちに、クレメンスは感嘆の声をもらした。

「あれだけの被害をうけておいて、今の射撃はなんだ？　すばらしすぎる！」

そうつぶやくクレメンスと、彼に助けられるように立ち上がるアンノワールのもとに、クローゼが必死のおももちで駆け寄ってきた。

「お、お二人ともお早く！」

ふたたび銃を構え始めるワイルド・ギースを警戒しながらクローゼが叫んだ。

「姫様さえ戻られれば、こんな船に長居は無用です！」

「そうだな。戻るとしよう！」

ワイルド・ギースに対抗すべく、急速に形成される黒い銃士隊に守られながら、三人は〝雪風〟の桟橋へと足を向けた。

「少佐！　少佐！」

同胞たちの過烈な銃撃に守られながら、艦

長は意識を失っているウオン少佐を揺さぶりつづけた。かたわらで、兵士の一人が必死になってウオンの傷の手当てをしている。

「少佐！　少佐！」

「く、くく……」

艦長の声が彼の意識にまでとどいたのか。

やがて、ウオンの意識が回復した。

「少佐！　しっかり！」

「か、艦長……奴は……奴は……」

ウオンが、苦悶の表情もそのままに、うわごとのように問う。

「奴は……黒い海賊は」

「……残念です！　姫君を奪回されました」

艦長が、無念、とつぶやく。

「わが艦はこれ以上任務を続行できません。我々の負けです」

「……そうか」

ウオンが、力なくつぶやく。


「敵が引き揚げてきます！」

ワイルド・ギースを臨時に指揮していた若い士官が、血塗れのまま報告した。見れば、彼の言う通り、主たちを戦艦まで保護し終えた黒い兵士たちが、ワイルド・ギースのことを警戒しつつ、自分たちの負傷者をともなって桟橋を引き揚げていく。

「……少佐！」

ウオンに目を戻した艦長が、ふたたび意識を失った少佐を呼び掛けた。事態を察した兵士たちが、息を飲み悲壮なおももちで少佐をとりまく。

何を意味するものなのか。

かろうじて息をしている少佐の目から、一滴の涙が流れ落ちた。


「どうしてです？　どうして、今まで黙っていたのです？」

〝雪風〟に無事保護されて、アンノワールは、納得いかぬと、クレメンスにつめよった。

「どうして言ってくれなかったのです？　私共はずっとおなじ船に乗っておりましたのに……」

そうクレメンスを非難するアンノワールの顔は悲壮であった。

「私、あなた様が黒い海賊だと知っていたら、きっと……」

「信用したかね？」

アンノワールに、クレメンスは頰の傷をおさえながら問い返した。

「どこの馬の骨だかわからん放蕩貴族が、あなたの探し求める黒い海賊だと名乗りをあげたとして、あなたは信用したかね？」

クレメンスの口調は、まことにあっけらかんとしている。

「〝旭丸〟では、あれだけ傍若無人にふるまい、海賊島では王族であるあなたに、えらそうに説教をたれた。その私を、あなたはすぐに黒い海賊だと信用したかね？」

「……でも、あの時のあなたのお言葉は、いちいちもっともなことでしたわ……あなた様のお言葉で、私、目が覚めたような……」

そう言い返すアンノワールを、クレメンスがさえぎる。

「それは今だから言えるんじゃないかな？　あの無礼きわまる男が、実は黒い海賊だったと知れたから言えるのではないかな？　もし、他の誰かから同じことを言われたとして、あなたはそれを聞くことができるかい？　ああ、いちいちもっともな話だと、後々になって言えるのかい？」

「それは……」

クレメンスの言葉に、アンノワールは自信なさそうに言葉につまる。

「……でも、私はあなたのことを」

声をあげようとするアンノワールを、クレメンスがふたたびさえぎった。

「うん。確かに、いろいろと私のことを探し回ったみたいだね。実を言うと、君が私のことを探していたことは、もう随分と前から察していたんだ」

心細げなおももちのアンノワールに、クレメンスが笑い声をあげた。

「フフフ。正直言って驚いたよ。王宮の奥深くで暮らしているはずのお姫様が、男装に身をやつして私のことを探しまわってるって聞いた時にはね。しかも、どうやらこのお姫様は私に一目惚れして、私のことを捜し出すために、あちらこちらで剣を振り回しているらしい……フフフ。びっくりなんてもんじゃないよな」

そう笑うなり、クレメンスは顔をこわばらせた。笑んだひょうしに傷口を引きつらせたらしい。

「お転婆はおきらいですか？」

傷口を痛そうに拭うクレメンスに、アンノワールが伺うようにたずねる。

「女のくせに、剣を振り回すような娘はお嫌い？」

「嫌いかって？　さて、どうかな……」

思いつめるような様相のアンノワールに、クレメンスは含み笑いをうかべた。

「さっき、どうして名乗り出なかったんだ、て聞いたね？」

「……はい」

「フフ、まあ確かに、いきなり名乗り出ても信用してもらえそうもなかったから、というのも本当なんだが……」

光が宿る。

ふいに、クレメンスの目に、あのやさしい
「……本当の所はね。見極めておきたかったんだよ。私の妻になる人とは、一体どんな人なんだろう、てね」

クレメンスの言葉に、内心心細くてしかたがなかったアンノワールの胸に、蝋燭に火が点るように、あたたかい喜びが満ちていった。クレメンスを見詰め返す彼女の瞳に、さざ波のような潤みがうかんでくる。

「提督、申し訳ございませんが……」

二人の会話に目頭を押さえていたクローゼを押し退けるようにして、〝雪風〟の老艦長が進み出て来た。その顔を一目みて、その表情を歓喜から驚愕へとかえるアンノワール。早朝の釣人が、目を丸くする姫君に懐かしげに会釈した。

「何だ艦長？　私はいそがしいんだが」


アンノワールとの対面を邪魔されて、クレメンスがわざとらしく迷惑顔をした。

「申し訳ありません、提督……ですが、あれを」

と、老艦長が海のほうを指差す。

「英国艦です。どうやら、我々を見逃すつもりはないようですな」

艦長がしめした方向には、英国旗をかかげた巨大戦艦が、海面を断ち割るように波を切っていた。最初の一斉射撃を〝雪風〟と〝銀星号〟に加えた後、そのまま戦闘速度で両艦のわきを通り過ぎていった〝王家の旦那号〟が、今、ふたたび黒い海賊船に砲撃を加えるべく、ゆっくりと回頭しはじめている。

「フランス艦、離れます！」

〝王家の旦那号〟に目を向けていたクレメンスに、マストの見張りが報告した。かえり見ると、それまで〝雪風〟と舷側をあわせていた〝銀星号〟が、大破した船体をようやく揺り動かすように、ゆっくりと〝雪風〟から離れて行く。

戦意を喪失し、この場から離脱するつもりらしい。

そのとき、回頭を終えた英国艦から、すさまじい砲声が轟いた。

「やれやれ、フランスの次はイギリスか。忙しいことだな」

砲弾が炸裂する中、クレメンスがあきれるようにつぶやいた。が、その声はあいかわらずどこかしら楽しげである。

「どのみち、イギリス人にも姫君を利用されたくはない……さて、再会できてまことに充実した時をすごせたが……」

クレメンスが、アンノワールとクローゼに向き直った。

「ごらんの通り、これからちょっと忙しくなる。ご婦人方には船を降りていただこう」

クレメンスの理不尽な言葉に、アンノワールの顔が聞き捨てならぬ、とばかりにこわばった。

「なぜです？　私はあなた様と共におります！」

「……それができんのだよ。この艦は、これからあの戦艦と一戦交えるんだ」

抗議するアンノワールに、クレメンスは猛射を続ける〝王家の旦那号〟をしめした。

「そうとうの激戦が予想される。ご婦人には辛辣すぎるほどのね」

「のぞむところです！　私も闘います！」

アンノワールが、戦艦の姿など眼中にないかのように声高に剣を抜いた。

「私はあなた様の妻になるんです！　あなたと共に闘います！」

「私のことを思うのなら、まず王族としての義務をはたしなさい！」

　聞分けのないアンノワールに、クレメンスが叱り付けるように声をあげた。

「あなたは王族なのだ。まず、そのことを自覚しなさい！」

　クレメンスの叱責に、居丈高に剣をかかげていたアンノワールが、縮こまるようにシュンとなる。

「でも……」

　悲しげに光るその眼が、悪戯を咎められた幼子のようにクレメンスに向けられた。

「殿下……」

　弱々しく自分を見返すアンノワールに、クレメンスはやさしくさとすように言った。

「……私のことを本当に愛してくれているのなら、私のいうことを聞いてほしい……お願いだ、この船から降りてくれ」

「でも！」

　いまだ抗議の声をあげようとするアンノワールを無視し、クレメンスは踵をかえすようにクローゼに向き直った。

「お前！」

「は、はい！」

　呼び付けられて、反射的に不動の姿勢をとるクローゼに、クレメンスは声高に言いはなつ。

「お前も、姫君の臣下なら、臣下としての義務をまっとうしろ！　今度こそ、姫君をお守りするんだ！」

「……舷側にボートを下ろさせてある。あれに乗っていれば、じきに〝旭丸〟が助けにくるよ」

　クレメンスの言葉に、何と返事すればよいのかとまどっていたクローゼの耳元に、老艦長がささやいた。その言葉の意味するところを理解したとたん、クローゼの顔が明らかな決意に染まる。

「わかりました、クレメンス卿！」

クローゼは、心魂に徹したように答えると、アンノワールの腕をとった。

が、アンノワールは承知しない。

「いやです！　私は残ります！」

と、クローゼの手を振りほどこうとする。

「離しなさい、クローゼ！　離しなさい！」

「なりません姫様！　ここはクレメンス卿の言う通りに……」

「いやです！　離しなさい！　クローゼ、離しなさい！」

いつもなら、アンノワールの言葉に、クローゼはしかたなさそうに手を離してしまうだろう。そして、無茶な主君にあきれるように、肩をすくめながら溜め息をつくのだ。

が、今回ばかりは違った。クローゼの手は、アンノワールの腕を捕らえたまま決してはなれようとしない。何と言っても、第三王女の命がかかっているのである。

「姫様、お許しください」

クローゼはそう言いながら、あらがうアンノワールをその場から引き剥がすように、ボートの方へとひっぱっていく。

が、アンノワールはなおも反抗した。

「やめなさい、クローゼ！　離しなさい！」

狂ったように叫ぶアンノワールの手が、クローゼの肩や顔を、無差別に打ち据えた。

が、クローゼは顔をそらしたまま、かまわずアンノワールをボートへとひっぱりつづける。

「離して！　離して！」

「……お許しを、姫様」

ボートへとつながっているタラップのところにまできたとき、なおも抵抗するアンノワールの体をクローゼが突き飛ばした。

「あ！」

姫君の細い体が、波に揺れるボートの中に落下する。

「……クレメンス卿！」

ボートの底板に体をしたたかに打ち付けたアンノワールが、痛さにもめげずふたたび〝雪風〟に取り付こうとした。が、飛び下りるクローゼの体が、アンノワールの行く手を遮る。

「いけません、姫様！」

「どきなさい、クローゼ！　どくのです！」

タラップに手を延ばすことを頑として許さないクローゼを、アンノワールが睨み付けた。

「命令です！　どきなさい！」

「どきません！　クローゼはここを動きません！」

クローゼは激しく言い返すと、剣を抜きはらい、ボートと戦艦をつないでいたロープを一刀のもとに断ち切った。

「あ！　いけない！」

あわてて、アンノワールが切れたロープに手をのばそうとする。

が、クローゼの手が、アンノワールの体を強引に引き戻した。

「離しなさい！　離しなさい！」

なおもロープへ手をのばそうとするアンノワールの体を、後ろから抱き締めるようにクローゼの手がはがいじめにする。

「離しなさい！　クローゼ！　お願い！」

アンノワールが悲痛に叫んだ。

「お願い！　クローゼ、離して！　あの方が、あの方が行ってしまう……」

「だめです！　離しません！」

そうアンノワールに言い放つクローゼの声は、いつしか涙ぐんでいた。

「クローゼは……クローゼはこの手を離しません！」

「でも、あの方が！　あの方が！」

必死の様相で〝雪風〟にすがりつこうとするアンノワールを、クローゼが鼻声のまま抱きすくめた。

「おやめください……おやめください……私だって……私だって……」

愛すべき人の元から、意に反しながらも無残に引き離せばならぬクローゼの喉から、悲しげな嗚咽がもれはじめる。

「私だって……姫様のことを思えば……」

「でも……でも！」

涙にくれるクローゼに抱き締められながら、アンノワールはそれでもなお、諦められぬと、離れ行くロープに向けて悲愴に手をのばした。が、忠実な臣の涙に心を動かされたのか、しだいに彼女の体から力が抜けていく。

ボートが漂っている反対側では、ついに闘いがはじまったのだろう。〝雪風〟の船体を通して、あの過烈な砲声が轟はじめた。

その時。

「まだいたのかね！　あきらめの悪い人だ！」

〝雪風〟の舷側から、クレメンス卿がひょっこり顔をだした。

「いいかげん、クローゼの言う事を聞いてやりなさい！　それが、主というものですぞ」

「でも！」

悲しげに手をのばそうとするアンノワールに、クレメンスは笑顔で答えた。

「大丈夫！　私とあなたは、きっとまた会えるよ！」

「クレメンス卿！」

「早く行きなさい！　近いうち、またお会いしましょう！」

クレメンスはそれだけ言うと、ふたたび艦の中へとひっこんだ。それきり、二度と出てこようとしない。

「クレメンス卿！」

アンノワールの叫び声が、悲痛に波の上に響き渡った。

「……さて、と」

せわしく動く砲手たちをよけつつ、クレメンスは艦橋に向かった。

「これでアンノワール殿下も国に戻られるだろう。今ごろ、あの島に迎えが到着しているはずだ」

艦橋に登る彼の背後で、準備を終えた舷側砲が一斉に放たれる。たちまち、あたりに硝煙の匂いがたちこめた。

「……接近してきます。白兵戦に持ち込むつもりですな」

頬からしたたっている血を拭うクレメンスに、老艦長が新しい包帯を手渡しながら〝王家の旦那号〟を指差した。

「どうやら連中、我々を絞首台岬に吊さねば気がすまんようです」

艦長の言葉に、クレメンスは楽しげに英国艦を望んだ。風に乗り始めた〝雪風〟めがけて、じりじりと舷側を寄せてくる〝王家の旦那号〟の甲板に、大勢の小銃兵がたむろしているのが遠目にわかった。

「望むところだ！　あの〝黄金の悪魔〟と渡り合えるんだ！　相手にとって不足はない！」

楽しげにそう言いながら、クレメンスはもう一度だけ後方を振り返った。すでに遠くなってしまったアンノワールのボートが、波間にポツンと浮かんでいる。

「総員白兵戦用意！　狙撃手は位置につ

け！」

　艦長が号令を飛ばすのを聞きながら、クレメンスの手が軍帽へとのびた。

「……あの方だわ！　あの方が、私に手を振ってくれている！」

　遠のいて行く〝雪風〟の船尾楼で、大きく軍帽を振る海軍士官の姿を目にしたアンノワールの口から、狂喜するような声があがった。

「あの方が……私のことを妻にすると言ってくださったあの方が、私に手を振ってくれてるわ！」

　再会できた喜びと、離別せねばならぬ悲しみに、アンノワールは涙ぐみながらも健気に手を振りかえした。砲火を交える二隻の軍艦が、彼女のもとからしだいに遠くなっていく。

「あの方が……あの方が……」

　小さくなっていく戦闘艦に、アンノワールはいつまでも手を振りつづけていた。が、その艦影が、水平線上のけし粒ほどの大きさになったころ、彼女は力つきたようにその場に泣き崩れた。小さな肩を、か細い嗚咽にふるわせているアンノワールに、クローゼは言葉なく、ただうつむいているしかない。

　やがて、〝旭丸〟が到着した。

黒い海賊

アンノワールとクローゼの乗ったボートを収容した〝旭丸〟は、その後、海賊島へと引き返した。そのまま、最寄りの総督府まで逃れられなくもなかったが、クロパトキン船長としては、これ以上いらぬ危険をおかしたくない。新大陸の方向に、いやな感じの黒雲を認めた彼は、メインマストの折れた〝旭丸〟では、カリブの熱帯性低気圧を乗り越えられない、と判断したのである。それに、海賊島に戻れば海賊たちのスループ船が山と瓦礫になっている。海賊たちにとっていらぬ物となってしまったそれらの中には、〝旭丸〟のメインマストに打って付けの丸木材くらいはあるだろう。

だが、クロパトキン船長の予想に反し〝旭丸〟が島に引き返してみると、あの砂浜はもぬけのからになっていた。海賊たちは、すでに島から忽然と姿を消しており、入江に沈んでいる黒こげの海賊船以外には何の痕跡も残していなかった。陸に上げられていたスループ船が消えていたので、海賊たちはあの船で島をあとにしたのだろうが、おそらく彼らは、必死の形相で、たった一隻のスループ船にしがみつくようにして乗りあったはずである。と、いうのも、海賊たちのかわりに〝旭丸〟のことを出迎えたのは、〝旭丸〟より一足さきに、海賊たちには一歩遅れて海賊島に到着していた、列強各国の植民地総督府から派遣された連合艦隊だったのだ。

彼らは一様に、何者かが送って来た、この島と、この島に集う悪しき海賊たちについて記された密告状を手にしていた。ひとしきりの告発文のあと、署名のかわりに黒い百合の花が描かれてあったのだが、どの艦長にもそれが何を意味するのか分からなかった。ただ、彼ら艦長たちにとって重要だったのは、海賊の存在と、海賊たちが集合している島の位置だけであった。海賊たちに自分たちの交易を荒らされ、手酷い大損をこうむっていた総督たちに命令され、功名心にあふれる彼らはここぞとばかりにおっとり刀で駆け付けたのである。が、そんな彼らを待っていたのは、焼き払われたスループ船団と、突然姿をあらわした今にも瓦解してしまいそうな貨客船だけであった。いきりたっていた各艦長は、めいめい失望の溜め息をついた。

　が、その中にあり、ただ一人だけ、溜め息をつくどころか、驚愕に声をあげそうになった艦長がいた。彼の艦は戦艦〝月の街道〟。船籍はベルターナ王国である。

　各艦の派遣分隊にまじって〝旭丸〟を臨検した時、彼は甲板に引き出された乗員乗客の中に、どこかで見たことのある、沈んだ様相の女性を発見した。はじめ彼は、世の中にはよく似た人もいるものだ、と、その美しい男装の麗人の姿をまじまじと見つめていたのだが、彼女に寄り添うように立っている女剣士の顔を見てたちまち仰天した。一介の船乗りから海軍軍人として、今の地位にまでやっとのことで登り詰めることのできた彼が、自国の王族の顔をはっきりと知らなかったのは、しかたのないことではある。が、そんな彼も、クローゼの隻眼を見忘れるほど間抜けではなかったし、だいいちクローゼの個性は強烈であった。

　しばらく後、各軍艦は〝旭丸〟が、期待していた海賊船ではなかったことに落胆しながらその場を離れていったのだが、ベルターナの艦長だけは〝旭丸〟に残った。彼は、すべての軍人たちが姿を消したあと、おののくようにアンノワールへと歩みより、よもやとは思いますが……と声をかけたのであるが、あまりの驚愕に彼の体が二メートルもあとずさったのはそのすぐ後のことである。沈鬱にしずんだまま、口を開こうとしないアンノワールのかわりにクローゼが答えたのだが、その効果は絶大であった。クロパトキン船長たちがポカンとするなか、彼と彼の部下たちは目前の王族にたいし、一斉に栄誉礼をおこなった。彼らにしてみれば、天の太陽が足元に落ちて来たような事態である。

しかし、国を遠く離れて国家のために闘う兵士たちの敬礼にも、アンノワールは沈み込んだままずっと口を閉ざしていた。悲しげに涙ぐみ、答礼すらせず彼女は自室へと引き返してしまったので、クローゼがかわりに艦長たちを解散させねばならなかった。が、クローゼはそんなアンノワールの非を咎めようとはせず、彼女もまたアンノワールの心中を思い、人知れず涙した。〝月の街道〟の乗員たちにより〝旭丸〟が修理を終え、二人の身柄が艦長によって半ば強引に〝月の街道〟へと移されてからも、そのことにかわりはなかった。やがて二隻の船は、思い出多きカリブ海をあとにした。

ヨーロッパに近付き、近洋行易船の姿をたくさん目にするようになっても、アンノワールのふさぎようは変わらなかった。さすがに口を開くようにはなったが、どれも力なく沈んだものであった。与えられた自室から決して出ようとはせず、一日中ベットに腰掛けて床の上をみつめているばかりなのである。さすがにクローゼも心配して、外の空気を吸うように進言したが、アンノワールがようやく〝月の街道〟の甲板上に姿をあらわしたのは、〝旭丸〟が別れをつげ、母港へと去っていこうとする本国まぎわのことだった。彼女はあやふやな足取りで舷側に出ると、名残惜しそうに手をふっている〝旭丸〟の乗員たちにむかって力なく手をふりかえした。この時はさすがに、口元に微笑みをうかべてクロパトキン船長や〝丸太〟たちに答えたのだが、その笑みはどこか悲しげで、見る者が身につまされるようなものだった。悲壮感漂うアンノワールのことが気になったのだろうか。

〝丸太〟などは、船が母港につくと同時に〝旭丸〟を飛びだし、そのまま急ぎベルターナ宮殿へと向かったりもした。が、これはまた別の話である。

〝月の街道〟が、ベルターナ海軍の艦隊母港に到着し、第三王女の帰国が報ぜられたとたん、当然のことなのだが、アンノワールとクローゼは強制的に引き離されることとなった。まるで檻にでも入れられたかのように、二人は近衛兵の護衛をうけ、別々の場所へと送られた。一つは王宮、もう一つは陸軍大臣の別館である。

もちろんクローゼは、自室に押し込められ強制的に謹慎させられてからも、アンノワールと再会すべく、あらゆる手段を講じた。ついに微笑むことのなかったアンノワールのことを思うと、いてもたってもいられなかったのである。しかし、館は兄の憲兵隊長によって完全に牢獄と化しており、彼女がいかように脱走をくわだてようとも、ついに達成されることはなかった。

悲しむ主を慰めることもできず、また、牢獄から出ることもかなわず、彼女は自分の非力を呪い嘆いた。このままでは、クレメンス卿に言われた、彼女本来の使命、を果たす事ができない……。

その上、不幸に不幸が重なるような話が彼女のもとに伝わってきた。英国に赴任しているベルターナ王国の大使が送って来た新聞に、カリブで海賊と闘った戦艦を称える記事が掲載されていたのである。

その記事によると、その戦艦は国王の任務を果たすため、新大陸に向かってカリブ海を航行していた際、二度にわたって海賊と遭遇したらしい。一回目は取り逃がしてしまったものの、二隻目の海賊船とは、肉弾戦をくりひろげるほど峻烈に交戦したらしい。激闘の末、英国艦はたいした被害もなく、海賊船を完璧なまでに大破させることができた。その後、嵐の到来のため、英国艦は海賊船の沈没を確認できなかったが、同艦の艦長は紙面にてこう述べていた「あの海賊船は、我々の攻撃により、もはや船として機能することはできなくなっていた。私は、あの海賊船は、嵐の中に沈没したものと確信する」

その英国艦の名は、〃王家の旦那号〃といった。

兄からこの新聞を差し入れられた時、クローゼは、あの居丈高な海賊のことを思い浮かべ愕然となった。まさか……クレメンス卿が海の藻屑に……。

クローゼの脳裏に、自分を叱責し、命令するクレメンスの姿がうかびあがった。いつも高慢で、偉そうな態度ばかりとっていた放蕩貴族。けれども、アンノワールの身を案じ、命を賭して彼女を救わんとした黒い海賊。そんな彼に、クローゼはいつしか畏敬の念を感じていた。自分がお仕えするアンノワール殿下の伴侶として、真にふさわしい草莽の人。自分が新しい主君としてお仕えに値する、猛々しい海賊紳士。

……姫様！　姫様あのお方が……クレメン

ス卿が！……。

　王宮にある主の心中を察し、クローゼは胸が張り裂けんばかりに悲しくなった。

　バタン！

　クローゼが、自分のベットの上でアンノワールのために涙を流しているとき、突然、寝室の扉が開かれ、憲兵隊長が入ってきた。彼は、嘆き悲しむ妹の姿を目にしても眉ひとつ動かそうとはせず、ただ一言、こう言った。

「……国王陛下がお会いになる。支度しろ」


「……ふむ、話は分かった。それですべてなのだな？」

「はい。これですべてでございます」

　編み物をしている王妃の横で、ようやく合点がいった、とうなずく国王に対しクローゼは目礼した。彼女は今、国王の玉座の間にて、国王自らの査問を受けている。立ったまま王にうなだれるクローゼの後方には、陸軍大臣と憲兵隊長が一歩の間をおいてたたずんでいた。さらに彼らの周囲を、十数人の憲兵たちが遠巻きにするように控えている。万が一、クローゼが逃走を計ろうとしても、たちまちにして彼らの剣の下に串刺しになることだろう。が、もちろん、クローゼにはそんな気はなかった。

「ふむ」

　クローゼの返事にしばらくの間考え込んでいた国王が、ふたたび口をひらいた。

「しかし、よくもまあ、そんなことくらいではるばるカリブ海なんぞに赴いたものだ。呆れ返ってものも言えん！」

　王はそう言いながら玉座に頬杖をついた。

「……しかし、海賊とはあきれた。言い出した姫も姫だが、付いて行ったその方もたいした大馬鹿者だ」

「……」

言葉もなくうなだれるクローゼ。王が溜め息をつく。

「好きな男を追いかけて、よもや大西洋を越えるとは！　王宮警察が、いくら血眼になっても見付けられなかったわけだ……しかも、その好きになった相手というのが、こともあろうに海賊だと聞いた日には、国王であるわしはどうすればよいというのだ？」

王の言葉に、やはりうなだれるしかないクローゼ。その様子に、王がまた溜め息をつく。

「……まあいい。これで事の全貌がよくわかった……あれはかたくなでな。口を閉ざしたまま何も話そうとせんのだ……そなたに聞いてみるしかなかったのだ」

王の言葉に、クローゼの脳裏に悲しげな主君の姿がうかびあがった。

「姫様は！……」

「ん？」

「姫様は今どこに？　まだ、悲しみにくれておられるのですか？」

クローゼが悲壮に嘆願する。

「陛下！　お願いでございます！　姫様に会わせてください！　どうか姫様に……」

「クローゼ！」

声を上げたのは憲兵隊長である。

「不遜だぞ！　陛下にたいし、臣下の身でそのような口を……」

「まあよい」

荒ぶる憲兵隊長を、国王本人がなだめる。

「……クローゼはアンノワールのことを心配してくれているのだ。親としてはありがたいことだ」

「しかし陛下」

「よい。それに、わしは若いころから臣下の無礼には馴れておる。のう、陸軍大臣」

「ご冗談を」

王の言葉に、陸軍大臣はそっけなく答えた。その態度に、王は鼻を鳴らす。

「フン。まあいい。それより……」

と、ふたたびクローゼに向かった。

「たとえ姫にそそのかされたとはいえ、姫の行動を抑制せねばならぬそなたが、姫の行動を黙認し、そればかりかそれに荷担するとは、決して許される罪ではないぞ」

厳格に言い放つ王の言葉に、クローゼはまたもうなだれる。

「……その上、姫の貞操を危険にさらし、そればかりか姫の命をも窮地におとしいれかけたことは、極刑をもってしても、あがなえられるものではない……そうだな、クローゼ」

「……はい」

返事をするクローゼの口元は震えていた。

極刑……つまり死罪である。

王の査問を受けるにあたり、クローゼはバーニッシュの名に恥じぬよう、終始堂々と臨むつもりであった。が、王の口から実際に、極刑、という言葉を聞くと、やはり心が恐怖せずにはいられない。

姫様……どうか息災に……。

クローゼの瞳が、観念したように閉じられる。

「……しかし、だ」

クローゼの様子に、王はずるそうな笑みをうかべた。

「その犯した罪に関しては、まさに極刑をもってそれを償うのは当然ではあるが……」

王は声高に言葉をつづける。

「反面、クローゼがアンノワールの身に終始寄り添い、その身をついに守り通したという事実は、決して無視できるものではない」

王の言葉に、被告の背後に立っていた彼女の家族が意地の悪い笑みをうかべた。

「……特に、混乱きわまる乱戦がくりひろげられた際、危険をかえりみず艦内に侵入し囚われの姫の身を無事保護、その後ボートにて漂流し、貨客船〝旭丸〟に救助されるまでのクローゼのとった行動は、アンノワール本人から聞き及んだ供述からして、賞賛に値するものであることは明白である」

王の言葉に、うつむいていたクローゼが疑念の表情をうかべた。

「姫様ご自身の、でございますか?」

「うむ……あやつ、そなたが咎をうけるものと思い込み、自分のことについてはかたくなに口を閉ざしながらも、そなたについては必死になって弁明しおった」

王がクローゼにほくそ笑む。

「このわしが、姫の大切な友人を、どうこうするはずがないのにな……」

王の言葉に、クローゼは意を呑まれたようにキョトンとした。いったいどういう……。

「感謝するのだクローゼ。陛下はそなたのことを許す、と言っておられるのだ」

背後の憲兵隊長が、楽しげに声をあげる。

「早くお礼を申し上げるのだ!」

そういう兄のそばで、陸軍大臣の口元にも慈愛の笑みがうかびあがった。どうやら、彼らは始めから王の意思を知っていたらしい。

「あ、ああ!」

ことの次第を察して、クローゼの顔に歓喜のいろがうかぶ。あの、悲しみにうちひしがられていた姫様が、この私のことを……!

「ありがとうございます! 姫様!」

「……何だ。わしにではないのか」

クローゼの口から出た言葉に、王はガックリとした。

「いえ、その……国王陛下、ありがとうございます！」

クローゼが慌てるようにとりつくろいながら一礼する。

「このクローゼ、これより先も、一命を賭して、陛下と王国のために……」

「へたな言葉はよせ。もうよいわ！」

王がめんどくさそうに手をはらう。

「それに、まるっきり無罪というわけにもいかん。他にしめしがつかんからな……そこでだ」

王の目が、チラリと王妃の方をうかがった。

「そこで、そなたに、リベンダ大使館付駐在武官を命じる。女の身で駐在武官とは前例がないが、そなたなら立派に役目も果たせよう……戦乱絶えぬこのご時世に、難職ではあるが、まあ精進せい」

王はそう言うと、もう一度王妃の方をうかがい、今度はざっくばらんに、

「……妃がな、うるさいのだ。アンノワールとクローゼを引き離すのは酷すぎると……で、この際、そなたにもリベンダに行ってもらうことにした。まあ、これからも姫とは仲良くしてやってくれ。ただし、あまりお転婆はいかんぞ」

「あら、うるさいだなんて。私はただお願いしただけですのに」

クローゼに微笑みかける王の言葉に、王妃が手元も休めぬまま口をはさんだ。

「私の願いを聞き届けてくださった国王陛下に、私は感謝しておりますのよ」

「願い？　あれがか？」

すまし顔で言う王妃に、王があきれるよう

に言い返した。

「確かに、寝際に剣を突きつけるのも陳情の内と言うのなら、確かにそうなんだろうな」

「あら、諸刃を手にベッドに忍び寄るのは何も私の専売特許じゃございませんことよ。どなたかが私にプロポーズしてくださった折りも、確か同じような場面が……」

「馬鹿な！　あれは違うだろう！」

王妃の意味有りげな言葉に、王が明らかな狼狽を見せる。

「あの時の話と昨晩のことを同じにするでない。あの時わしにはやむにやまれぬ事情があったが、昨日のそなたの振る舞い、あれは脅迫ではないか！　だいたいあの時は……」

「そ。あの時の脅迫者は、確かに先王でございましたわねえ……」

狼狽える王を意にも解さず、王妃の手は毛糸を編み上げていく。

「あの時まだ王太子だった陛下が、ほんの数分遅れて来てくださっていたら、私も怖い思いをせずにすみましたのに」

「怖い？　怖いだと？　あの時誰よりも楽しんでいたのはそなたではないか！」

王妃のいたぶるような言葉に、王の顔がだんだん朱に染まる。

「だいたい、お前と言う女はいつも……」

「陛下！」

犬も食わぬ小言をまくしたてようとする王を、意外なほどに鋭い王妃の一括が先手を打つように遮った。斬りつけるような厳しい言葉に、王が一瞬ビクッとする。

「……クローゼが何か言いたそうですわ」

「ん？　な、何クローゼ？」

一瞬のちにはふたたび穏やかな笑みを浮かべた王妃の言葉に、王はすぐそばにかしこまっているクローゼのことをようやく思い出した。そんな王に、王妃がこれ以上は無いと言ってよいほどに優しげな笑みをそそいでいる。

だが一見晴れ晴れしくも優しげに見えるその微笑みが、いつも王妃が満面に浮かべているはにかみではなくなっていることに王は気付いていた。今、国家元首たる彼に向けられているその視線は、優しい事で知られるベルターナのお后様が、何年かに一度珍しく癇癪を破裂させるときに限って見せる、真の権力者のみが作ることのできる微笑みなのである。

おずおずとクローゼの方に向き直る王の額に、知らない内に聖域に踏み込んでしまった自分のうかつさを後悔する冷や汗がにじみ出ていた。

「……やはり、姫様はリベンダに嫁がれるのですか?」

表情も暗く悲痛感ただよわせるクローゼの問いに、王はふたたび編み物へと目を落とした王妃の方を窺いながらうなずいた。

「当然だ。もう決まっていることだ」

とさり気なさを装いながらも、王の目はおののきながら王妃のことを気にしている。

「じつは今日、リベンダの王太子が、みずから姫のことを向かえに来ることになっておる。そろそろ姿をあらわすだろう」

「今日!」

王の言葉に、クローゼは崖際に引き出されるような思いがした。

そうか……やはり、姫様は嫁がれて行くしかないのか……。

悲しみに打ちひしがれているであろうアンノワールのことを思えば、クローゼはこの婚姻を祝福する気にはなれなかった。なにしろ、姫君には愛する人がいるのである。もし、代われるものならクローゼが代わりに嫁いで行ってもいいくらいだ。だがそれは到底無理なことであったし、だいいち、アンノワールの恋する人はすでにいないのだ。

かわいそうな姫様……。

クローゼとしては、断腸の思いではあったが、アンノワールに新しい幸せが訪れるのを願うしかなかった。

クローゼが万感の思いで、グッ、と胸をつまらせたとき。

「リベンダ王国王太子殿下、ごとうちゃーく！」

玉座の間に、やにわに衛兵の声が響き渡った。同時に、クローゼをからかうためだけに整列していた憲兵たちが、整然と退場していく。

「ようやくきたか！　待ち兼ねたぞ！」

王は一人で楽しげに声をあげると、玉座から立ち上がった。

「皆の者、このわしの新しい息子となられる方だ。そそうするでないぞ」

王の言葉に、陸軍大臣と憲兵隊長が目礼する。が、どうしたことかクローゼだけは不自然に目をらんらんと燃えさせていた。王の言葉などまるで耳に届いていないかのように、入り口の方を睨み据えている。

クローゼの険しい顔付きに、憲兵隊長がいぶかしんだ。

「……お前、何をそんなに怖い顔をしているんだ？」

「だって……」

きまってるじゃない！　ただでさえ姫様はご心痛なのよ。この上、親の決めた相手に引き合わされるなんて、あんまりひどすぎるわ！　そんなこともわからないから、いつまでも奥さんをもらえないのよ！　この馬鹿兄貴！

　クローゼははがゆそうに奥歯を噛み締めた。

　……姫様の貞操は、あのお方のものなのよ。それを、横からかっさらうようなまねをするなんて……リベンダの王子だか何だか知らないけど、もし姫様を泣かすような男だったら、このクローゼが剣に賭けても……。

　が、憲兵隊長は、妹の物騒な心中なんぞまるで察していないかのように笑みをうかべた。

「もうちょっと愛想よくはできんのか？　まったく、一つ目のおかげでただでさえ怖いのに、そんな顔をすると、そのうちチューブからも相手にされなくなるぞ」

「構いません！」

　クローゼの答えは頑としている。その様子に、兄は恐れ入ったように溜め息をついた。

「何をそんなに力んでいるのか知らんが、もちょっと気を楽にせんか」

　と、彼女の肩に手を置く。

「これから先、お前の新しい主人となられる方なんだ。少しは愛想よくしろ……それに、まんざら初対面でもない。なにしろ、お前は王太子とは一度会ってるんだからな」

「え？」

　兄の言葉に、クローゼがキョトンとしたように問い返したとき。

「リベンダ王国王太子殿下、御入来！」

　侍従の声とともに、ついにかのリベンダ王太子が姿をあらわした。

「……国王陛下には、誠にご機嫌よろしゅう……」

　ごくありきたりな言葉とともに、リベンダの王子が、侍従の案内などまるで必要ないかのようにツカツカと入室してきた。そのまま

まっすぐ、国王の前まで進み出る。リベンダ王国の
「お初にお目にかかります。リベンダ王国の跡継ぎにございます」

と、帽子をとって敬礼する王太子の姿を見たとたん、クローゼの目が唖然としたように丸くなった。

その様子を楽しげに眺める周囲の人々の中で、クローゼはあまりのことに言葉を忘れたようである。

「え？　ええっ？」

クローゼが驚愕に言葉を失ったのも無理はなかった。なにしろ、さっそうとあらわれたリベンダの王太子は、見覚えのある海軍士官の制服をまとっていたのである。

「ま、まさか！」

やっとのことでクローゼが言葉をあげたとき、とうの昔にすべてを知っていた人々の間から、いたずらっぽい笑い声があがった。


彼女は喪服を着ていた。

黒い、何もかもが黒い、小ぶりなドレスである。

愛する人の喪に服している彼女の顔を、薄いベールが隠していたが、その悲壮な表情はそれを通り越して、彼女を見る者を心痛にさせた。

あの方にはもうお会いできない。

そう思い詰めた時のアンノワールの心中を、一体誰が理解し得るであろうか。誰が、彼女のことを慰める事ができたであろうか。

できはしない。時ですら、彼女の心を癒すことはできないのだ。むしろ、あのエメラルドグリーンのカリブを離れて以来、日を追うにつれてアンノワールの悲しみは満潮のように増していたのである。

何をそんなに沈んどるんだ？

帰国し、両親の前に引き出された彼女の様子を見て、王はけげんそうに問いかけた。

何か、そんなに憂鬱になるほど悲しいことでもあったのか？　父に話してみろ。できる事はなんでもやってやるぞ。

そう。悲しいことはあった。悲しくて悲しくて、どうにもならないほどに。

だがアンノワールは、何かタブーにでも触れるかのように、かたく口を閉ざしたままだった。

なぜ言わん？　なぜ口を聞かん？　何がそんなにおもしろくないんだ？

王は悲壮感ただよう愛娘に、困ったように頭をかかえた。

まったく……帰って来たら、ヤニが出るほど叱ってやろうと思ったのに、お前がそんな様子では、怒るに怒れんではないか！

と、言いながら王はすでに機嫌がわるい。が、それはアンノワールにたいしてではなく、どうやら彼自身にたいしてのようだった。彼は、傷心の乙女に、どう接すればよいのかわからなかったのだ。

アンノワール……。

王妃が編み物の手を止めた。

いったい何があったのです。ママに話して御覧なさい。

そう言う母親の瞳は慈愛に満ち溢れており、アンノワールの心を動かさずにはいられなかった。だが、やはり彼女は口を開こうとはしない。かわりに、母親の愛情にどうすればよいのかわからなくなってしまったのか、突然、幼子のように泣きじゃくりはじめてしまった。その有様に、父も母もびっくりしてしまったが、ただただ声をあげて泣きつづける娘を前にして二人ともなす術がなかった。

ただ王妃だけは、娘の様子に、恋、という感情がからんでいるのでは、と直感したのだが、それならばなおいっそうのこと、このことに関しては他人でしかない王妃には口を挟む余地はない。ただじっと、娘の泣きやむのを待ち続けるしかなかった。

が、父親は母親のように女心というものがわかる人ではなかった。彼は、泣きじゃくる娘がおさまるのを困り果てながらも待ち続け、ようやくアンノワールが鼻をすすりはじめたころ、無情にもこう言いはなったのだ。

とにかく、お前もリベンダに嫁ぐ身なのだ。これからは、よくよく自重して、先方で恥じなどかかんように精進しろ……。

ロンドン・タイムスの記事が、アンノワールの目に触れたのは、それから間もなくである。

アンノワールの目の前が、漆黒に彩られたように真っ暗になった。

その時から、アンノワールの時は完全に止まってしまった。王宮のどこで見付けて来たのか喪服を着用し、侍女たちがどのようにいさめようとも、けっしてそれを脱ごうとはしなかった。そして、自室に引き籠もったまま、けっして外に出ようとはせず、ただ、日がな一日ソファに腰掛け、虚ろに手元を見ているだけであった。手の付けられていない食事を下げに行った侍女の話では、すすり泣いていたようだった、ということだが、おそらく事実だろう。アンノワールにとって、たとえ王宮にいようと、そこは戦艦〝月の街道〟の船室とおなじであったのだ。ただひたすら、悲しみにくれているしかなかったのだ。

そして、ついにリベンダから向かえの来る日となってしまった。そのことについては、侍従長からすでに話を聞いてはいたが、彼女にとっては他人の事のようにしか感じられなかった。本来の彼女は、今頃あの黒い海賊とともに、七つの海をかけめぐっているはずである。二人手に手をとりあい、海風に髪をなびかせているはずである。

だが、ここにいるのは、現実のアンノワール自身である。どのように感じようと、どのように思い込もうと、現実は情け容赦もなく訪れて来た。すでに、窓の外では外国の使節団が宮殿内に入っている。彼女のことを迎えにきたリベンダ王国の行列であることは確実であった。彼女が見知らぬ男のもとに嫁いで行くのは、もう逃れようないことだったのである。

しかし、そんな時であっても彼女は決して喪服を脱ごうとはしなかったし、また、悲壮感から抜け出そうともしなかった。王も王妃も侍従たちも、嫁入りというこのよき日のため、必死になってアンノワールの喪服を脱がせようとしたのであるが、彼女の悲しみに満ちた瞳でみつめられては、誰も何も強制できなかった。ただひとり国王だけが、さっさと着替えろ、と強気にいきまいたが、王妃に睨み付けられてすぐに口をつぐんでしまった。

コンコン。

ソファの上で手を組んでいたアンノワールの背後で、伺いをたてるノック音がした。どうやら、ついにリベンダ人が彼女を迎えにきたらしい。これは、悲しむべき瞬間である。

が、アンノワールは、やさしげなノックにたいし、口をつぐんだまま返事をしなかった。と、いうより、何も聞こえていないようである。

コンコン。

外でノックしている侍従長は、すべて心得ているようにふたたび伺いをたてた。アンノワールがこの部屋に閉じ籠って以来、彼女はずっとこんな調子なのである。

コンコン。

「……失礼いたします」

三度目のノックに返事がなかったとき、侍従はついに扉のノブをまわした。許可もなしに王族の部屋に入ることは、通常ならば不敬罪にあたったが、アンノワールの様子が様子なので、主だった者にはすでに許可がでていた。もし、部屋の外でまごまごしているうちに、第三王女が自害にでもいたったら一大事である。彼女の漂わせる悲壮感は、周囲をそこまで警戒させるほどだったのである。

「……失礼いたします、殿下。ご返事がございませんでしたので、勝手ながら戸を開けさせていただきました」

そう言いながら、侍従長は一人の人物を伴いつつ入室してきた。伴う、というより、御案内した、と言うほうが適切だろう。その人物とは、言うまでもなく彼女を迎えにきた当人である。

「国王陛下のお指図により、リベンダ王国王太子殿下を御案内いたしました」

侍従長の言葉に、一瞬だけアンノワールの首筋に何かが走った。まるで、意識をもうろうとさせていた者が、ふいに我を取り戻したようである。

ついに……きてしまった……。

しかし、アンノワールは組んだ手に目を下したまま、侍従と王太子を振り向きもせず黙殺した。

「……殿下」

不安げに、侍従長が声をかけた。が、やはり無言。

「殿下」

と、そのとき、アンノワールに呼び掛ける

侍従長を、かたわらの王太子が手で制した。もうよい。下がれ、と無言で命じる。

「……では」

侍従長は、促されるままに二人を残し部屋をあとにした。

「……」

王太子と二人きりにされても、アンノワールは無言のままだった。自分の伴侶となる男のことをまるで無視し、ひたすら思いにふせっている。

いや。

彼女にとっては、伴侶とはあの海賊のことなのだ。あの黒い海賊こそが、彼女が一生を共にする対象だったのだ。今、部屋に入ってきたこの男など、見知らぬ赤の他人である。まるで眼中にない。

だが、そうは言っても、今までかたくなに守って来た操を奪われてしまうことを考えてしまったのだろう。

「うう……」

彼女の口元から、悲痛な声が漏れ出た。

ところが、喪服姿のアンノワールに、当然とまどうなり憤慨するなりしてもいいリベンダの王太子の方は、別段けげんそうなそぶりを見せるでもなく、ただアンノワールの後ろ姿をみつめていた。彼女の悲壮な様子にも、何の懸念も抱いていないようである。

彼はしばらくの間、ただじっとアンノワールのことをながめていただけだったが、やがて、ふいに彼女の背中に向けて口を開いた。

「……あのあと闘いは激烈をきわめたよ。三本マストのうちの二本は折れてしまうし、船体には大穴があくし……おまけに英国艦はいっこうに我々をはなそうとはしない。あのあと、我々は六時間も闘いつづけたんだ。あきれる長さだったよ」

王太子の声を耳にしたとたん、アンノワールの瞳が大きく見開かれた。こ、この声は！

「……ようやく奴の手から逃げ延び、ホッと息をついたときには、〝雪風〟の破損は深刻きわまりないものだった。おまけに乗組員の大半は傷付いているし、日まで暮れはじめた。その上追い討ちをかけるように雨雲がせりだしてきてね。一時は位置を見失って漂流するありさまだった……でも、部下たちの奮闘のおかげでね。なんとか自走できるまでに船を修理し、どうにか母国にたどりつくことができたよ。幸運だったんだな」

アンノワールが、何かにとりつかれたようにその場に立ち上がった。が、まだ振り向こうとしない。彼女の顔は、万に一つの間違いを恐れているかのようにこわばっていた。

王太子はさらにつづけた。

「……途中、あなたの船に追い付けると思ったんだがね。今も言ったとおり、戦争した上に嵐に出くわしたおかげで、私の船は普通の状態ではなかったんだ。決局、あなたに追い付く事はできなかった。じつをいうと、リベンダに帰港できたのは、つい先週のことなんだ」

アンノワールの体が、勇気をふりしぼるように、恐る恐る向きを変えはじめていく。

まさか……この声は……。

「……とにかく、こうしてあなたにまた会うことができた。とてもうれしいよ」

振り向いたアンノワールの前に立っていたのは、リベンダ海軍の軍服に身をつつみ、頬に生々しい傷跡をのこした、あの黒い海賊であった。

「クレメンス卿！」

海賊の姿を目の前にしたアンノワールの顔に、驚愕のいろが浮かびあがった。当人を目前にしているのに、そこに立っているのがあの男だということが、とても信じられなかったのだ。

「……どうやら、私はあなたにいらぬ心配と不安をいだかせてしまったようだ」

愕然としたままのアンノワールに、黒い海賊は申し訳なさそうに、かぶっていた軍帽をゆっくりと傍らに抱いた。

「もっと早く、私の無事と、私の名をあかすべきだったね……今こそ名乗ろう。私が、黒い海賊に扮し、あなたのことをずっと警護しつづけてきた、リベンダの王太子、クレメンス・ド・リベンダだ」

あらたまったように背を伸ばし名乗りをあげるクレメンスに、アンノワールはまだ呆然としていた。

「……どうして」

長い時間のあと、ようやくアンノワールの口から言葉がもれでた。

「どうして、あなたが……」

「……盟約だ」

唖然としたまま問いかけるアンノワールに、クレメンスは淡々と言った。

「あなたの国ベルターナと、私の国リベンダは、大昔からある密約によって同盟してきた。いわゆる、安全保障条約のようなものだ。私の国をあなたの国が列強の軍事力から守ってくれるかわりに、我々は数少ないとはいえ精強を誇る海軍と、わが国が自立のために独自に築き上げた強固な情報機関を駆使して、あなたの国のために働く……弱小国がヨーロッパで生き残るためには、強国ベルターナの庇護を受けるしかなかったんだ。弱者の悲しいサガだよ」

クレメンスが悲しげに笑う。

「……この密約を末ながく維持するために、

両国が選んだ手段というのが、俗っぽいが政略結婚だったんだ。ベルターナの姫君が、リベンダの王妃として嫁いで来る。これはもう、二百年もつづけられてきたことなんだ。私とあなたが結ばれるのは、ずっと昔から、宿命付けられてきたことなんだよ」

アンノワールは呆然としたままクレメンスの言葉に聞き入っていた。いや、果たして彼の言葉が彼女の耳に届いていたかどうか……彼女はただ、あっけにとられたような表情のまま、呆然とクレメンスのことをみつめている。

クレメンスはかまわずつづけた。

「わが国に嫁いでくる姫は、わが国にとっては平穏と国家継続をもたらす平和の使者だ。その使者たるあなたの身を守るため、私はもうずっと前から、あなのことを陰から見守って来たんだ。あなたは知らなかったろうが、あなたが王宮の保護圏内から外に出るたびに、私はあなたのことを遠くからみつめていたんだ。それが、わが国に与えられた使命でもあったし、また、わが国を守ることにもなったからね……現に、私の活動は、二度にわたりあなたを列強の手から守り通した。最初は地中海、二度目はあのカリブでね」

そういうと、クレメンスはふいに言い訳でもするかのように身を乗り出した。その目が、嘆願するようにアンノワールをみつめる。

「だが、勘違いをしないでほしい。私があなたを助けて来たのは、確かにわが国の国益のためでもあった。が、それ以上に、私自身があなたのことを失いたくなかったからだ。あなたが私のもとから消えてしまうのが、何よりも怖かったからだ。これは本当だ、信じてほしい」

クレメンスの視線が、溢れるような慈愛をたたえてアンノワールにそそがれた。クレメンスの切実なる想いに、彼女の顔が、呆然としたものからしだいに別のものへとかわっていった。まるで、薔薇の蕾が大輪へと開いて行くように……。

しばらくして、クレメンスの口が、何かを懐かしむようにふたたび開かれた。

「……私が、あなたとはじめて出会ったのは、あの地中海がはじめてではないんだ。あれよりもずっと前、私がまだ十にもなっていない頃、私ははじめて父からあなたのことを聞かされた。いずれ、この私の妻になる人のことをね……その話を聞いて、いてもたってもいられなくなってしまった私は、どうしてもあなたの顔が見たくて、一人でこの宮殿に忍び込んだんだ。いくら幼子とはいえ、見付かれば殺され兼ねないというのに、その時は不思議と恐怖心はなかった。もっとも、まだベルターナ王宮警察の恐ろしさも知らない子供だったからなんだろうが……」

クレメンスの口から自嘲するような笑みがもれる。

「……とにかく、忍び込んだ私は、当然のように警備兵に見付かった。警備兵は、私のことを見て、どこぞの貴族の子供が迷っているくらいにしか思っていなかったんだろうが、こっちは忍び込んだという後ろめたさがある。その時になって私ははじめて恐ろしくなってね。やさしげに私を保護しようとしてくれた警備兵から、必死になって逃げ回ったんだ。そのうち、警備兵の人数も増えて来て、どうにも逃げられなくなったときに、思い余って飛び込んだ一室に……君がいたんだ」

クレメンスの瞳から、やさしい、暖かい光

がアンノワールにそそがれる。

「……そのとき、君はまだ生まれて間もなく、まだ自分が何者なのかもわからないまま、お妃様の腕のなかで眠っていたんだ。突然入って来た私を、やはりどこぞの貴族の子供とでも思ったのか、それともはじめから正体を知っていたのか……お妃様はやさしく私を手招きして、安らかに眠る君のことを間近で見せてくれたんだ。言われるままに、私が覗き込んだとたん、あろうことかふいに君は目を覚ましてしまった。泣き出してしまう、って、私はドキリとしたんだが、君はあどけない瞳で私のことをじっとみるなり……うれしげに笑ったんだ」

頬に傷のある海軍提督の顔に、言い知れぬ想いが浮かびあがった。

「その……幼すぎるあなたの笑顔は、まるで太陽が弾けたようだったよ。すばらしく光り輝き、眩しすぎるほどに感じた。同時にまた、その君の笑顔が、触れてはならぬ禁断の果実のようにも思えた。そのとき私は強く感じたんだ。この笑顔を守らねばならない、ってね……まだ少女だったあなたが、海賊姿の私に心を奪われたように、私もまた、あなたの笑顔を心に焼き付けたんだね。その時、私は私の持てるすべての力をつかって、あなたのことを一生守り抜くことを誓ったんだ」

「……クレメンス卿……」

それまでじっと、クレメンスの言葉に耳を傾けていたアンノワールの口から、感きわまったような言葉がもれでた。その瞳から、絶えられなくなった滴がこぼれおちる。

「……だが、私はあなたのことを守り抜くことができたのだろうか？……」

ふいに、それまでやさしさにいっぱいになっていたクレメンスの顔が、自責の念に苦しむように悲しげにうつむいた。

「……私は、今みたいに偉そうなことを言っていながら、あなたを幾度も危険な目にあわせてしまった。確かに、私の努力のかいがあってか、それとも神のご加護か、あなたはこうして私の前にいてくれている。だが、地中海では私がもう少し早く救助に駆け付けていれば、あなたにあのような恐怖をあたえることもなく、また、いもしない黒い海賊なんぞを後々まで意識させることもなかったろう。それにカリブでは、あろうことかあなたと同じ船で、同じ時間を過ごせることに有頂天になり、あなたをみすみすフランスの手に渡すことを許してしまった。どうにか助け出すには助け出したが、結果的には、私が守り抜くと固く誓ったあなたの笑顔を、あなたから奪う事となってしまった」

クレメンスの体が、ゆっくりとアンノワールに近付き始めた。

「……あなたに喪服を着させてしまうほど、あなたの心を悲しませるなんて、私はまさに最低の男だ。カリブの海賊たちにも劣る不心得者だ。やはり、私はあなたのことを見守るだけの、陰のガードマンに徹するべきだったのかもしれない。あなたの目から逃れ、あくまであなたの影を歩き続ける、一人の孤独なスパイに徹するべきだったのかもしれない」

近付いて来るクレメンスの目を、アンノワールの瞳が滴に輝きながらみつめかえしている。その、美しい小さな唇が、何かに耐えるように小さく震えている。

「だが私はその道を自ら捨ててしまったのだ。こうして、あなたに姿をさらすことによってね。今、あなたの前にいるのは、あの放蕩貴族でもなければ、あなたを助けた黒い海賊でもない。あなたのことを欺き続けたリベンダの王太子だ。おまけに、あのアイルランド人のおかげで、このような御面相になってしまった。だが、私にはもう、たった一つしか道は残されていない。その、唯一残された道を歩き続けるため、恥を忍んであなたに問おう」

二人のいる部屋の外では、いつしか聞き耳をたてるように人々が扉の前に集まっていた。国王、王妃、陸軍大臣、そしてクローゼまでもが、思い詰めたようにじっと耳を澄ませている。

「……あなたは、〝雪風〟でのことを覚えていますか?」

クレメンスの言葉に、アンノワールがコクリとうなずく。

「私の言葉と、あなたの言った言葉のことを覚えていますか?」

ふたたびコクリ。

「……私は、今言ったようにロクデナシの船乗りで、おまけに卑しいスパイにすぎん男だが……それでも」

一瞬、クレメンスが言葉をつまらせる。が、戸惑いを振り払うように。

「あの時あなたが言ってくれたように、あなたは私の妻になってくれますか?」

二人の間の時がとまった。

まるで永遠とも感じられる時間が、鉛のようにたちこめる。

が、やがて。

「……もちろんですわ!」

アンノワールの体が、堪えきれなくなったように、問いかけるクレメンスの胴に飛び付いた。その細い腕が、せいいっぱいの力でクレメンスの体を抱き締める。

「今も昔も、あなたを想う心に違いはありません!」

ボタンだらけの軍服に顔を押し付けながら答えるアンノワールの声は、喜びに涙ぐんでいた。

「……だって、そう大昔から宿命づけられていたのでしょう?」

軍服の胸につけられている、黒い百合の花をかたどったリベンダ王室の紋章をみつめるアンノワールの目から、とめどめもなく喜びの涙がこぼれおちていった。そしてその顔には、あの笑顔がふたたび花開いていた。

「姫様!……」

扉の外で、うれしさにたまらなくなったクローゼが、ゆっくりとその場に両膝をついた。愛を得た主のことを祝福するように、彼女の手が自らの腕をだきしめる。その残された一つ目から感慨無量の涙が滴となって頬をつたわった。

「……やっぱり心配する事なんてなかったじゃありませんか。なんと言っても、あの子たちは私たちの娘なんですもの」

鼻水をすすり上げる王の傍らで、王妃が晴々とした笑みを浮かべてつぶやいた。

「それに、あの時の坊やが旦那様になるんですもの。うまくいかなきゃおかしいわ」

「……ま、とにかく、これでリベンダとわが国との密約も保証されたわけだ」

新たな愛の芽生えに、おのおの感動を隠し切れないでいる人々の中で、王が照れ隠しのつもりか、鼻声でわざとらしく声をあげた。

「めでたし、めでたし、だ!」

その後――。
ベルターナ王国第三王女アンノワール殿下

と、リベンダ王国王太子兼、海軍総司令官クレメンス卿は、誰に妨害されることもなく、めでたく婚礼の儀をあげることができた。修復された〝雪風〟に乗って、カリブ海へのハネムーンから帰ってきた二人にたいし、リベンダの国民は貴賤わけへだてなく、惜しみのない祝福をささげた。愛くるしい、屈託のない笑顔を周囲にふりまく新しい花嫁のことを、彼らはどのように感じたのだろう。彼らは、折りあるごとに「姫様、姫様」とアンノワールのことを呼び、その名に親しんだ。そしてそれは、二人の間に子供ができ、やがてアンノワールが王妃となっても、終生かわることはなかったのである。幸せな夫婦を得る事のできたリベンダ王国は、末ながく、暖かい波静かな国になった。

アンノワールにいつも臣従し、決してそばから離れることのなかったクローゼ嬢は、ベルターナ王の言葉通り、新任の駐在武官としてリベンダ王国に赴任した。そしてほどなく、彼女もまた、アンノワールとは違った意味で、リベンダ国民の噂話のたねとなった。女だてらに武官としてやってきた隻眼の女剣士は、リベンダ国内で腕に覚えのある男たちの好対象となったのである。ある者は彼女を倒し名を上げんがため、またある者は彼女に恋しその愛を得んがため、哀れな男達はこぞってクローゼに挑戦したが、誰一人として成功した者はおらず、クロパトキン船長のように、彼女の尻の下に組み伏せられる始末であった。アンノワールは、クローゼが王宮に遊びにくるたびに彼女の武勇談に笑い声をあげたが、とりあえずはこの愛すべき従者のことをいさめた。が、その言葉が、父親似の女剣士の耳にはいっていたかどうかは怪しい。実際、クローゼは大使館にいるよりも、アンノワールの部屋にいるほうがずっと長く、故にアンノワールの言葉は幾度となく聞いていたはずなのだが、彼女がベルターナの銃士隊長のもとに嫁ぐためリベンダを後にするその当日まで、チャンバラ騒ぎがやむことはなかったのである。そして彼女も、やがて、遅まきながら女の幸せを得ることとなった。

二人の娘たちにとって、あのカリブ海の冒険が懐かしい記憶となった頃、ベルターナ王のもとに一通の請求書が舞い込んで来た。はるばる新大陸からわたってきたその請求書には、莫大な額の金貨の請求とともに、すでにリベンダに嫁いでひさしいアンノワールの署名があった。その請求書を見て、王はかんかんになって怒ったがすでに姫はいない。王族としてまさか踏み倒すわけにもいかず、彼はしかたなくもその請求額を支払うはめとなった。そのことをクローゼから聞いたアンノワールは、愛娘を胸に抱きながら懐かしそうに笑い声をあげたのだが、金を払う当のベルターナ王は、その金貨を受けとる相手が、カリブ海で猛威をふるう海賊であると知ることはついになかった。

アンノワールに好意的だったあの海賊たちは、あの島から脱出したあとも海賊業をやめようとはしなかった。航路を行く交易船を襲い、誰もいない島陰でへべれけになるまで、ただひたすらに酔っ払い続けたのである。彼らは自由を愛し続けたのだ。

バーソロミュー・ロバーツ船長は、四百隻を越える船を捕らえ西インド貿易を壊滅させた、史上もっとも有名な海賊となった。敬けんなクリスチャンで信心深かった彼は、他の船長たちが言っていたとおり人格者だったようで、手下たちから厚く慕われ敬愛されていた。彼が十字架を下げたまま敵の凶弾に倒れた時には、俺も死ぬ、と悔し泣きに泣いた船員もいたほどである。

ジョージ・ラウザ船長は、一時小艦隊を率いる海賊司令官となったが、あいにく運命の女神が彼に微笑んでくれなかった。このころになると、襲われる側も反撃して来る例が増えて来ており、彼の運命を狂わせたのもそのようなことが原因だった。あいつぐ獲物たちの反撃に弱体化した彼は、船底掃除のために無人島に上陸したところを、スペイン艦に発見され、船を捨てることを余儀無くされたのである。島の内陸部へと逃走した彼を、スペイン軍が追跡したが、ついに発見されることはなかった。ずっとあとになって、この島にたちよったスループ船の船員たちが、洞窟の中で自分の脇腹にピストルを押しつけている骸骨を見付けたことがある。ただし、これが彼であるのかどうか、確かめる手立てはない。

〝黒髭〟の名をカリブの歴史に残した、エドワード・ティーチ船長は、その後もしばらくのあいだ海の狼となっていたが、あるとき、ふいにアメリカ大陸に根をおろした。彼のとっぴょうしもないこの行動は、ヴァージニアで遊びほうけることのできるようになった手下たちには歓迎されたが、彼の真意はわからない。王の特赦を請うためとも、ヴァージニア総督と手を結んだともいわれているが、真相は闇の中だ。ただ、後年、顎鬚を三つ編みにし、火縄を髪の毛に結び付けて得意になっていた下品きわまる男が彼の名を名乗って同地を暴れ回ったが、これが本人であるかどうかは定かではない。ただ言えることは、この男はその後イギリス軍によってあっけなく始末されてしまったのだが、もし、この男が本当にかつての鉄騎兵だったのなら、そんなに簡単に負けることはなかったであろう。たぶん、夢を追い続けた共和主義者の名をかたった、どこぞの馬の骨だったにちがいない。

ジャック・ラカム船長のその後は、アンノワールとクローゼにも少し関係がある。彼は、かなりの期間カリブ海を席巻したのだが、やがてジャマイカで裁判にかけられた。ところが、この頃までに彼と二人の女海賊の話が、さまざまな冒険談とロマンスをまじえ、新世界中にひろまっていたのである。彼が捕らえられた時には、彼の船には女など一人も乗っていなかったのが事実なのだが、なにゆえか二人の女海賊が彼とともに裁判をうけた記録が、今日にいたるまでのこっている。おそらく彼と二人の令嬢のことを知る何者かが、噂話の一つとして口にした話に尾鰭がついてしまったのだろう。彼自身は、二人の女海賊について熱心に問う者たちにたいして口を固く閉ざしたまま、さっそうと絞首台の上にのぼっていった。

アンノワールとクローゼの下僕をきどっていた〝丸太〟は、〝旭丸〟が母港に接舷したとたん、給料も貰わずに一目散にベルターナ宮殿に向かった。四人の船長たちにくらべて随分と小者とはいえ、彼とてお上に見付かれば死を免れない犯罪者である。その彼を、ここまで敬けんにさせたのが何であるのか、余人にはわかるべくもないが、彼をよく知る者たちは口をそろえてこう言っている「奴は、それまでの自分を棚にあげて、ろくでもないことに善人になりやがったんだ!」ベルターナ宮に向かった彼が、アンノワールと会うことができたはずがないが、ずっとあとになって、リベンダ王国でベルターナの女駐在武官にいじめられている大柄な門番の姿を目にした者が大勢いる。身分不相応なほどに豪華な指輪をはめているその門番は、片目の駐在武官に頭をこずかれながらも、どこか楽しげであったそうだ。

積み荷を失い〝旭丸〟を破損させてしまったクロパトキン船長は、あいかわらず酒と喧嘩を愛する海賊のような性格のままだった。船主に首にされてしまった彼は、しばらくのあいだぶらぶらしていたのだが、海の匂いにふたたび心ひかれたのだろうか。やがて、また新世界向けの交易船の船長となった。彼の船は、その後もしばしば海賊の襲撃をうけたが、なぜか西インドに限っては無事に通行することができた。ある証言によると、西インドで海賊の襲撃をうけたのだが、こともあろうか乗り込んで来た海賊船長と、お互いに抱き合って何だかよろこびあっていたという。この海賊が、四人のうちの誰であったのかは、知る由もない。

二度にわたりアンノワールの身をねらったウオン少佐は、幸運にも生き長らえることができた。彼と彼の率いるワイルド・ギースは、〝銀星号〟がぼろぼろになりながらも、どうにかフランス領植民地までたどりついていたのである。彼らは、船の修復が終わると同時に、黒い海賊にふたたび復讐することを誓い合ったが、残念なことにそれがかなうことはなかった。黒い海賊はすでにこの世に存在していなかったし、彼らの失敗を知った情報局が、彼らの帰還命令を出したのである。国運を賭けた重大任務に失敗した彼らには、当然それなりの処罰がまっているはずだったが、パリに戻ったウオン少佐を、情報局は処分しなかった。この時代には、情報員のような冷徹な人種にも、まだ温情というものが残っていたのかもしれない。彼はその後、ワイルド・ギースたちとともに祖国にもどったが、やはり英国王との闘いにやぶれ、ふたたびフランスに戻ることとなる。彼らの遠い子孫が、アフリカでやはり傭兵として闘ったのは歴史の皮肉というべきか。ただ、ワイルド・ギースの名は永遠に残ることになった。

あるときは援軍となり、またあるときは恐るべき敵となった英国海軍〝王家の旦那号〟は、その後も〝黄金の悪魔〟として、主にオランダ人たちに恐れられ続けたが、幾度にもわたる海戦をへたあと、あっけなく焼失してしまった。今では、小さな模型船となって、自室で古きよき海の時代に思いをはせる手先の器用な人々の、よき愛好品となっているだけである。

結局、生涯を通してネーデルランドを欲し続けたルイ十四世の野望は、ついにかなうことはなかった。皮肉なことに、彼があれほど望み続けたあの土地をフランスのものとしたのは、彼の子孫を滅ぼした、コルシカ生れの小男であった。その男は、ブルボンに代わってフランスの皇帝となった。

最後に、この物語の大元となった、ベルターナ王国とリベンダ王国とのあいだにかわされた、古くからの密約についてだが、両国がこの地上に存在している間、ついに違われることはなかったという。

終

あとがき

「昔々ある所に、それは美しいお姫様が住んでいました……」

このように始まる物語が、世界にはどれほど存在するのでしょう。もちろん、そういったものの殆どが名作と言ってよい恋と冒険の物語であることは言うまでもありません。ただ、いくつかの傑作を別にすれば、こういう物語のほとんどが、悪者である魔物や主人公たちを救う魔法の類に少しばかり御都合主義の過ぎるきらいがあるようです。もちろん、すべての恋物語はハッピーエンドで終わるべき（私の独断と偏見です）ですから、多少はしかたのないこともあるのでしょうが、中には目を覆いたくなるものも確かにあります。わざとらしく化粧された女性が決して美しくは見えないように、すぐれた物語を御都合主義にまみれさせるとすべて台無しになってしまいます。

「黒い海賊」は、そんなことを考えながら書き上げた物語です。

こんなことから、御都合主義に走る訳にもいかず、かといってあまりに歴史に忠実過ぎると恋物語の線から逸脱してしまい、資料集めでも実際に書く作業でも大変苦労をしました。その甲斐もあり、文章的にはともかく恋物語としてはそれなりの自信作とすることができました。読んだ後「おもしろかった」と思ってくださった方は、是非周りの方々にもお勧めください。手に汗握る恋物語としての読後感だけは自信があります。
最後に、この本の出版に尽力くださった郁朋社と、同社内佐藤さん、同渋谷さん、ならびに素敵な表紙を描いてくださった重岡秀満さんに感謝の意を表します。

二〇〇〇年　夏　　　　小松崎　章

参考文献

「カリブの海賊」　クリントン・V・ブラック著　新潮選書　一九九〇年
「ザ・ワイルドギース」　マイク・ホアー著　並木書房　一九九二年
「帆船模型」　東康生・竹内久共著　保育社　一九七七年
生活の世界歴史8「王権と貴族の宴」　金澤誠著　河出書房新社　一九九一年
世界の歴史13「絶対君主の時代」　今井宏著　河出書房新社　一九八九年
歴史群像グラフィック戦史シリーズ「戦略、戦術、兵器辞典」3　ヨーロッパ近代篇　学研　一九九五年
別冊歴史読本　特別増刊「総集編　世界の王室と国王女王」　新人物往来社　一九九三年
「世界の歴史がわかる本　ルネッサンス、大航海時代〜明、清帝国篇」　綿引　弘著　三笠書房　一九九三年

【著者略歴】


昭和四十五年、福岡県田川市にて生誕。

幼年期から現在に至るまで各地を転々とする。

思春期に読んだ「さよならジュピター」に衝撃を覚え、以来フィクションの虜となる。SF、文学、スパイ物、戦記物と遍歴しながら、今はその趣向を主に西洋史に落ち着かせている。自分でも執筆しはじめたのは学生時代から。

「黒い海賊」は、ベルターナ物の二作目にあたる。

現在、山梨県富士吉田市に在住。

黒《くろ》い海賊《かいぞく》

著　者　小松崎《こまつざき》　章《あきら》

平成十二年十月二十八日　第一刷発行

発行者　島崎　則子

発行所　株式会社　郁《いく》朋《ほう》社《しゃ》
東京都千代田区三崎町二―二〇―四
郵便番号　一〇一―〇〇六一
電　話　〇三（三二三四）八九二三（代表）
ＦＡＸ　〇三（三二三四）三九四八
振　替　〇〇一六〇―五―一〇〇三二八

印刷
製本　壮光舎印刷株式会社

落丁、乱丁本はお取替え致します。
郁朋社ホームページアドレス　http://www.ikuhousha.com
この本に関するご意見・ご感想をメールでお寄せいただく際は、
comment@ikuhousha.com までお願い致します。

©2000 AKIRA KOMATSUZAKI Printed in Japan

ISBN 4-87302-107-3 C0093